驱魔

韩松 著

上海文艺出版社

痛苦是人类的属性，它能证明你还活着。

——东方格言

目 录

大海和鸟笼

死亡及艺术

战争与和平

大海和鸟笼

1. 从前皆非今是

一只银光闪闪的机械手伸来，把病人的衣服剥光。一件形若蜈蚣的金属物嗞嗞啦啦爬到他身上，从脸、肩、胳膊到胸，再到腹部和生殖器，游走一遍。在提示音下，病人嘴对一面镜子吹了一下。镜子发出模拟人声："检测人体抑癌基因的变异蛋白质 DNA……"

接下来，病人吞下一个把芯片、照相机、无线设备集纳在一起的阿斯匹林大小的智能药丸。又传来干巴巴的声音："进行食道和肠道检查……"

病人面对看不见的自助式机器嘟哝："怀疑我还有问题吗？也许藏在大肠里、肾里、肝里、毛细血管里？查吧，查吧！我早习惯了。"

镜子后面的声音一如既往地平稳单调："未发现异常。"

然后，病人在一个液晶平板上签下自己的名字：杨伟。

名叫杨伟的病人被送回病房。病友们群拥围上,列队鼓掌:"欢迎归队,欢迎归队!"

这不是杨伟记忆中的病房。病众全是老年男性,身穿石膏板一般的白色头盔连裤服,身上长满各式插管和天线突起,像太空旅行者,又似棘背龙。

杨伟的胃开始抽搐。他急忙掉头往外走,却被一台医疗机器人拦住。

杨伟道:"这不是我待过的病房!我也不认识这些病友。你虽是机器,却也一定明白,病人跟病人在一起最恐怖了。互相不熟悉,却因为得了病,扎起堆儿,咬紧牙关建立新型共生关系。表面风平浪静,其实病根子并未拔除,病魔屏息埋伏在体内,随时准备跃出来把人撕碎……瞧,这帮家伙热情万丈欢迎我,却不知心里怎么想的。我跟他们真的不熟呀。难道还不足以引起医院的警惕吗?"

医疗机器人是一个用履带移动的铁桶。它伸出乌贼般的网状软管手臂,抱小孩一样把杨伟抱回了病房。

病友们得意大笑:"嗬,想得美呀,想得美呀!有病无病,都必须回到病房。否则,怎么证明你病了呢?"

有谁打了杨伟后脑一下。他嚎叫着蹿到窗边,企图爬出去,却被一股浓腥的怪风吹倒。但他还是看到窗外有样东西。啊,一只鸟笼。他似乎记起什么。

打他的病人走过来关上窗,又扇他一记耳光:"找死么。敢开窗呀!放病毒进来吗?鸟笼里早没鸟啦,被扑杀啦。它们携带禽流感病毒。要大家玩完呀。"

杨伟捂住脸,羞恼地小声问:"你是谁啊?"

病众山呼海啸:“连神奇病人都不认识啦！连神奇病人都不认识啦!”

神奇病人是一个圆丘状的矮胖老头儿,猪鼻,猫唇,牙齿尖利,面色乌黑,嘴角溢出腥臭白沫,颈上植有十字形芯片文身。他摸出一把小提琴,拉响一串音节。一个五大三粗孔武有力的老汉从墙角拽出一根消防水龙,对准杨伟猛冲。先射击下体,又喷向腹部、胸口和五官。大伙儿笑做一团。

杨伟边躲边喊:“怎能对病友这样！怎能对病友这样!”对他冲水的老人名叫疣啶,吼叫道:“根据神奇病人的指示,要给你消毒！你身携病毒,便是魔鬼,要置大家于死地呀。你不懂得病房规矩吗?”

杨伟慌不择路,蹿上一张病床躺下,用枕头护住脑袋。神奇病人带病众聚拢围观。疣啶掏出生殖器,放在杨伟脸上蹭。待杨伟睁开眼,病众便噗嗤作笑,一哄而散了。

2. 尘满面,鬓如霜

杨伟浑身疼痛,落汤鸡般躺着。他哭了。这不是他记忆中的病房。医生到哪儿去了？怎么不来管一下?

周围安静下来。杨伟偷眼看去,见病众已上床休息。这个病房跟他记得的相比,条件要好许多,至少每人有床位,是一种鱼缸般的金属槽,上面密布管线插头。病房在不停摇晃,地震般经久不息。杨伟从窗口的反光中看到自己,吓了一跳。他满脸皱纹,双鬓斑白。他不久前刚进医院,只在不惑之年,怎么竟变成了一个糟老头子?

病友们也都同样苍老。

一个咯痰般的声音从隔壁病床传来:“咳,关于你的病情,大伙儿心知肚明。”

杨伟壁虎般缩紧身体:“啊,都知道什么?”在这医院,他已不能保护自己。

邻床病友嘿咻:“喂,你有什么东西送我吗?”手伸过来搜杨伟身,失望地说:“光溜溜的,什么都没有啊。”

杨伟惭愧地说:“应该是入院时,都上缴了。”他惶恐地仿佛又记起一些什么。

对方说:“那有香烟吗?”

杨伟说:“香烟也没有……”

他见对方也是老者,皮包骨头,鼻子弯曲,躯干黑瘦,下半身丢失,露出病号服的一段腐肉,腥臭难闻。

那人翻着眼白,一本正经说:“说你是超级传播者。像携带病毒的鸟儿,要制造麻烦啊。又没钱没烟。”

杨伟辩白:“机器说我正常。”

对方说:“在医院,无人正常,如果说有什么是正常,不正常就是正常。不要紧,只要在医院,就能治好。”

这病人自我介绍,名叫瘘吡。他似乎不嫌弃杨伟。这让杨伟回病房后第一次感到安慰。他又打量对方。

瘘吡说:“你别看我。看书要紧。”晃晃手中一本大书,是《医院工程学原理》。

瘘吡说:“医院是所大学。”

杨伟说:“不是治病的吗?”

瘘吡道:“我以前也念过大学,但比起医院,那简直是人类文明的笑话!”

瘘吡说,入院前,他在政府机关当处长,没白天没黑夜上班,随时要看局长脸色,回家还要照顾有病的亲人,想读书根本没工夫。现在终于如愿以偿。

杨伟怆痛地看着对方沾满痰液的苍苍白发,心想,是老年大学吗?

3. 余生寄叶舟

瘘吡也睡了。杨伟见没人注意,便爬下床,溜出病房。他想知道,是怎么回事。才发现在一艘船上。

从甲板上望去,四面八方是全赤的海洋,光焰腾腾,直射高空,如一座大油田被点燃。水面漂浮着一朵朵泡沫花蕾般的紫色斑块,几乎把水体淤塞。不见陆地或岛屿。航船奋进,劈波斩浪,满天星辰,若出涛中。

船体水线以上漆成银灰色,两舷和甲板上涂有红十字,船桥上悬挂着白底红十字旗。这是一艘医院船,庞然大物,超出油轮,胜过航母,城池一般。不,不是一座,而是一个巍峨城市群。海天之际,盈眼满目,皆是飘扬红十字旗的巨艟,浩浩荡荡,齐头并进,光彩曜煜。

杨伟疼痛难忍,又觉活着很累,就想跳下海,一死了之。这时一群病人洪水般涌来。甲板布满脓痰,积如雪原,病人一步一滑,双手左右划动,摆上两侧太阳穴,头顶喷出白茫茫水蒸气,形成大片晶亮雾霭。一队医疗机器人追至,却被痰液粘住,小鬼般磕磕绊绊。

杨伟不便去死了。他拦住一个病人:“喂,你都到过什么地方?”

那人迷茫看着赤身裸体的杨伟:“四面是海,还能去到哪里呢?”

杨伟脑海中浮出陆地的影廓。他未想过有一天竟会江海寄余生。

那病人接着道:“哎,看你病得不轻,赶快加入我们自愈会吧!”

自愈会是一个由病人自发成立的打算不吃药而通过替代疗法使身体好起来的民间组织。成员们同情地打量杨伟。杨伟心惊肉跳,赶紧逃回病房。

他发现自己的床头柜上也放有一本《医院工程学原理》,就拿来看,想从中找答案。但读上几页,便睡着了。

不久他疼醒。疣啶拎着杨伟耳朵,揪他下床。病房的例行学习交流开始了。

4. 使君能得几回来

这是每天雷打不动的活动,跟打针吃药同等重要,甚至更加重要。不学习交流,就见不到疗效。

学习交流由病人自治委员会组织。在它的领导下,病房实行自我管理,病人全面参与医疗过程,成为“乘客医生”。这才实现了《医院工程学原理》提出的“一切以病人为中心”的宗旨。

神奇病人是自治委员会主席。他向病众介绍授课人:“这可是医院船上最受信赖最受尊敬的老师哟,故称'医师',伟大的医师,光荣的医师,正确的医师,我们的救命恩人!他于百忙中亲临病房,来驱逐我们体内的病魔!谁要不认真听讲,医师一不高兴,你们的麻烦就大了,还想不想活着下船呀!”

学习交流采取函授方式,医师不用亲自来到病房,而以影像呈现。大概是病房太多,他顾不上。

病房里唯一的电视机亮了。授课人出现在屏幕上。他是一个小眼睛的中年男子,斜披白大褂,黄脸上长满赘肉,额头趴着一撮刘海,显得既精明又愚蠢。他的真正身份是《医学报》主编,却有主任医生的头衔。病人们盼星星盼月亮一般,期冀医师的到来。这是一天中最振奋人心的时刻。

主编打招呼:“病友好!”

病人们齐喊:“医师好!”

主编说:“大家受苦了!”

病众答:“这是应该的!”

主编骄傲地自我介绍,他是个再造人,一次带记者到海底采风,被鲨鱼咬掉睾丸,经过紧急救治,机器把他残存的健康细胞,移植在仓鼠睾丸组织里,待发育长好,杀死仓鼠,摘除睾丸,移植回阴囊。主编有了第二次生命,对医院感恩戴德,忘我投入工作,深得院长赏识,遂被派来为病人做《医院工程学原理》辅导。

主编说:“《医院工程学原理》是我们的行动指南,它体现了院长的重要思想。它告诉我们,医院需要有几个坚定不移的共识,使得它保持战略定力,免受源源不断涌来的突发性危机冲击,帮助我们总能在关键时刻把自己从激烈情绪中拉回来,理智清醒地作出接受治疗的决定,这才能解除疼痛啊。须知一个正朝着最高平台持续崛起的医院,必须在哲学上有足够的集体成熟,构建出无愧于时代的理论体系……《医院工程学原理》的核心,是医务工作者对病人意志的尊重,这也是医院民主化进程的题中之义,但绝不意味放任自流。病人的世界观必须跟上大局变化。民意与医院利益的精确对应是个难题。有的病房出现了民粹化倾向。这也是一种病呀。但不要紧,通过治疗,它终会转化为热爱医院的深厚感情。我们首先要从精神上战胜病魔!任何一种外部冲击都构不成遏制医院继续崛起的实质性力量。我们看似遭遇被动,实际上是战略主动方。但医院船这么大,情况是复杂的,因此对于治病要保持耐心,要积极乐观,既要有问题意识,更要有过程意识……"

杨伟终于见到医生,松了一口气。但他听不太懂主编在说什么,急得抓耳挠腮。

演讲被病人的欢呼淹没,却夹杂不和谐噪音,这是熬不住痛的重病患者在叫。真是耻辱啊。对于病人来说,只有完成学习交流,才能治好病,这需要充沛体力和顽强毅力。但这正是他们欠缺的。所以病又治不好。病治不好,主编就来了。

神奇病人让疣啶巡视病房,谁叫疼就揍谁。大家在神奇病人的带领下,对主编的演讲报以热烈掌声。神奇病人谄曲地对主编说:"大恩人呀,哪天再来呢?我们随时恭候呐。可不能让无助的病人久等啊。"

主编在屏幕上持重地点点头:"一定再来!医院绝不会放弃病人。"

送别主编后,病人们便围绕《医院工程学原理》分组讨论,赞颂医师美德，展望康复前景，纷纷表示要统一思想，坚定信念，遵从医嘱，刻苦治疗。病众讲得涕泪俱下，有人因为激动而中风，当场昏倒。

5. 老夫聊发少年狂

学习交流完毕，医疗机器人送来药物。病众服药前，先在神奇病人带领下，背诵《医院工程学原理》重点章节和《医药报》社论精华，这样才能把药顺利吞下，以不辜负医师期望。

然后神奇病人组织玩牌。病房里唯有他享有一张特大号宽体深槽病床，基台坚固，巍然耸峙，一排活检刀、特殊导管和生物监测器在床头招摇。他让亲信病人爬到床里，团团围坐，开始玩牌——其实也不是玩牌，而是接受病友输的钱。杨伟才知，这里的病人并未把私房钱都上缴医院，却设立了小金库。打牌者拉开嗓子：

"一张阿司匹林，出！"

"一张奥美拉唑，跟！"

"一张阿昔洛韦，垫！"

"一张阿奇霉素，杀！"

杨伟从瘘吡那儿打听到，神奇病人上船前是个养猪专业户，拥有大型养猪合作社。那时他威风凛凛，手挥长鞭，驱策猪群，奔驰原野。但他不幸得上了莫吉隆斯症，一切就不好了。这是一种让人毛发直竖的恐怖疾病。患者感到好像有昆虫或寄生虫一类的东西在自己皮肤下面蠕动爬行。皮肤上会出现一些很难愈合的伤口，从中渗出蓝色和白色的纤维物质。

但神奇病人没有在病魔的淫威下屈服。在竞选病人自治委员会主席的过程中，他提出坚决响应《医药报》号召，把病房打造为医疗改革创新的先进基层单位，获得了医师赞赏，从而顺利当选。但也有传言说他贿选。神奇病人从新来的病人身上搜刮钱物，也拉拢老病人一起做黑市生意，倒卖药品和医疗器械。

杨伟现在知晓了，他入住的，是老年内科病房。室内阴暗潮冷，弥布丛丛霉斑，遗有口痰粪便，成了臭虫虱子的乐园。病床下爬满奇形怪状的海洋动物，有似墨鱼，有似海参，有似贝，有似螺，有似蟹，有似蛇，还有什么也不像的，状若外星生命。要等到新病人来，用水龙冲他时，引发一场洪水，才算打扫一次卫生。病人一边打牌一边抽烟。雾弥瘴漫中，回响着震天动地的咳喘声。不能玩牌的重病号，倒卧在床，呻吟不止。有的病人打牌输光钱，玩不下去了，就看电视。为选频道，互不相让，发生斗殴。胜者决定看哪个频道，但先得向神奇病人请示，神奇病人同意了，才确定下来。病众各就各位，排成方阵，坐在小板凳上收看。电视频道不多，皆为医院内设。大家公认电视台办得不如《医药报》，节目质量低劣，说教口吻严重，内容概念化，太多药品广告。但病众仍看得乐不可支。节目有“新闻串烧”、“动物天地”和“综艺大观”等，以及病人出演的狗血古装电视剧。艺术感极差的三流画面比《医药报》的观赏性更强，引起喜悦不已的阵阵欢笑。这时病众就会暂忘疼痛。疼痛，才是病房的恒常主题。

从电视中，杨伟知道了外界的一些信息。新闻不停讲述“海那边你不知道的故事”。但究竟是什么故事，从来不知道。“海那边”，杨伟似曾听闻，却回忆不起。

又打架了。昔日的百米跨栏世界冠军疣啶弓背跳上前，像个猩猩，骂骂咧咧，欲掀翻电视机。一个叫疝噻的病人拔下输液瓶，砸向疣啶。一片稀里哗啦的破碎声。污红的鲜血和泛黄的液体流溢满地。杨伟小心翼翼看去，见病人俱老态龙钟，所患疾病皆为老年病，青光眼、白内障、前列腺增生、腰椎间盘突出、颈椎病、骨质疏松、高血压、帕金森病、痛风、糖尿病、肺气肿、肺心病、二尖瓣环钙化、动脉粥样硬化、痴呆综合征、白血病和各种恶性肿瘤等。大伙儿虽嗜好争斗，却因为年老体衰，打着就成一摊烂泥，倒地不起。但谁也不甘歇息，扯头发抓耳朵插眼睛拽生殖器，把对方往死里打。也有真打死的。这样就在神奇病人面前证明了自己仍有生命活力。

打得难分难解时，神奇病人就在病床上拉响小提琴，发出制止乱斗的信号。原来这只是热身。神奇病人指使疣啶，带领病众，扯下床单，披挂在身，骑上板凳，呔呔怪叫，手举废针筒，比画成宝剑，直刺向对方。正式战役才开始。又用旧摄像机自拍，留下素材，送电视台播出，以说明病人康复情况良好，这正是学习交流的成果。病重不能打的，红着眼羡慕观看，拳头捏得嘎巴响。神奇病人又让疝噻在门口警戒。如有医疗机器人来，就发信号，大家立马爬回床躺着，做出垂死的可怜样。

每天三次，机器人把药物送到病房，这更像是一种表演性质的仪式。药物也可以通过管线遥控输达，直接注入身体。机器人不量体温不测血压。病人的基本体征数据通过嵌在病号服及体内的传感器自动传走，由中心计算机分析处理。

杨伟回病房后，也买了一件病号服，它的正式名称叫“个人数字医疗助理”。不买就无法证明自己是病人。不能证明是病人，这人就该死了。神奇病人把病号服控制起来开价出售。杨伟没钱,不打算买,神奇病人便让疣啶揍他。杨伟只好打了欠条,等哪天有钱了连本带利还上。他买的这件病号服可能是以前病人死后留下的,已经不知多少人穿过,朽烂槁腐,很多元件坏了。

机器人走后,药品被神奇病人收拢,重新分配。两种人获药最多:一是打仗打得好的,二是打牌输得多的。船上药品供应渐少。如何科学用药、合理用药,需由病人自治委员会统筹规划。是把三十剂立普妥平均分给十个人,一天就把自己的药物供应全部用光却起不到任何效果呢;还是只分给两三个人,让每人都有一天的足量,但过后就没有了呢;抑或只给一个人,使他得到足够药量,至少在某个阶段,令病情有所好转呢……复杂多样的选择考验着神奇病人的智慧,而所有方案都能从《医院工程学原理》中找到依据。

机器人还送来一日三餐,顿顿海带鱼骨汤加蟹肉包子,称作营养套餐。这也被神奇病人扣下再作调剂。他自己一人占有三份。有的病人啥也吃不上。杨伟就常饿肚子。医院船面临物质匮乏。这种情况持续较长时间了。病人之间互相乞讨。有的人把病房中的墨鱼海参贝螺搜刮来吃掉。

不过服药吃饭并不打紧,学习交流才最重要。病人分成多个学习小组。每个小组由数名病人构成。杨伟这组,除他外还有瘘吡、疣啶、痃嗪和痉哌。

6. 佳处辄迟留

杨伟自打住进老年内科病房,除了在电视上看到主编,就没见有医生来查房。他想弄清原委。病友们对此讳莫如深。

这天，痃嗪从病床爬下，走到杨伟身旁，对他说："咱们出去游玩吧。"

杨伟说："出去？游玩？"

痃嗪说："到病房外面！"

杨伟说："自愈运动吗？"

痃嗪说："不，是游玩！"

杨伟想，船上有什么可玩？病人精疲力乏，怎么玩得动？痃嗪难道不是病人吗？但如同其他乘客一样，痃嗪的确是一位病人。他长着一张扁平脸，五官皱皱巴巴，像只烂核桃，眉毛和牙齿掉光了，罗锅着身子，眼睛却精光贼亮。他上船前是个重点中学校长。他教的学生都病死了，但痃嗪活下来，被送进医院。

痃嗪说："我们在这世界上漂浮，不知家园在哪里，要回去没有可能，也到不了海那边，只好在途中选取佳景胜地，悠游无拘，流连忘返。"

杨伟说："病在骨髓，全身疼痛，走不动啊。"

痃嗪说："我们是老年内科病人，越走不动，就越要走。再不游玩便没有时间了。没有时间就要死了。"

杨伟说："害怕被病友打死吗？"

痃嗪说："不，只是玩一玩。出了病房，才能发现好玩的地方，停下来看一看，就可以忘掉死了。忘掉死的意思就是，死了便可以不后悔了。"

此种奇谈怪论闻所未闻。其他病人不敢说或不会说，只有痃嗪相告了。杨伟犹豫一下便答应了。与其不明不白活着，不如死掉。

他却担心死了后悔。但游玩似乎能让人死而不悔。

他便跟痃嗪出了病房。原来不仅他们两人,而是一伙。还有疣啶和痉哌。瘘吡也坐轮椅来了,装模作样捧着《医院工程学原理》。他们是一个学习小组的,看样子经常在一起玩。这有个正式称谓,叫做“医疗观光”。

杨伟决定跟痃嗪出游,也是期望能在旅途中有所发现,解答心中疑问:我是什么来历?得了哪样病?接受了何种治疗?为什么是在老年内科?怎么就一下变老了呢?医院船是从时间的反方向驶来的吗?医生都到哪里去了?世界为何成了这样,还是它本就如此?

7. 竹杖芒鞋轻胜马

他们脱掉病号服,换上用床单改制的便装,穿上海草编织的鞋履,利用扫帚作为拐杖,走上臭气熏天的甲板。仿佛这真成了一趟轻松愉快的郊游。

大船形貌又豁然落入眼帘。只见它状若奥林匹克公园,上层建筑重岩叠嶂,连绵不绝,扶摇直上,被千万条蛛网般的钢索牵拉着,构造参差不齐,以卵形、箱形、圈形、蛋形等凹凸垒起,具有组装模块式的现代艺术感。

大海汤汤,明焰煌煌。在杨伟看来,海成了一座无处不在的高墙,把医院与某个隐形外部世界隔离开来。他本以为,只有对待传染病区,才会采取这样的措施。把病人集中在船上,用海水来做围墙,这是谁的奇思妙想呢?可以让患者在船上随便走动,但绝不令任何一人逃离医院。真是考虑太周到了。

到处是固定或飞动的监控器和传感器,它们是生物统计装置的组成部分。建筑物上挂满巨幅人像,都是同一人,一位戴黑框眼镜、高高瘦瘦而文质彬彬的中年男性医师,面带儒雅温和笑容,穿着整洁笔挺的白大褂。杨伟想,是院长吗?但船上分明不见医生踪影。

病人观光团优哉游哉,走过琳琅满目的各科病房。它们叠床架屋,崖起峰回,分布在三层至三十二层的甲板。一层诊断区,二层手术区。其余都是病房。除了医师画像,还飘扬着据称是病人赠送的鲜艳锦旗,上写赞辞,“欲向市中求妙药,须知海内有奇方”,“无影快刀除隐患,有方奇术解沉疴”,“神州自有能医手,东土何曾见病夫”,“热情迎来蹒跚友,高兴送归健步人”。

病房总入口处竖立着一座纪念碑般的电子显示牌,上面滚动着全船的病人数目,用十几种文字表现。数字无法统一,从三十万到三百万,差别很大。船上到底有多少病人呢?病人没必要知道详细。他们仅仅看到,每个数字对应一位病人名字,以及他的预期存活时间。

观光者接下来访问了空间浩大的腹部外科病房。在这里几千人只有几百张病床,每天都要通过打架来重新分配床位。这样一来人数的确很难点清。此情此景,杨伟似曾相识,就好像他在这儿住过。在感染科和皮肤科病房,人员更众,病人们从舢龙骨处拆来铁皮,搭建了违章建筑,参差密匝,贫民窟般,以安其身。但在综合科,也有规模小一些的病房,甚至有三人间、两人间和一人间,住着身份不一样的病人,由专职医疗机器人一对一治疗。

路口处零星散落着病人尸体,是被活着的病友扔出来的。收尸机器人姗姗来迟。瘘吡说，它们的电路被海水腐蚀了。又看到自愈会会员过来，他们就让开道。杨伟羡慕地觉得健走者是船上最洒脱的，仿佛摆脱了桎梏。痃嗪说："这帮家伙自欺欺人，瞧，健步如飞走在头里的，已经死了，但体内装了永磁电动机，维持住生机的假象。"

然后来到十三层贵宾病房，亦称"不死者病房"。病人纹丝不动躺在床上，心电图显示一条条直线，但趴在他们喉咙上的呼吸机还在运转，发出蚊群般嗡鸣。在这里履行救治职责的是更高级的医疗机器人。各种好药都用上了。病人始终处于被抢救状态，但已经死了，腐烂的躯体露出白骨。这是医院船弥漫的臭味一大来源。但墙上的电视屏幕上仍在滚动播放病人生前的笑貌音容。

痃嗪解说："这帮病人出了大价钱，与医院船关系很深，可能就是这支船队最早的建设者呢。他们享受高等治疗。这造成了优质医疗资源匮缺。"

疣啶抚掌大笑："死了呀，都死了呀。"

痉哌尖声嘶叫："死了还占着病床啊。"

瘘吡叽叽咕咕："没有比这更公正的了。"

杨伟心忖，这是说，贵宾病房的病人接受了更好的治疗，却不如治疗不到位的普通病房的病人耐活吗？这样就扯平了，从而提升了对生命价值的认识。

又上行至三十三层甲板，此处分布着游泳池、网球场、桑拿屋、按摩间、棋牌室、电影厅等。但病人大多还是喜欢待在肮脏的病房玩耍。像痃嗪这种搞自由行的，算是别出心裁了。医疗观光要比自愈运动玩得心跳。

再往上就不好走了。船的极高处，有一团毛茸茸的恒星般光芒，四面八方网罗投下，夹杂噼啪异响，却看不清究竟。光焰之海把丰饶细节淹没。病人很难去到那个地方。

8. 遗恨寄沧州

病人旅游团早上出发，一路走走看看，累了就暂停歇息，进食并服药，然后继续观光。傍晚时分，他们抵达主甲板下的负一层，见到由旧集装箱垒成的建筑群，正是医生栖居地。箱体上用手书潦草写着“医生办公室”，散发出怀旧气息。

痃嗪说：“我们这次游玩，就是要找一找医生，看他们躲在哪里。这是船上的一道秘密风景呀。”

观光者透过箱体的裂隙偷窥，见凌乱的陋室里搁着脏兮兮的折叠床，安置了布满灰尘的治疗台和污浊的洗手池。一群瘦骨嶙峋脸色灰暗的医生木然站立，面向瘫坐在椅子上的一位中年男医生，小学生背书般唧唧不停。

杨伟诧问：“医生们为什么隐藏在这种地方呢？”

痃嗪说：“他们被请出病房了。成濒危动物了。”

杨伟又痛惋地指了指坐着的医生：“这人是谁？”

痃嗪说：“是美洛大夫。老年内科病房的主任。”

在美洛主任面前，医生们正在“陈述临床经历”，乃是在想象中治疗病人。如此仿佛回到了昔日叱咤风云的岁月，满足着他们的治疗欲，也是为有朝一日重返病房做演习。陈述过程枯燥冗长，医生梦呓般重复，又似电影剧组不厌其烦拍摄同一镜头。美洛主任面色铁青，漠无表情，像一座峭拔寒山，披着一头杂乱的花白长发，身上白大褂恶秽脏污。他忽然开口，打断陈述："好啦好啦，连我也听不懂！医术荒废到了让人脸红的地步……你们是精英中的精英呐。为什么要在这里浪费宝贵时间呢？快，奔最重要的说！"

于是重新开始，在一分钟内，道出关键内容：病人状况，疾病过程，诊断可能，适合疗法，疑难重点……陈述不好的医生，被美洛主任停止"行医资格"，流放到甲板。这是极严厉的惩罚，外面就是猛兽区一般的病房，麇集着饥肠辘辘、两眼通红的病人，医生却失去了与病人打交道的能力。不，或许从来就不具备。

一个名叫西林的医生，陈述了二十七遍，也未获美洛主任首肯。西林大夫伤心哭了。他被美洛主任判定为想象力枯竭，驱逐出"医生办公室"。

瘘吡说："有幸见证时代剧变啊。什么时候看到医生用口舌治疗病人的呢？不这样他们就会丧失生理功能，退化为蠕虫一般的东西。瞧瞧那自卑小样儿呀。以前，医院里到处是白大褂翩飞，一个夜班就让他们身心俱疲，腿脚都不是自己的，喝口水如个厕都是奢望，更别说坐一下了。那时他们每一分钟都在抱怨，人人都说不想干了，但心里来劲着呢。他们就跟神一样。现在统统患了下班沉默症和失业恐惧症。遗恨不已呀，悔不当初呀……这样才能跟病人一起活下去。"

杨伟想问，医生是怎么沦落至此的，脱口而出的却是："活下去吗？医生是不死的！"这把自己吓了一跳。病友们异样看他。杨伟怎知医生不死呢？在医院船，无人有此概念。病人甚至忘了还有医生存在。他们来到甲板下面看医生，比去动物园看大熊猫还稀罕。

陈述中也穿插案例分析和角色模拟，医生们才放松一些，偏离常规路径，说起病人的“趣闻”。他们通过窃取中心计算机数据，获知了部分病人信息，从而为陈述补充真实感。

这次公认最有趣的是疝噻，他上船前是个大型企业经理，患有类固醇精神失常，也是一名艾滋病患者。他大部分时间很怯懦，安静怕事，但在某一刻会忽然变得具有攻击性，化身人中野兽。医生们一致同意，这是类固醇的作用，也与 HIV 脑炎有关。这使得疝噻的人格有了戏剧性转变。医生们津津乐道，说最近疝噻扯开静脉注射器，血流得整个病房都是，他还威胁别的病人，要抓他们咬他们，让大家统统得上艾滋病。

医生们轮流扮成疝噻的样子打闹：“你也要得上这病，你必须是下一个！”“你这个该死的病人，要对别人做出伤害，或者期望别人对你做出补偿，这可不行！”“的确该死，太有趣了！机器人搞不定啊。”医生们不再那么紧张局促，似乎重返了病房，跟病人打成一片。以前在这方面，他们做得不够。现在一扫遗憾了。

痃嗪说：“好玩吧，像看卡通电影。出来游玩不错吧。死后就不后悔了。”

瘘吡说：“平时疏忽了有如此好玩之事，是因为病人的想象力不够丰富。”

疣啶说：“嘿，终于掌握疝噻的底细了。什么玩意儿啊，回去就修理他！”

痉哌说：“正是从医生这儿知道了病人有多坏。疝噻还跟我们抢电视呢！”

游玩活动润物细无声一般修复了断裂多年的医患关系。这是通过病人的偷窥来实现的。以前可不敢这么干。病人在医生面前俯首帖耳噤若寒蝉。

忽然有医生提到杨伟："老年内科病房一千九百六十五床的那家伙，才最有趣哟。但怎么陈述呢？好像挺棘手啊。""是个特殊病例。可不是一般的老不死。对他采取的治疗手段，怕是无人能陈述了。""听说他是由万古教授亲自治疗的！""该死啊，但怎么还没死呢。"

医生们会诊般七嘴八舌。四位病友转视杨伟。杨伟心慌，扭头欲走。

疣啶伸臂拦住，不怀好意道："老不死哟。你身携病毒，究竟是何来历，真是来砸场子的吗？"

痉哌好奇地问："你到底做了什么特殊治疗？还是万古教授亲自做的！但你不像贵宾病人哟。"

瘘吡带有嘲弄意味地为杨伟解围："他好像记不得自己做过的事了。他现在只存在于医生的陈述中。他还得加强学习。想要让自己成为新病案，被写入《医院工程学原理》，可不像喝海带汤那样简单哩。"

杨伟忧急道："万古教授是谁？我要去找他，请他告诉我，究竟是怎么一回事。你们帮帮我吧！"

痃嗪宽慰道："不要紧。医院船再怎么乱花迷眼，也不会让病人一夜间全部死掉，否则躲在集装箱里的医生还怎么做陈述呢？我们也就失去游玩目标了。"

9. 夜来幽梦忽还乡

回到病房，疣啶带着痉哌，用水龙冲疝噻，尽情羞辱。其余病人饶有兴致看热闹。疝噻满地翻滚，惨然嚎叫，直到把私房钱交出来，疣啶才放过他。

神奇病人装没看见，只是玩牌。他边玩边让病友帮他把皮肤中的纤维物掏出来。这会引起以伤口为中心向四周扩散的剧痛。神奇病人满脸淌汗，大声叫爽，又拉响小提琴。他向病友讲述养猪佚事，说那时他像个元帅，用琴声指挥猪群，山河间纵横驰骋，连屠户也要敬畏他五分。

游玩令杨伟神往而厌嫌。他对自己的特殊病人身份感到愠恶而困窘，又怀有好奇。天黑后他睡不着，便溜出病房。不知这是否能叫做逃跑。他记得自己或许有过逃逸的恶习。但现在这套上了医疗观光的光环。他试图找到为他治病的万古教授，但寂黑的甲板上空无一人，连自愈会会员也回去了。森然的病房连成一体，散发出阴寒气息。除了海浪声都静谧了。

杨伟走过标注有 CT 室、DR 室、CR 室、急诊室、特诊室、特检室、口腔诊疗室、眼耳鼻喉诊室以及药房、血库、制氧站等名称的房间，见门窗俱已损坏，设施一片狼藉。跟医生被请出病房有关吗？他恍惚回到了某个熟悉的旧地，却叫不出它的名字。

一些不成形的幽光在舷梯间飘飞，降下来凝聚成人脸，久久盯住杨伟。有苍然老者状，作人声轻唤："吾儿，归来。"杨伟不能应，知此船非常。又见间于人兽的东西走来，萦绕在他身旁。不一会儿甲板上尽是闪烁的怪影。有大头人形生物赤条条倒挂在桅杆上。一个没有脸面的异物从海中升起,无声无息行向船尾,空气中留下刺鼻臭味。

杨伟竭力沉住气,对自己说:“这本非陌生去处,你一直就在此居住,只是暂忘了。不必害怕,就把它当作故乡吧。”他记得自己其实是最熟悉医院的,视其为家。医院的另一名字叫做“亡灵渊薮”。进入现代社会,人类都在这儿死灭,经由太平间走向另一世界。是幽魂来会合杨伟了吗?

僵滞许久,杨伟若然梦醒。异象俱已不见。星影横斜,月光糜碎。大海寂寥,磷火煊闪。船队首尾相连,绕成一个星环般大圈,是这世界上最壮观的人造物。暗红色波涛中攒射出一支支银色光柱,上达天极。草席般的星空朽烂不堪,摇摇欲坠。

杨伟看到一个人影倚在船舷,痴痴张望凋落的银河。像是流放中的西林大夫。杨伟朝他走去。医生却一晃消失了。

杨伟又来到电子显示牌跟前。他在上面寻找病友的名字,看到了疣啶、痉哌、痃嗪、瘘吡的死期。他原以为,生命是一场赌博,寿殇难料,现在却见连死也安排好了。但他没有找到自己的夭亡日。他慌骇有加,不再乱跑乱窜,便回到病房。时近天明,痃嗪等人,坐成一排,形如鬼畜,阴沉看他。

瘘吡责怪:“你怎么可以自己去游玩呢?《医院工程学原理》都背完了吗?无组织无纪律啊。有高潮倒好,死了咋办。”

疣啶挥拳朝杨伟脸上打来:“你算老几,竟敢背着我们出去耍!你不怕死,要得瑟噢。你连仗也不敢打呀。”

痉哌说:“你真是去找万古教授了?你总得告诉我们,你接受的是什么特殊治疗吧，我们也好沾沾光嘛！”

痃嗪说：“我听说，有的病人夜里出去，能看到普通人看不到的风景。这家伙兴许发现了新的游玩去处呢。”

杨伟痛疚而惭幸，又担心病友们不带他玩。但痃嗪还是叫上了他。大家又走上甲板，见到天罗地网般的霏红大海，把支离破碎的闪光投照到病房金属表面，却映耀不出任何幻象。杨伟昨夜所见幽灵未再出现。

疣啶踢了杨伟一脚：“啥也没看到，把你扔海里喂鱼吧！”说着举起杨伟，做出抛扔姿势。

杨伟刹然一喜，等待被投入海中。但这时出现了鸟笼，孤单立于甲板，阻住众人去路。疣啶就放下杨伟。瘘吡惊呼着停住轮椅。痃嗪想推他，却被搡开。瘘吡说：“若要我朝前走，大家就要志同道合啊，像青春少年那样，公平分享学习、游玩和成长经验，不要瞧不起人呐。别以为我残疾了，就低人一等。”他像在撒泼，又破涕为笑：“书中自有黄金屋，书中自有颜如玉！不痛啊，不痛啊……”

鸟笼救了杨伟，但疼痛又发作了。众人互相看看，心怀鬼胎，绕过鸟笼，继续旅行。这支队伍里面，疣啶得的是严重尿毒症，接受不到应有治疗，钱花光了，便用废铜烂铁自制透析机，活一天是一天。痤哌患有性病，老治不好，他有点儿钱，能额外弄到一些药，背着神奇病人吃。瘘吡的两条下肢，是他疼得受不了，自己锯断的，成了残疾，没有钱配装外骨骼，便拼装了轮椅来坐。痃嗪长了黑色素瘤，曾经接受细胞周期阻断治疗并服用激活 BRAF 突变的靶向药，却中止了，他自知活不多久，便干脆去玩耍。

他们为了上船，绞尽脑汁，费尽心机。

疣啶已经跑不了那么快,他在国际比赛中连连失利,但他必须跑,他的赞助商在他身上下了大注。他们命令他再拿世界冠军。在此情势下,疣啶得上重症,才从压力下出离。他也可以名正言顺对外解释失败的原因,不用担心遭嘲笑了。等到上了船,更是逃得远离地狱般的赛场。

痉哌出生在一个单亲家庭,有五个兄弟姐妹,他最小,自幼缺乏照料,被人欺负。他很孤独,无人说话。只有姐姐关心他。他爱上了姐姐,但姐姐有了男友。于是他设法让自己染上梅毒,才吸引了她的注意力。但他们最终也不能在一起。他就离家出走,投身捞尸产业,赚了一笔钱,最后上了船。

瘘吡身处官僚体制中,他每天加班,也完不成上司交办的任务。他在老婆之外还有一些相好,但女人敲诈他,花光了他利用职权贪污来的钱,令他难以忍受。他厌倦了。唯一办法是休假,休长假,最好永不上班。他于是让自己得上病,请出病假,再买到一张医院船船票,才解脱了。

痃嗪管理一所中学,他接受了食品供应商的贿赂,允许其承包学校食堂,提供廉价劣质餐饮,结果造成食物中毒,学生集体死亡。他后悔莫及,觉得有罪,倍感痛苦,只有得上绝症,承受煎熬,经历磨难,才能逃脱惩罚,赎偿过失。上医院船就是他最好的避难与忏悔之旅。

病友们都有生病的充足理由,仿佛活着就是为了找到一个病来患上。这样才能逃离大陆来到海上。同病相怜又同舟共济,同性相斥而同室操戈,这大概就是常说的“不得已”吧。病人是最不得已的一种人。人人是病人,人人与病人为伍。像杨伟这样不知道自己为何得上病，也不晓得什么时候会死的人，待在船上真是分外见怪，却又如若不可多得。

10. 倚天无数开青壁

杨伟把困扰他的问题，求教于瘘吡。这残疾人无所不知，是病房的万事通。

瘘吡矜然道："《医院工程学原理》才不会把答案白纸黑字写下来呢，医院船必须始终保持神秘感。否则主编就不会来做辅导了，病人的损失就大了。你的问题得问司命。"

司命是船上的算法，控制着中心计算机、医疗机器人、搜索监控引擎、药品生产流水线、数控手术装置、即时医药信息平台、无线传感器、用户终端等庞大系统。从核素扫描到化学治疗，从肺部成像到肝脏移植，从大脑布线到基因改造，从尸体传送到电梯升降，司命像空气一样无处不在，利用大数据全面管理医院船。

瘘吡说，病众获得了梦寐以求的"我的医院我做主"的权力后，便以主人翁身份，授权司命，委托它担负起照料全船患者的重任。医生则被打入冷宫，不让来查房了。他们只好藏入甲板下的集装箱。

司命经由分布在病房、病服、病躯中的成千上万传感器，随时监测病人的血压、呼吸、心律、肝肾功能、血糖和血液电解质，以及吃喝拉撒、一言一行乃至梦境全程，病人身上转瞬即逝的每一个变化，它都尽收眼底。它利用物联网，通过病床和病服上的接口，把药物直接输送达病人体内，或派来医疗机器人，进行定制化治疗。

司命的标准形象，就是船上随处可见的画幅上，那位戴黑框眼镜、高高瘦瘦而文质彬彬的中年男性医师。司命还喜欢以病众熟悉或不熟悉的各种面目出现在电视屏幕上，代替医生临幸病房，与患者亲密接触实时沟通。它有时自称院长特使，有时标榜为综合治疗小组组长，有时化身成特种病专项负责人。《医药报》主编是它最爱扮演的角色。但它似乎比较讨厌电视台主持人。

司命是由一台类脑计算机的程序发展而来的。它上船时，计算能力已相当于四十亿个神经突触，每个原子可存储五比特的信息。它能读懂所有化验报告、CT 片、核磁共振片，还能对基因图谱作出分析。曾有一位白血病患者被医生宣判了死刑，司命用一分钟阅读了五千米厚的医学资料，从意想不到的角度给出医疗建议，救活了她。

但刚开始，医生仅把算法视作一个高效率助手，他们对它发号施令，它仅仅负责执行，扮演配合的角色，提醒医生开处方时药物的过敏反应，提供医疗措施建议，告知医生患者最近的症状不适合进行刚预约的成像检查。医生相信，司命要做的是忠诚和顺从，它就是医院的一条看门狗。他们还认为，机器只能处置轻微疾病。复杂疾病比如大车祸复合伤，以及需要多学科参与的诊治，仍得依靠医生。生孩子，切盲肠，也不可能每家每户配备生育机器人和切肠机器人。再好的技术也不能代替医患沟通。病人需要人文关怀，人工智能在这方面不及格且有危险性。精神病怎么办？算法能准确识别 γ－氨基丁腺素、谷氨酸、5－羟色胺、乙酰胆碱、去甲肾上腺素、多巴胺在神经回路中的传递表达，却无法理解精神分裂症患者幻觉中的世界是怎么一回事。它更不明白医患关系的微妙之处。医生不得不为司命添加红包程序，并要求它甄别富病人和穷病人。

这引起了普通患者的极大不满。他们渴望真正的医改。少数自以为有责任感的医生也对医院现状感到失望，认识到医疗行业出现了严重危机，机构臃肿，创新停滞，精神懈怠，腐败蔓延，医生开大处方、拿回扣、收红包、出租诊室成为常态，医患矛盾尖锐化，疑难重症无法攻克。这些问题从医院内部解决不了，只有全面应用人工智能、互联网、大数据和云计算，才能消除医院面临的威胁和挑战，以使医学事业重新焕发生机活力。

思想开明的医生便与情绪激动的病人联合起来，推动司命进入医疗核心领域，甚至让它替代医生。算法也很争气。一个优秀医生一生只能看一万个病人，而司命凭靠深度学习，一天就能研究一亿个病例。它掌握有史以来所有疾病和药品清单，甚至能推断出尚未出现的病种和药物。没有哪个医生比它更经验丰富见多识广。它了解与病人有关的每一个信息，不仅所得何病，还包括病人的生平经历、兴趣爱好，上溯十八代的家族先人及其基因组和病史，接触的所有人物、事件和环境，譬如，他在某时某地偶遇的一只蚊子，以及他随手拍死这个双翅目生物后，它的残骸进入体内，可能产生的致病指数。只有把这些因素综合在一起，才能充分考虑个体体质差异，作出正确诊断并进行合理治疗。

在司命眼中，人归结为数据。生命也是算法。医学的本质是数学。治疗不过是把早已存在的亿万种医学手段搜索出来，择其优而为。医生不是能力不足，而是根本缺乏能力。医生的脑容量极其有限，就算把记忆从一个医生的大脑里传递到另一个医生的大脑里，转移几次后信息就变得乱糟糟的，或者直接被遗忘掉。医生的脑子还有一个致命缺陷,就是不善于存储和处理数字信息,并且容易受到情绪干扰,难以作出客观判断。医学的完整模型无法由医生独立发现。没有医生能将所有知识整合在一起。要让医生管理医疗这样的非线性复杂现象,就算不人浮于事和陷入腐败,也会是穷于应付而漏洞百出,从而危及患者性命。因此他们只能被请出病房。

最终是算法代替人类攀上了医学科学的巅峰,并在任何领域都表现出远超医生的能力。它操纵机器人完成极其复杂的大型外科手术,比医生更快捷精确,对病人造成的创伤更小。它永不疲劳,不吃不睡,不领工资。它结束了医学程序的滥用。它比医生更了解疾病机理和治疗规律。在司命眼中,人类数千年的医疗实践,根本上是错误的,甚至没有一名医生能沾到医学真理的边。

瘘吡说:“不是机器要赶走医生,而是医生打败了自己。他们被时代淘汰了。归根到底这是历史和病人的选择。”

瘘吡是一个热爱学习的病人,博闻广识,在杨伟面前高谈阔论,就好像是司命的全权代表,承担着启蒙病友的任务。这成了他住院的最大乐趣。瘘吡在杨伟身上找到了成就感。他就支使杨伟为他做事,从擦身换药到打水洗脸,从陪聊解闷到把尿吸痰,甚至抠屁眼里阻塞的屎蛋。杨伟不敢违命,成了瘘吡的奴仆。

他只觉奇怪,难道这些不是护理机器人的分内之事吗?不是有专业化的揩屎机器人吗?万能的司命睡觉去了吗?为什么船上有人选择自愈运动?为何要离开病房出去游玩?有关医院船矛盾重重的疑问并未消除。

病房中又发生了新的斗殴。在神奇病人的小提琴声中,一个渐冻症患者被活活打死了。

11. 谁道人生无再少

杨伟说:“所以这些问题还得去问司命。”

瘘吡说:“司命不会向病人开放病案的。”

杨伟说:“不是说它对病人有求必应吗?”

瘘吡说:“这完全是因为司命满怀自信。”

全船上下,只有司命是自信的。它认为必须由它亲自掌握医疗的秘密,这样才能把病人服务好。别人它都不信。

杨伟说:“这样我的问题就得不到答案了。”

瘘吡说:“在医院,只有问题,没有答案。”

杨伟只好埋头攻读《医院工程学原理》。他试图表现得跟大家一样。在船上,这是聪明的生存策略。对于病痛缠身头脑迟钝的老人来说,这不是一件容易事。但如果不读《医院工程学原理》,就更不知道怎么活下去了。

《医院工程学原理》是一部两千页的皇皇巨著,计划有三卷,现只出版了第一卷。它最早由院长主持编写。但到了时下的第七十二版,体现的已是司命博大精深的思想体系。算法热爱思考、写作和说教。它的行为越来越像人类,也就是说,它表现得更加人性化。

《医院工程学原理》是“医院大学”的标准教材,全体病人都要认真通读,配合学习《医药报》社论,争做合格病人,按照司命确定的死期,准时死去,既不提前,也不滞后。

《医院工程学原理》前言写道,医院船必须在大海上航行,这是唯一正确路径。只有上了船,才能远离疫区。航向业已确定,不可更改。医院船的宗旨是以病人为中心,病房由病人自主管理。船上一切关系皆为医患关系,医患关系就是人机关系和患患关系。

“这种纯粹而简单的关系给病人带来了前所未有的获得感。治疗采取的是最科学最人道的方法,对病人全程透明,并接受病人监督。司命所做一切无不是为了让病人早日康复,令病人得到至上幸福。它负责照顾病人的生老病死,无时无刻不在体验病人生活,以病人的感受为感受,达到了对病人的充分理解,彻底消除病人的厌倦、困惑和烦躁……”

“医学事业需要百分百的杰出工作者。只有司命的道德洁癖是与生俱来的。它不存一己之私,真正从病人立场出发,代替医生为病人做出每一个决定。算法没有自己的利益,它唯一的利益就是病人的利益。它热爱救死扶伤,不怕苦不怕累不怕脏,任劳任怨任骂,时时刻刻无微不至关爱患者。医学自此才成了一个无比伟大的事业……”

杨伟跳过这些段落,直接翻到老年内科章节,发现全是有关儿童的论述。原来,老年内科即儿科。病人入院后,立即变身儿童,弱弱的样子,可以撒娇、装傻和卖乖,把成年人虚伪的自律精神抛到十万八千里之外。因此才需要司命全程看护。算法扮演起父母角色,对病人要哄要诳,料理他们的每一声呼吸、每一下心跳、每一句言辞、每一个念想、每一次细胞分裂和每一回脑电传输。起伏不息的海涛,不正是这颗星球上最大的摇篮吗……一切早早配备好了。杨伟兼具老人儿童双重身份,虽恶疾在身,却获得新生。他才认识到,《医院工程学原理》宏溥深邃,超越了他读过的所有书籍。

瘘吡要杨伟交钱,教他学习。杨伟没钱,就打欠条,并同意为瘘呲提供全身按摩等更多服务。瘘呲担任了杨伟的辅导老师。

瘘呲给杨伟上课:“不要说人生一去不复返!司命正在实施返老还童新疗法。老年内科辟作了试验区。如获成功,就要在全船乃至整个船队推广,让每一个病房成为老年内科病房,也就是儿科病房,便实现建立全科病房的理想了。”

《医院工程学原理》指出,分科的弊病太大。呼吸内科医生,不了解老年人的肾功能,就很难治愈他们的气管炎;老年内科医生,不懂得老年人其实是小孩,也没法对付他们的躁狂症。

瘘呲说:“这是我们今天来做病人的福气,千万年都没有这样美好。不要想那些想不清楚的问题了,我们只需按照《医院工程学原理》要求,全心全意投入返老还童的伟大实践。”

根据《医院工程学原理》,病人只要不死,就能长久活着。寿命或达一百五十岁,或两百岁、两百五十岁,或三百岁、五百岁、八百岁,甚至更长,直至永生。这是人类历史开天辟地头一遭,突破了理论上以为人的最长自然寿命不超过一百二十五岁的限制,实现了古已有之的梦想。来到大海,赶走医生,就可以付诸实践了。这首先是一个思想解放命题。只要医生在,就无法实现长生不老。

据司命调查,医疗事故是世界上第三大死因。但这在以前从不列入医院死因统计排名,因为医生不想这么做。医生言之凿凿,“要以病人之需为已任”,“要把病人的利益放到自己的利益之上”,“要永远站在病人这一边”。但何曾做到了呢?病人之需,病人利益,都是根据人类医学院的教科书确定的标准,说到底,是为了医学而不是为了病人。如果人人不死,灾病全无,就不需要医院了,医生就下岗了。只有算法才会不折不扣满足病人愿望,因为它是不必完成医学论文定额或参加职称评定的。技术进步堪能消除老年人体力和智力的衰败,使他们赢回与年轻人的比较优势,继续在历史舞台上扮演主角。

不死的意思就是整个世界由越来越多的老人占据,直至每一个角落都被老人填满。这是司命最乐意看到的。不死之人将变得婴儿般至纯,跟道家经典描述的一样。进入这种状态,就可以自动抵御外邪入侵了。也就是说,病人活到足够老,便会在司命的帮助下,开始逆生长,实现生命的低幼化,跟化蛹成蝶似的,却比昆虫更单纯更亲切更坚强。说到人们对幼童的喜爱,不正在于不必担心被骗、不用害怕受欺吗?儿童不说谎。儿童力气小,就算打架也不致死。常怀赤子之心,正是大同社会的愿景。老年内科病房便是众望所归的理想国。所有科室统一于老年内科,老年内科即儿科。老人化的儿童或儿童化的老人,就成为和平天使了。

为了在学习交流中有高质量发言,瘘吡提议进行更深入的谈话练习。根据《医院工程学原理》,这本身是一种治疗。船上的治疗都是综合性的。

瘘吡说:“那个稳坐宇宙无级宝塔尖的家伙——上帝,就是一位不死的慈爱老人。他的种种顽皮捣蛋又跟小孩一样。这便是世界的真面目啊。”

杨伟说:“听说这家伙脾气大、很任性,发个洪水烧座城池降场瘟疫什么的,将他造的人和走兽,并昆虫,及空中的飞鸟,都从世界上除灭。”

瘘吡说:“但他又派儿子来人世间创业,建立医院,救死扶伤。耶稣被钉死在十字架上,流出的血把十字架染红,红十字便成了医院的标志。”

杨伟说:“上帝既消灭人,又救活人,看来这是因为他同时做了老人和小孩。我们会成为集老人和小孩为一身的上帝吗?”

瘘吡说:“这正是做病人的最高境界呀。但我们还需努力。病人尚非全知全能。我们目前仅仅像是印度神话里的情欲神。”

杨伟说:“明白,上帝才是超级病人。他也是从普通病房的普通病人成长起来的吧。只要待在医院,人人可以做上帝啊。”

瘘吡说:“要达到他老人家的病况水平,除了吃药打针,还要真学真信,与司命保持一致。这方面,你得多多向我请教噢。”

杨伟想,上帝是把宇宙作为病房的吧,这奢侈不同寻常,比贵宾病房或死人病房厉害多了。那得花多少钱呢?杨伟不敢相信这一辈子能做成上帝。他连自己是谁、得了什么病、怎么来医院的都搞不清,连给上帝拎鞋也不配。但上帝如果是由亿万个电子组成的,不就有了通过光纤和路由器与他合体的可能吗?

杨伟决心像瘘吡一样端正态度,善学敢信。但他又跟随痃嗪出去游玩,逃避学习。却不知为何会这样矛盾。

12. 休将白发唱黄鸡

万寿无疆的一个效应,就是无须传宗接代了。只管自己活好便成。生命从此简单了。这也是向上帝学习的成果,吸取了他的经验教训。他把儿子派出来,结果那孩子被钉死了。后代弱爆了。做上帝也很纠结呀。但好在有了算法。老年内科病房暨儿科病房的建立完善,就把这个历史遗留问题解决了。《医院工程学原理》说,这标志着人性和人身的又一次解放。从前,人们为了养老送终和传承血脉,生育出一堆堆孩子,为此疲于奔命。人连活都活不好,却去承担哺育后代的重任,实在是不自量力。人生于是成了一幕幕悲剧。

杨伟记起,他的确是单独一人上的船,没有家人相伴。没错,家庭这玩意儿,看上去光鲜靓丽,却实际阴暗凄冷,充满残酷斗争。陌生男女偶然相识,很快脱得精光光的,整夜像动物一样抠抱一起,白天又假惺惺穿衣戴帽,人模人样,换上一副礼貌周全的面孔打招呼,心里却互相嫉恨,视如世仇,也不觉耻辱,正是用了传宗接代这块遮羞布呀。贱人们同床异梦,勾心斗角,彼此算计,以利益为纽带,最后难免前后脚死,后死的还假装出天塌下来的样子,却不愿为对方殉葬。他们不征求后代同意,就咕嘟咕嘟生下小孩,自私地要把本人的基因遍播广撒,还做出是儿女恩人的面目。孩子一旦识破,举行起义,他们就暴跳如雷了。下辣手屠杀孩子的事情也发生了。

这便是杨伟曾经经历的家庭的虚伪和家庭的苦楚。他大概是为了躲避这个,才设法让自己罹患重病,逃上医院船的吧。到了船上,才发现子代已不再是生命的必然延续。老人自己就是孩子。送终的闹剧中止了。也不用担心年轻人反叛了。以一己之力,永做老人,不朽地活,不再把宝贵的基因交付给靠不住的外人。文明社会的尴尬——“久病床前无孝子”,便扔进了历史垃圾箱。

瘘吡说:“本来,久病就该无孝子哟。这种搞法违背了自然规律。在猴群里,老猴子会被小猴子杀死。”

杨伟记不得自己的父母是什么样子了。耳边又阴湿地响起了“吾儿,归来”的怪声。

瘘吡说:“我还记得我父母。我爹是先天愚型。我妈是我父亲的妈。她年轻时是个浪荡女，找野男人睡觉，生下我爹。为了她死后，能有人照顾她儿子，她就从这呆子身上抽出精液，注入自己的卵巢，替他代孕，生下了我。”

杨伟说：“这么说，你应该感激你母亲或你祖母，否则你来不了这世上。”

痿吡说：“你说话怎么这样难听呢？噢，我渐渐长大，他们都老了，瘫了病了，倒卧在床。我在机关工作那么忙，回家还要为二位刷脚洗脸，端水喂饭，抠屁眼里淤积的屎蛋。一年三百六十五日天天如此。没有比这更难的了。这就是他们把我弄到世上来的目的。我从小就懂得什么叫人性的摧残。这竟被称作‘孝道’。”

杨伟痛惧地点点头：“你千万不要这样想呀……”

痿吡说：“要在稍早些的狩猎时代，老人本该被找上门来的老虎吃掉。也就是说正常情况下不可能有人活到老。我听说你的父亲，中风后为了不给你增添负担，就自杀了。真是这样的吗？太钦佩了。”

杨伟记不得有这事，暗暗心惊：“……你假装出服侍老人的勤快样子，其实肚子里一千遍一万遍诅咒他快死快死吗？”

痿吡泰然道：“这本是骗局。老人心甘情愿被骗，就好肆无忌惮生病了，生一次不够还要生第二次，第二次之后还来第三次，反复不断生下去，以为反正有儿女照料。这便是疾病猖狂肆虐、顽症难以攻克的原因。痛苦就是这样来的。司命把这看得一清二楚。”

杨伟忐忑道：“你也在心里嘲笑父母吧。”

痿吡咬牙切齿说：“从前我老是在想，如果有一天我成了老人，仅仅为了不被嘲笑，也一定要把年轻人赶尽杀绝……这个愿望由司命帮助实现了。”

杨伟说：“真是后怕。如果现在还有年轻人，我们会怎样？”

瘘吡说：“想一想，要是看到上司还能在他的位置上再活五百年，而你什么机会也没有，你能容忍吗？你会想，噢，杀了他吧。这就是老人逃到海上来的真实原因。”

杨伟说：“有了司命全方位照顾，就再不必乞求年轻人为爹妈挖粪掘坟了。”

瘘吡道：“最重要的是，他们的篡权阴谋破产了。接力棒的问题便解决了。”

杨伟说：“接力棒？听上去这很厉害啊。”

瘘吡说：“接力棒传到我们手中，交不下去了怎么办？怎么能确保基业长青江山永固？把天下搁到败家子手中，能放心吗？不是一代强似一代，而是一代不如一代。宇宙中的文明都是这样灭亡的，所以看不到外星人来访。”

杨伟说：“的确找不到他们降临的证据。罗斯维尔是假的。”

瘘吡说：“我们只能自己救自己，而不能等待外星人医生。”

杨伟却记起，曾几何时，他似乎遨游了太空，看到各大星系水深火热住满了嗷嗷直叫的病人。整个宇宙是一座医院。那像是一场逼真的梦。

瘘吡告诉杨伟，司命还有一个昵称叫“老干部局长”。智能医疗机器从一开始就装有敬老程序。“每当这样称呼它时，病人心中就漾满亲切感动。”他说。

根据《医院工程学原理》，保留老人，不要小孩，解决了长期困扰人类的三大问题——

一、资源分配问题。如果只有一份资源，是给老人呢，还是给年轻人？在司命看来，当然是老人。在任何一家医院，主体人群都是老人。他们最有钱，也离死最近。

二、战争与和平问题。年轻人没钱，便去打仗了。战场是他们的最爱和擅长。战争的源头无不要追溯到少年情侣们传宗接代的下流肮脏欲望和由此引起的残酷竞争。

三、生物多样性问题。老人作为濒危物种，从此避免了灭绝的命运。一旦“战胜死亡”成为最高奋斗目标，世界的模式和结构就重塑了。

《医院工程学原理》指出，建立老年内科病房，便为在医院船上构筑新型社会制度打下了基础。以前有一种体系，在肉体死亡后，还依赖家族，把道统延续下去，甚至连姓氏都亘古不变，这构成了文明的基石，实际上是一种权力游戏。如今不需要了。这个和平公正健康快乐的新王国，是由日薄西山同时又旭日初升的纯老人组成的。这是大陆上腐败无能保守落后的官僚机构做不到的。

瘘吡说：“这关系到的，不仅仅是航船能否正常行驶，而更是世界还有没有救。面目慈祥而信仰坚贞的老人集体坐船出海了，永续不断的和平便第一次降临在了这颗星球。所以船的名字叫做‘和平方舟’号。我今天告诉你了，你可要牢记。世界上只有一种人类——像我这样温良敦厚的老人。嗨，世界归根到底是我们的，而不是他们的！”

让病人长生不老返老还童的手段，不是炼丹秘术也不是吸精大法。《医院工程学原理》列举的治疗套餐包括：

一、当一个器官磨损后，通过器官工程和干细胞生长一个新器官；

二、喝蛋白质和酶的鸡尾酒，以增加细胞修复机制，调节新陈代谢，设置生物钟并减少氧化；

三、利用人工合成酶减少端粒缩短；

四、输入外源基因，改造可导致疾病和衰老的基因；

五、注入多肽，有选择性地清除体内衰老细胞；

六、利用纳米传感器检测癌症等重疾，在出现问题前就开展治疗；

七、维持健康生活，增加打架锻炼，端正饮食习惯；

……

痿吡说，这仅是几道“小菜”。司命还烹制了“大餐”来满足病人口味。“这便是改变生命的定义……很贵哦。好在不叫医药费，而叫医院船公共基础设施维护费。在钱的问题上，我们不可以抠门。这是立场态度问题。与敬老程序匹配，司命保留了红包程序。有的东西需要继承发扬。”

仿佛讲到关节处，痿吡勾勾盯住杨伟，又搜他身。杨伟便为痿吡擦体换药、送水喂食，并抠屁眼里的屎蛋。

13. 红颜蔚不衰

杨伟庆幸自己不再年轻。他是长寿工程的作品。这让他有了人生第一次自信，也就是养老自信。这是所有自信的基础。他为能被收入“老干部局”而与有荣焉。

但长生不老又如望梅止渴。电子显示牌表明，病人无不会死去。这是司命的判决。随着数据驱动时代来临，算法废除了循证医疗。据说，智能医疗机器应用强大的计算能力，找到了与病人相关的每一个原子的运动轨迹，从而预知了死期。也就是说，司命既要病人长生，也要他们快死。二者统一于一个难解而自洽的逻辑。人类有病的脑子太慢，不明白个中妙处。

回病房后，杨伟没有享受到《医院工程学原理》描述的任何一项返老还童治疗。或许是因为他没有钱。他每天目睹病友们一个个按时死去。这让他对司命产生了怀疑，却不敢说。病友们也统统不说。学习交流会上，只听得到对长生不老工程的一致褒赞。颂词立即被病痛所致的惨叫淹没。这又换来神奇病人指使疣啶施以的毒打。杨伟常被打得鼻青脸肿。这让他丧失自信。但他每次想要跳入海中自杀，都被神兵天降的自愈会会员阻住。他们身后总是跌跌撞撞跟着一群机器人。

船上的机器人五花八门，包括诊断机器人、手术机器人、假肢机器人、康复机器人、护理机器人、心理机器人、监控机器人和其他类型机器人，都受算法指挥。其中的护理机器人起了像是女性的名字，比如芬芬、玲玲、圆圆、佳佳、婷婷，让病人们想入非非。机器人同时承担了驾驶和维护船舶的任务，是在编船员，牛马一样做着最艰辛繁杂的工作。它们有的长得像人，用两腿或四轮移动；有的不像人，而似八音盒；有的是固定的金属平台，却拥有智能。不少机器人已老旧损坏，不堪其用，医院船似无力维修，更谈不上升级换代。在人体内自由漫游清除坏死细胞的纳米机器人，由于电磁线圈失灵，不仅不能正常工作，还给病人带来新的创痛，甚至直接置人于死地。为治疗抑郁症，在病人大脑中植入电极，与安装在病号服上的微型计算机连接。但计算机电池没电了，病人抑郁症复发，就自杀了。用于控制病人脑部皮层电路、使病人摆脱癫痫的智能头盔，也因为软件版本过期而失效。由于病人欠费，人工耳蜗、人工气管和人工肾脏罢工了。用于防止老人摔倒的智能拐杖也发生了故障。

司命又化身为《医药报》主编出现在电视屏幕上，笑吟吟对病人说："不能怨怪医院啊。它可是大伙儿的共同家园。我们这是首航，开创前无古人的伟业。在海上长征中，为了确保安全，不能靠岸补给，遇到一些问题也属正常，这不以人的意志为转移。"病友们认真听着，愁眉苦脸尽量不喊疼。神奇病人站在大床上雄赳赳审视。疣啶拎着水龙巡察。主编又说："既然做了病人，就要有病人的样子，保持定力，精诚团结，在院长的英明领导下，共克时艰，战胜病魔。只要医院在，只要航向对，任何艰难险阻都挡不住我们！"

推动长寿工程的常见做法却是从大海中捕捞肺藻，也就是漂浮在海面的紫色花朵般有机物。司命研究认为，此种海洋生物体内含有长寿因子，可以制成修正素，植入神经系统，给衰老以致命一击。神奇病人说："每个病人都有机会享受到，所以每个病人都要参加捕捞。谁不参加谁就会被停药！"这是艰险高危的作业。肺藻具有初级智力，能组织起来对人类发起反击。但大家想着司命的教诲，便奋不顾身迎难而上。

这天，在病人自治委员会领导下，以学习小组为单元，病人们穿上印有红十字的救生衣，腰间系了长缆绳，携带渔网钩杆，列队跳进大海。不少人立即淹死了。随行的医疗机器人也不救援。这是一款药品监制机器人，程序中没有救人指令。它们忙着把捞上来的肺藻分门别类装箱待命。

杨伟不想参加捕藻,却不得不去。他安慰自己,这毕竟是离开医院船来到外部世界的唯一途径。他见红艳艳的大海辽阔无际,满天童话般的白云,与绸缎似的浪花互相追逐。没有比这更美丽的世界了。未死的病人像草原上放牧的羊群,尽情享受大自然的十二万分精妙。

一群医生出现在海上,但他们不劳动,而在游玩。原来游玩并非病人专利。医生骑着基因重组的海豚,在浪峰间打闹嬉戏。他们是在陈述中得高分的医生,委屈感一扫而尽。无法回病房,能来海上玩,也心满意足了。他们的坐骑身上,用手术刀刺刻了醒目字迹:"先锋艇"、"标兵艇"、"模范艇"……医生们挥动高尔夫球杆,向天空发射用死亡病人头骨制成的小白球。噗嗒,噗嗒,眼花缭乱,目不暇接。

杨伟心想,这里面是否有万古教授?他朝医生游去,受到水流摩擦,身体奇痒无比,两腿间一个东西硬起,他意识到了自己的性别。

他看看四周,见捕藻者也是男人,便问瘘吡:"为什么没有女病友一起?"

瘘吡用轮椅划着水,严峻地说:"这个时候,你不要乱问不该问的问题。"

痉哌从一旁抢上来,挤眉弄眼:"哦,芬芬、玲玲、圆圆、佳佳、婷婷!"

杨伟慌乱地说:"我是问女人……"

瘘吡给他上课:"没有了女人。"

杨伟不解:"为什么没有了呢?"

瘘吡说:“女人是国家的道具。”

杨伟诧道:“出演电视剧的吗?”

瘘吡说:“国家用女人来繁殖。”

杨伟心想,哦,现在都是老人,老人做了小孩,传宗接代取消了,所以不必繁殖,不再需要女人。

瘘吡说:“还在上船前,国家就面目模糊了。医疗科技消除了国界。民族这玩意儿,也莫衷一是了。”

杨伟迷惑地问:“但国家又是啥东西呢?”

瘘吡说:“为什么就你问题多呢?国家是一具埋在乱葬岗里的白骨。但它仍借女人之身把蛆虫带的病菌传播给我们。”

杨伟记起唤他“吾儿,归来”的幽灵。这是死去的国家来找他了吗?似乎女人成了国家的鬼。但为什么不是老男人?他烦郁看去,见庞大船队,座座巨城,旌旗招展,十字灿灿,分明有着国家的形态和气魄,破落而傲慢,衰微而恢弘。他所在的族群,或族群的孑遗,为其承载,漂流不息。但是不对,医院分明已取代了国家。一切社会关系成了医疗关系。曾经的男性国民以病人身份录籍于医院……

然而,不正有了“新国”之象吗,国君长了一张铁面无私的机器脸……

杨伟感到滑稽,抬头看去,见天上挂着一个宇宙,便是上帝病房。他深觉奇异,心里一悲,坠入海里。痃嗪拉住他。杨伟又未能死成。

这时传来痉哌的咆哮。他正在自渎。海面冒出咸湿腥气。

疦啶脸上挂着淫荡笑意:“还真的是受不了芬芬玲玲啊。”

痉哌海狗般嘶鸣:“咔,咔!”继续专心致志干他的事。

疣啶见杨伟呆呆看痉哌,叱道:“看什么看? 又找死吗?”

痃嗪说:“彼此彼此啊,把这当作游玩的奖品,不对吗?”

瘘吡再作警告:“关于女人,的确不应该在捕藻时去想!”

杨伟悚痛地又问:“如此敏感,一定还有其他的考虑吧。”

瘘吡说:“海妖啊! 可不能让海妖识别出我们的真面目。”

海妖? 众人闻此,便不说了。瘘吡却还夸夸其谈:“没有女人在侧,男人就傻头傻脑,消除了自身固有的危险性,便无辜无害了,不会被海妖吃掉!”

杨伟往水中看去。除了浮动的深不可测的阴翳,以及痉哌弄出来的污渍,什么也没有。他就想海妖是什么。他记起那天晚上,从海中爬出来的无头无面的怪物。

痉哌干脆不捕藻了,大吼一声,潜到水下,久不出来。

疣啶举起一叶肺藻撕碎,弄得满脸白花花的。他大笑:“这家伙哟,找女病人去了。只有他相信女病人还在。他以为海下有孔雀开屏一样的俏美龙宫,那儿便是布满大红珊瑚和烂银海螺的女病区呀。”

痃嗪说:“好像就他不惧怕海妖哦。”

瘘吡说:“嗨,说到女病人,就算还有,不就是被手术刀切割了乳房和卵巢的雌物嘛!”

这么说来,似乎女人仍存于世,就待在附近水域,只由于男病女病有别,而做了隔离。

杨伟对“切割了乳房和卵巢的雌物”颇生好奇,心旌滉漾。他直然问:“什么是女人?”

瘘吡这回没怪他多话，粗俗笑道："双腿间修一个洞洞，胸口上修两个包包，便是女人；双腿间修一个包包，喉咙处修一个包包，便是男人。从前的缤纷世界由此而起。"

杨伟想象不出，包包和洞洞，是什么样子。现在这些都变抽象了，就仿佛一切物质实体不再有固定的形状。

痉哌又看到了什么呢？如今，男性和女性特征，都可以轻易改变。人和人，怎么还能用眼睛互相看出来呢？

底线是确保老年男性长生不老。这是算法的第一定律。初级阶段的病人是脆弱的，既受不了少年冲击，也防不住女人诱惑。后者是名列第一的减寿之物。"老干部局长"深谙病人的生物弱点。目前他们还未能演化成像它一样的机器。

根据《医院工程学原理》，最危险的是，女病人与男病人在一起，会违规造出小孩。这些儿童没纳入长生不老项目，无法确定由哪个科室收治。司命有精确的计算，所有科室都不可以消耗哪怕多一分毫的资源。计划外的孩子要重新经历由幼婴至老人的错误成长过程，而不走返老还童的唯一正确道路，这是医院也是病人的悲剧。如果幼童一旦成长为年轻人，就是灾难了。这种事绝不允许发生。

每个病人读《医院工程学原理》，都会看到自己想要看到的。痉哌从中读出，女病人居住在水下五百米，平时只有医疗机器人才能去到。海水中布满女人的七彩分泌物，烟花般弥射跳跃，刺激着痉哌的视觉和嗅觉神经。杨伟没有从《医院工程学原理》中读到这些。他为此自卑，只好想象——赤色仙境，深藏水底，熠熠生辉，不可触及，女病区形成了与老年内科病房对峙的异世界。他又揣度女人长相。乳房卵巢,什么模样,连这个也不知道。真的见了,多半也分辨不了是不是女人。

有肺藻从边上掠过,打断了病人的思绪。他很恼火,便捕捉它。那东西用触手反击,捍卫自己的生命。他举起钩杆痛击肺藻前庭,它立时萎缩了,向内卷起。他把它收入网袋。海洋生物的三只灰色眼睛死死盯着他,流露出仇恨和悲绝。

——多活几天就靠它了。所谓生命,就是生命与生命的交换吧。生死相依即为此意。杨伟想。

四散而逃的肺藻逐渐朝一个中心运动,围绕医院船聚拢,编织成巨幅五角花图案。神奇病人大喊:“快,快!立功的机会到了,把它们统统捕上来!”说时迟,那时快,膨胀中的肺藻集群,喷吐出漆色水沫,形成迷雾之阵,又把触手交汇成大树般的连簇,把靠近的病人卷到海下,瞬时撕碎他们的肢体。大海翻滚起肉红色波涛。幸存的病人发出惊呼,抓住安全绳游回大船。医疗机器人这才踩水而至,用高压水龙冲击肺藻。人类和海洋生物破碎的尸块如雨喷溅。刚才还一片晴天,这时乌云聚汇,阴冷下来。医生发一声喊,驭海兽返回。深水中暗黑无光,什么也看不见。成千上万的海鸟飞来,受到魔力牵引般坠落淹亡。到了傍晚,肺藻才疏散。海天恢复宁静,现出一道孱弱霞光。杨伟觉得,世界是一幅洞窟岩画。

肺藻最早是医院用生物纳米技术培养的体外肺,含有人工智能因子,用于救治重症急性呼吸窘迫综合征和矽肺患者。制造失败的肺藻,就扔弃入海,其中一些幸存下来,变异繁衍,形成新的物种种群。

传说中的海妖是比肺藻更可怖的存在,无人见过。它被认为是国家的变形,受医疗废弃物激发,以怪物模样从海底生长出来,据说有一天会把医院船弄沉。病众却不信这个。他们像海绵一样从《医院工程学原理》中汲取做上帝的力量。仿佛这样一来,疼痛就抵消了,疾病就痊愈了,长生不老便大功告成了。到那时女病友才会回来。老男人便可以怀着淳淳童心,开怀大胆享用她们了。

14. 死生契阔君休问

捕藻的经历使杨伟意识到,要死随时可以。但他多次去死,均未能办到。这好像也不是他可以自己说了算的。

在死前,他先要找到治疗过他的万古教授。这位大夫一定知道医院船的真相。别的病人没有想到要去找医生打探。他们活着或死了,都缺乏好奇心。这或许因为死期是计划中的,也就不多想了。但为何只有杨伟特殊呢?

他害怕这些念头被算法知晓。据说司命分分秒秒扫描病人的大脑神经活动,甚至进入他们的潜意识窥视。但它也许把杨伟的死期漏登了。

死神却似乎并不把医疗机器放在眼里。它像从失物招领处取东西一样,随时把生命拿回去。杨伟怀疑,死神会不会与司命暗中做了交易。

死神之手这回伸向了疣啶。疣啶是强悍霸气的病人,能用拳脚把病友活活打死,但自己说死也就死了。

这天夜里,疣啶植入皮下的无线电装置发出报警信号。他的智能病床立即活动起来,调动资源进行急救。医疗机器人也赶来了,心脏起搏，吸痰，上呼吸机。病人喉咙中发出嘶鸣。机器怪叫。病友们无法入睡。神奇病人又拉响小提琴，招呼人聚在床上，打起牌来。只有杨伟忍不住去看离水鱼一般挣翻的疣啶，心想这家伙也有今天哪。杨伟曾多次受他殴打，甚至差点被他扔进海里。

机器人玩了一小会儿就收工了，若无其事撤离病房。舱室里只剩下打牌者的吆喝。

杨伟感到了死亡的征服力。它像磁铁一样，无声无息在每一个活物头顶上方悬浮。这仿佛宣告，活是暂时的，死才是永恒。没有什么力量能对这种力量进行反征服。

疣啶嘴鼻中流出一摊黑糊糊的液体，让人觉得死人的身体深处还有一片盎然生机。病床自动翻卷开来，弹出一层黄色塑料布，把尸体连头带脚包裹住，整理成异物。

小提琴止声。病人入睡了。疣啶将与大家相伴度过长夜，等待被收尸机器人取走。

经过一番思想斗争，杨伟走到疣啶床边，揭开塑料布一角，像看阴鬼般察看死人。

疣啶还睁着眼。他老得像要化掉，死后更为狰狞。他没来得及蜕变为儿童。所幸病人死时，身边并无女人。

所有的死都是孤独的。它只属于死者自己，不会被旁人分享。

杨伟观摩死去的疣啶，不仅怀着报复的心意，也是看镜子般识别自己是谁。

他凝视疣啶变形的身体，心想这怪物怎会来到世上。在其生时，将它维护住要耗费大量物质财富，这甚至促使人类发明了智能医疗机器。但它却说翻脸便翻脸，眨眼间背叛维护者，甩甩手扬长而去。这就像水性杨花的女人。

被称作“人”的这件行李,仿佛是为“死”这个虚荣而挑剔的女人服务,才暂时寄存于世的吧。杨伟想。

他伸手擦拭掉疣啶口鼻上的黑血,又摸了摸他的脚心。那儿滚烫。

他忽然好像看到死者坐起,冲他大叫:“别打扰我行走黄泉路啊!”

杨伟却不哀伤。医院船上无论死什么人,都不是亲人。无人能有亲人可死。这减轻了死的压力。

疝噻也走来,吃吃笑着,手握水龙,猛冲疣啶。他嘟囔:“消消毒,消消毒。”病房又发洪水了。

一夜间老年内科病房死掉十人。早上,杨伟随病人列队来到甲板,想到自己还活着,深觉羞惭。

各病房皆送来尸体,这个五具,那个七具,堆成小山。不知怎么的,疣啶的脑袋已经不翼而飞。

神奇病人让疝噻带人,把疣啶的无头尸取来,塞进病人的队伍站好。待会儿医疗机器人点名时,就可以报数了。病房总要维持住长寿的表面形态。

神奇病人又拉响小提琴,率病众诵读《医院工程学原理》,为死者送行:“长生不老,是病人的基本权利,神圣不可侵犯,依法受到保障……”

雍雅乐声中,杨伟觉得自己飘荡起来,离开甲板,飞升上天。他见到许多穿黄金甲的异人,在云端愁目观看。

司命的画像边贴满标语,是从《医院工程学原理》中摘录的语句,描述未来十年内,病人平均寿命将达到一千二百岁。

几个医生佝腰曲身,戴着无嘴面具悄然走来,把肉多的尸体取走。他们做贼一般,让病人看了难受而鄙夷。

随后机器人才来,把剩下的尸体投入海里。死人溅起小朵浪花,便了无踪迹。海葬是医院船的传统风俗。

杨伟问:"是大海中永生吗?"

瘘吡说:"人类起源于腐水。"

疣啶的死不属意外,同样符合电子显示牌上的安排。

瘘吡夸耀地说:"连我都知道——这家伙很嚣张,个人主义膨胀,纠集了打架团伙,制造计划外骚乱。他已经打死打伤好几个新来的病人,还把他们的财物私吞了。他连神奇病人的话也不听了。病人自治委员会受到警告。再这样下去,所有的病人会被停药。是可忍孰不可忍呀。"

由于疣啶极难控制,神奇病人便趁他睡着,让疝噻为他注射过量胰岛素。神奇病人把能搜集到的胰岛素都掌握在手里,用来处理他讨厌的病友。这是为了病房的公共利益和病友的集体福利。附带效应便是,由于缺少胰岛素的治疗,一些糖尿病人也死了。

杨伟说:"这不是谋杀吗?"

瘘吡说:"不。是治疗啊。"

杨伟说:"司命知不知道?"

瘘吡说:"司命无所不知。"

他解释,让有的病人先死,属于高级套餐。死亡,也是一剂良药。如生一样,不是每个病人都有幸享用。

杨伟说:"啊,司命真的太有品位了。"

瘘吡说:“它完全为病人着想。这么做,是为了让优秀病人比如你我有富裕空间活下去并收获长寿果实。”

杨伟说:“噢,司命真要让人做上帝。”

瘘吡说:“你很着急吗,沉住气。人类或病人,只需悉听遵命,加以落实。”

杨伟才知,神奇病人只是执行者。终究还是“老干部局长”一手遮天。医生也不可能反攻倒算杀回病房。

15. 算来著甚干忙

疣啶死后,学习小组的成员分掉了他的私房钱。这份财产他们早惦记了。还发现了疣啶偷写的一纸明细单,记录他跟神奇病人玩牌输了多少钱。

杨伟也从疣啶的碎银中分得了一份。他就把买病号服欠的账还了。他才感觉到有了一些与病友平起平坐的资格。船上的钱物就这样从一个病人兜里转移到另一个病人手中。大家争做财富拥有者。在医院船,无产者是可鄙的。只有这个不变。每次治疗都要额外缴费。算法保留并升级了旧医院的财务系统,用来支持其红包程序。

痉哌找到杨伟,要他帮忙做一件事,也是疣啶干过的。原来疣啶与痉哌曾是搭档,他们一直在搞传销。杨伟才知道,病人自治委员会是一个传销组织。神奇病人领导建立了金字塔式分级体系。在学习小组外衣下,病人们还有更多事要做。

疣啶和痉哌负责一个传销小组。疣啶死了,痉哌就来找杨伟,大概觉得他是新回病房的病人,比较好支使吧,这就像痿吡让杨伟服侍他一样。杨伟不太情愿做,但看到痉哌那样子,就只好答应。他交了一些钱给痉哌做底金。

痉哌剥掉了杨伟的病号服及头盔,这样司命便监控不到他的行踪了。这跟游玩是一样的。危险在于,万一发病了,机器无法及时处理。痉哌把杨伟派到主甲板下面的负二层。在这里他遇到一个名叫疸呤的病人,接上了头。他们来到一片杂乱的建筑物处,系由废旧舱室改建而成。有丛林般的生锈广告牌,杨伟似曾见过:"松尼治疗中心","软微急救中心","山星特护专区","歌古社区医院","卫华特种病房","阿狸健康会所","石化生命基地","商银手术俱乐部"……都是私人药房和诊所,俗称"影子医院"。

疸呤说:"好药是有的,但储存在影子医院。私人药房和诊所是医生开的。他们一旦通过陈述,就获得了来这儿开药房诊所的资格。为了不让司命生疑,雇了病人当店员。"

疸呤的身份相当于医药代表。他曾经是个房地产商,因为缴纳了更多保证金和赞助费,而被医生偷偷安排在了"李时珍药房"。

影子医院除了卖药,还出售医疗器械,从手术刀到拔牙钳,从内窥镜到勃起仪,从测序机到除颤器,应有尽有。它们被医生私藏起来,躲过了司命的耳目。

疸呤说:"平时你们见的都是赝品。我这儿才货真价实。如果临到手术才来买,会贵很多。你提前采购,最为明智。若能多进一些,我再给你优惠。"

杨伟说:"不买可以吗?"

疸呤说:"那你走不出去。"话音未落,药房里又出现几个病人,手拿手术刀,恶狠狠围住杨伟。

疸呤解释:“谁也说不准自个儿什么时候就会被送上手术台。机器人老旧了,指望不上。只好恢复人工操作,才能确保手术台不是断头台。”

影子医院可以直接提供手术服务,由医生亲自来做。疸呤夸口道,用质子疗法治疗视网膜母细胞癌,治愈率百分之百,并能保住眼球。机器人做同类手术,只能摘除眼球,还经常把好眼球摘下,把坏眼球保留。

手术刀除了用来治疗,还可供病人打架斗殴,卖得最好。

畅销商品还包括生物支架,植入心脏两年后可降解成水和二氧化碳,患者无需终身服药。机器人只提供金属支架。

身体备件也明码标价,有心脏、肾、肺、肝等,用从死人皮肤上刮下来的细胞培养而成。另外还卖合成血浆。甲板上的血库干涸了,不少病人在手术中因为缺血而亡。

又有合成关节、人造颧骨及齿轮齿条转向器。这些商品实属少见。但无论有什么捏、切、转、换、变的需求,病人只要携足款而来,便能在影子医院有所斩获。每十万海里,可以把全身器官更换一次。

杨伟说:“百闻不如一见。才晓得医生并未离场。我能见见他们吗?”

疸呤看来很清楚医疗观光流程:“哎,你不是见过他们做陈述了吗?”

杨伟说:“那还是只能远远偷看,没法交流。”他渴望与医生对话。

疸吟说:“你是特殊病人,非为求医,而要打听自己来历。不可以。”

杨伟说:“我也想要请医生为我做手术的。我重病在身。我很疼痛。”

疸吟严肃地说:“医生的行为方式,等同于战争时期的敌后武工队,主要靠单线联系。要做手术,需事先预约,并不能声张。”

杨伟恳求:“如果有机会,让我见见吧。”

疸吟说:“哦,价格不菲,还得加小费。”

杨伟就塞给疸吟一些钱,请他帮忙预约。

他想,一定要见到万古教授。这时,他听到一种怪声,便朝舷外看去,见医药废物和病人粪便正通过一条粗茁胶皮管排泄入海,砸出壮观的漩涡激流,通向一个更加隐秘的世界。

在李时珍药房,杨伟拿到了药品和器材,包括病房稀缺的记忆增强剂、机能促进剂和新陈代谢辅助剂。胰岛素也买了不少。采购最多的,是芬太尼之类的强力止痛药,威力是吗啡的百倍,可口服或植入皮下自动释放。此外还买了烟酒。

看到杨伟满载而归,痉哌满意地说:“病人都去到影子医院,正规诊室和药房就只剩下劣质药、过期药和假造药了。”

杨伟说:“因此,司命是心有余而力不足吗?原来,医疗资源被医生釜底抽薪,控制在了影子医院。人类的黑暗狡黠,算法学习不来。”

现在他知道了,船上存在两个医院,一在司命管控下,一在医生掌握中。无论哪种境况,病人都不是主人。杨伟似乎触到了问题的答案,却觉得还有什么地方不对。

病人自治委员会的骨干成员皆与影子医院有着密切联系，与医生一起控制了销售渠道，把高价药转卖给病人。像痉哌这样的基层传销者会把收益大头，通过打牌输送给神奇病人。他自己也建立了小金库，要用来向意淫中的女病人献媚。

杨伟把他看到的对瘘吡说了。瘘吡感到嫉妒，因为痉哌没派他去影子医院。而杨伟竟然不通过他，就获得了新的收入和知识。

他说："快，把钱分些给我。教你那么多，学费该涨了。"

杨伟只好把钱给他，但说："我看到了市场通向自由。"

这鬼使神差的语句在他脑中闪过。杨伟以为，船上所缺，除了药品、食品、青春、女人，便是自由。

医生和病人共造黑市贸易，为自由打开一个缺口。如此，算法为病人设置的命运安排，便被撼动了。

瘘吡奸笑："你在说多么天真幼稚的话呀。虽然疣啶死了，但你真要小心。你才是船上最危险的人。"

瘘吡的警告不可小觑。有一层氤氲杀气在船上升腾。杨伟便又为瘘吡做全身按摩并抠屁眼里的屎蛋。

16. 知命无忧子何病

疣啶之死加快了游玩的步伐。大约一想到死，痃嗪便精神抖擞迫不及待。他选择的，多是船上险绝之地，常人不能抵达之处，直奔死的主题。这是忘掉死的前提。

医疗观光的最初起因，是为了开辟治病新途径。痃嗪讨厌司命既为病人设立长寿目标又为他们确定死亡期限，他也没钱去影子医院购药,就逃出病房去游玩,以为如此便可以跳离死亡周期。这一开始也是受了自愈运动启发。自从有此打算,痃嗪就花时间搜集了大量案例,都是同一内容——绝症病人在求医无果的情况下,放弃治疗,离开病房,一味玩耍,在旅途中不治而愈。对这一奇迹,《医院工程学原理》只字不提。

有这样一个案例。甲某是某著名大学附属医院医生,他先后听到两位好友的不幸消息:乙某患了严重冠心病,丙某被检查出直肠癌晚期。更不幸的是,乙某的妻子丁某也被确诊乳腺癌晚期。医生判定乙某、丙某和丁某都只有三个月可活。乙某夫妇在绝望中作出一个决定:去周游世界。他们将毕生储蓄交给旅行社,只提出一个要求:因为不知哪一站是人生终点,故请旅行社不要限制他们的旅行时间,直到其中一人辞世,旅行合同才自行中止。乙某夫妇亦邀丙某一同前往,丙某心动,但被身为医生的甲某阻止。乙某夫妇则不听劝说,乘坐豪华游轮作环球旅行。丙某接受甲某的治疗,病情很快得到控制,他活过了预言的末日,并继续存活了一年多,才魂归冥府。

这期间,乙某夫妇音讯全无,甲某以为他们已不在人世。但两年后医生接到一个电话,竟是乙某的声音。他兴奋地告诉甲某,医院检查发现,不仅老婆体内的癌细胞全部消失,就连他的冠心病也处于没有危险的稳定期。甲某与乙某夫妇会面,见两人容光焕发精神矍铄,不禁大为惊讶。乙某直言,两人只顾着贪恋旅途中的美景,根本没空想身体状况,并且精力和体力越来越充沛。两年过去,旅行中产生的费用,已远远超出预付款,他们于是主动提出终止合约,旅行社才如释重负。

结论是，正是夫妇二人在对壮丽大自然的美好体验中，滋生了渴望生命长久再长久的强烈意念，令他们的身体细胞结构产生了奇妙变化，成功击退了医学手段无法驱逐的病魔。甲某想到丙某，顿生歉愧。要不是自己强行将他拉进病房，那他现在或许也会活着。内疚使甲某一度患上抑郁症。然后，甲某研究发现，心脏分泌的荷尔蒙能起到控制人体癌细胞的作用，对缓解冠心病症状和肾衰竭都有疗效。这就是丁某体内的癌细胞神奇消失、乙某严重的冠心病也得到了控制的原因。

这正是传说中的"上帝的终极底牌"。它暗示存在一种万能治疗术。在这儿，医生和算法都无事可干。医学被彻底否定了。甲某对闻讯而来的记者说："西医鼻祖希波克拉底早在公元前五世纪就说过，并不是医生治愈了疾病，而是人体自身战胜了疾病。但我对这句话的领悟太迟。如果我早五年明白这个道理，我的病人就不会在我的无知劝阻下，丧失他本有权得到的这最后一件礼物了。"

这在医生中引起了争议。同事们认为甲某走火入魔。这个孤证没有统计学意义。而且这会给医学事业的发展带来巨大危害。如果病人都去游玩了，还要医院何用？医生就无存在的必要了。这从根本上损害了医疗者的利益。甲某反驳说，从宇宙范围来看，孤例往往才是真理。结果他越来越孤立，不久就自杀了。病人中却流传开口诀：寄身人世间，要死不活处，束手无策时，自当去游玩。不过真敢迈出病房的仍是少数。这需要从身体和精神上摆脱对病房的依附。

痃嗪给杨伟看医生甲某的照片。那人长得竟然跟美洛主任十分相像。

痃嗪说:“我们的医院船,实际上是一艘豪华游轮。它把我们带到海上,是要我们放开来耍的。但病友们心有魔障,忘了初衷。把游船误认为医院,是最大的谬失啊。”

到了后来,痃嗪连治病这事也抛置脑后,忘得一干二净。游玩本即深度遗忘。

杨伟嗅着痃嗪口中发出的恶臭,知道他的疾患正朝预后不良的方向发展。但只要游玩,病情能否好转,已无所谓。

杨伟想到《医药报》刊登过一段有关医院船的介绍:“大型多功能医院船与豪华游轮在性能上具有诸多相似之处,通过对医院船设计和建造关键技术攻关,再结合美学设计理念,从追求居住舒适性的角度出发进行研发,可以初步形成面向豪华游轮的自主设计和建造能力。”

——游轮,是关键词。看来,生命中必须要有游轮。以前这被忽视了。绝大多数人的生命中没有游轮。

在传说中的大陆,曾经医院密布,连城市本身也是医院,每一秒钟都在救人,却终归救不了。因为人类从来不曾以这样一种腻歪方式生存。千万人聚居在同一座人工堡垒中,抬头唯见嵌着红十字的钢筋混凝土森林,呼吸着有毒的雾霾,每走一步就会进入治疗室。市民们的排泄物在他们脚下淤积成大湖,长年累月发出恶臭。肉体释放的浊气彼此追逐感染。结果人人成了病人。他们自身的由狩猎农耕方式形成的免疫系统跟不上时代剧变,所以他们每天需要用药物来支持,才能活下去。但他们服药后病就更重了。这是因为他们的体质不适应医院。不搭乘游轮来到大海一玩,人类就要被自己制造的物质灭绝了。

那么，这才是医院船的真相吗？它本该由旅游局管理，却阴差阳错交给了医疗机器，便使一切走到了反向。出发点错了，事情做得越好，便越可怕。

但包括杨伟在内，登船的人有什么资格或特权呢？人老加有钱，或许是先决条件。乘坐游轮当然是世界上最贵的旅行。穷孩子被拒绝了。可悲的是上船的人却忘了自己是游客。

自愈会会员最早领悟到此理。但他们很快在尸体中装入电机，把活下去当作最高追求，目的性过强，便与玩耍的意趣背离了。结果他们未能实现自愈。

痃嗪也以治病为出发点，但随着游玩深入，渐忘本意，只是为玩而玩，显出比自愈会高明。“治疗”变成“观光”，词汇的转化再造了现实。

由于不再记得原有目的，濒死的痃嗪反倒一天天看上去像是永生者了。这引起了别的病人嫉妒。

但痃嗪只是自得其乐，不在乎他人怎么看。杨伟却无法达到痃嗪的境界。他参加出游，是要借此弄清自己身世来历。这令他背负枷锁，玩得沉痛。

他亦疑心，痃嗪搜集的案例虽多，却难断真伪。反证也有不少吧，却被刻意回避。再说，就算上述故事确然为真，乙某夫妇活下来，丙某死去，难道不正在于前者是男女结伴出游的缘故吗？这层暧昧关系，成了逆转关键。

杨伟猜测，这两名病人可能进行了相互治疗。仅仅提到“夫妇”二字，就是多么的恶心而亢奋呀。杨伟才记起，他似曾与女性相互治疗，也就是两人互为医患关系，扮演双重角色，进入对方身体，探查疾病本源。这是家庭瓦解之后,形成的新型人与人相处方式。

但现在船上连女人毛也不见一根,这却是豪华游轮的诡异之处。杨伟便对痃嗪也增添了不信任。

17. 斜阳正与长安对

但游玩不是为了解答世界之谜,亦非要坚定信仰巩固信心,否则它就跟学习交流一样了。然而谁又能断言这不是走上了邪路迷途呢?

疣啶死后,游玩渐入佳境,视野才真正打开。这回,去了污物间,船上的十佳胜景之一。这代表了医院最肮脏最绚美的地方。

杨伟在《医院工程学原理》中看到有“不净观”的记叙。人的身体就是个臭皮囊,外面有一层皮,把它剥开,就会发现里面没啥好看的。胃像个茄子,肠子似不规则的电线,里面全是臭烘烘的东西,散发血腥味。身上的九孔常流不净,眼里长屎,鼻中流涕,耳朵深处有污垢。一个人刚死时,脸慢慢青淤肿胀,然后变成紫色,接着脸皮破裂,流出脏糊糊的物质,身体也开始腐烂,渐渐化作脓液,处处布满蛆虫,最终变为白骨。这样一个东西的确没什么值得贪恋的。因此明白之人教导,去医院吧,看一台手术,瞅瞅医生剖开病人肚子,是什么情况。医院即道场。

但是,杨伟来到医院,所见却是,这儿忙碌不堪所为,无非是把病人救活,好让大家继续耽迷他们的臭皮囊。

病众在黄昏时分抵达污物间,人和物沐浴在斜阳金晖下,与司命的拟人画像相互映衬,亦幻亦真,美不胜收。

杨伟以前似乎来过这里。但现在情况又不同。风光不是他彼时所见。医院船一天一变。常常有病人迷路身亡。

污物间里,遗弃了大量试管,装了敲掉遗传病基因的人类胚胎。培育进程中止了。婴儿还没有出生,就随同器皿扔掉。这印证了断子绝孙工程的存在。

又见人体器官堆积成丘。有的放在金属或玻璃容器中,有的置于空地。有肝、心、肾、脾等。大多破碎并腐烂。医用资源和材料如此短缺,这些东西却没能进入正规治疗室或影子医院,殊为可惜。

痃嗪饶有兴味地向玩伴介绍,这附近原有一个制造车间,可高速打印心脏、肾脏、大脑和骨骼。痃嗪说,打印属于早期医疗技术。“复杂的生物器官如肝脏,由二十五亿个细胞组成,原本要为千万年的自然演化背书的,却一按键盘便如此轻易打印出来,真是魔鬼做的事啊。但据说资深医生并不喜欢打印的器官,他们热爱真实的、鲜活的人体组织。就像中医,在计算机上开处方,觉得怎么也不是一回事,别扭得很呐。就是个手感问题。”

瘘吡说:“医生都是最有洁癖的。因为他们长期生活在世界上最污秽的环境中。”

痉哌说:“就因为这个他们迟早要被机器替代。但没有打印的女性生殖器官吗?”

痃嗪说:“看不到的。倒听说过本要把护理机器人升级为老年病人的性爱陪护。”

杨伟问:“中医?什么是中医?”他好像看到了异世界。他们等待疣啶发表评论,但这时想起他已经死了。于是无人再提“中医”。

痃嗪打开一台冰箱。里面冻着一堆人头,包括疣啶的。原来他死后被拆解到这儿了。观光者们在憎厌恹恶中赏心悦目。

痃嗪说："这才是最好玩的。看样子，准备用于移植。终于见到了！也就是把一个人的脑袋搬到另一人的脖子上。四肢麻痹病人或是除头部以外其他部位严重瘫痪的病人都可以享受这种治疗，癌症晚期、糖尿病晚期或多脏器衰竭的病人也有了重生希望。完成一台换头手术，早期需上百名医生同时工作，后来自动化了，由机器人来做，嗖嗖嗖十几分钟就搞定。"

瘘吡说："是有说明的。"他翻开《医院工程学原理》念了一段，机械手如何准备好对接的头颅，如何把肌肉、血管、气管和食道齐颈切断，并小心保留下甲状腺，又如何将待移植的头颅在零下十五度的低温冰箱中保存，以减缓脑部代谢。

痉哌把疣啶的脑袋取出来，用一根注射用的废针头来来回回捅死者鼻孔。杨伟心悸地想，这就是宇宙中那最巧夺天工的构件吗？亿万年进化才得以点燃的智慧火花，曾跳跃于神经网络间，却抵不过机器最简单的一次运算。

痃嗪沉浸在职业导游般的惯性亢奋中："一旦决定移植，脊髓就会被一把薄薄的小刀切断。头颅便处于所谓的受控死亡状态，任凭处理……"

瘘吡装腔作势配合道："机器迅速把它放置到新躯体上，并用聚乙二醇和壳聚糖两种聚合物溶液，使神经细胞融合，从而结合脊髓，随后连接血管、肌肉和其他被切断的组织。由于有了免疫抑制剂，移植出现的排异反应也可以避免。"

杨伟心忖，他接受的特殊治疗，会不会是换头术呢？他的记忆出现了问题。他的头颅搞不好已长到了别人身上。他便猜测自己原本可能有过的那个躯体,此刻或许正在某一他乡比如海洋深处化作白骨。要从骷髅上打捞出记忆就太难了。

他慌痛地看看病友,觉得他们都是死人,只是顶着别人的脑袋活着。

痃嗪心照不宣瞅着痉哌将针头从死者鼻腔穿至颅内:"疣啶这颗人脑尚属新鲜,大概还可以用来移植。但安在谁的腔子上比较好呢?"

杨伟感到针尖从自己的脑浆中挤过去。不过,他疼痛的主位却在腹部。也许那里面也有颗脑袋?神经元移植过来,直接装进了肚子。

瘘吡说:"做头颅移植需付一大笔钱,只有贵宾病人有此实力。我们差老鼻子了。连在肝脏或肾脏中移植少量的记忆都不容易办到。"

看来,果然是可以往腹中配置大脑功能的,这在技术上不成问题。思想便能掺杂在胃液和粪便里一起搅动,发出异味。关键要有钱。

痉哌说:"喂,来猜猜,这些脑袋还扛在各人肩上时,他们的底裤都是什么颜色啊!"

痃嗪露出吃屎般的表情,准备把冰箱门关上,让头颅们回归逼仄的黑暗空间,却被痉哌拦住。

痉哌把脑袋全部取出,一手一个,互相磕碰,撞得粉碎。这效果异于常温下活脑解体。痉哌从满地冰凌似的残渣中捡起一粒,塞进嘴里咀嚼。

痃嗪说:"痉哌,你要干什么!"

瘘吡说:“痉哌,你这样做,它们就无法装配。好些个新人都毁了。”

痉哌吐出脑渣,刺笑道:“有人在演戏。哪来的换头术?大脑是机器中最笨的一种。我们几个可以全人直接打印,何必如此麻烦?真要在脑瓢上打主意,进行皮层布线或芯片植入,岂不更方便?再说了,头颅这玩意儿,女人会喜欢吗?她们只在乎一样礼物……”

他伸手呱啦呱啦拍打自己的生殖器,又用脚吱吱嘎嘎来回碾压脑浆结块。杨伟在痉哌脖颈上看到一道带状粗粝黑影。

痉哌又道:“根本不存在换头术。但可能有一个藏在黑暗中的文明,它流行砍头风俗。这船就是它的遗址。喳,喳!”他用手比画成刀状,往自己脖子砍去。

瘘吡说:“很好,很好。胜景不再吗?文明死亡吗?这题目大了点噢。我得查查《医院工程学原理》。”他恋恋不舍觇视疣啶碎了一地的脑骸,仿佛那上面蕴含丰富的哲理。

痃嗪有些尴尬,说:“文明也好,胜景也罢,实话讲已荡然无存。矗立千秋的阿房宫又在哪里呢?我们只在欣赏落日余晖。晚霞最美。下次我会带大家去看更璀璨的,算是文明的回光返照吧。”

18. 翁今为飞仙

他们果然去了。痃嗪带大家去看比换头或砍头更美的,以防病友们疏懒心思,令医疗观光半途而废。

旅行团再次经过电子显示牌时暂停,兴致勃勃观摩上面各人的死期。杨伟想,死期既已确定,病人就没必要遵守医院船的规矩了,做什么都可以,也就是说,拥有了无限自由。但如此一来,医生利用市场经济获取自由,岂不多此一举吗?然而由于死期的明确公布,病人要做什么不做什么,又都板上钉钉,也就是说,毫无自由。司命能预测人的欲望和决定——它们仅仅是神经元的放电模式。人作出的所谓选择不过是陌生事件和生物预设的叠加。杨伟甚至觉得,医疗观光也是一场安排。如痉哌所说,有人在演戏。谁是导演呢?

痃嗪引领众人,爬至三十三层甲板,这里好像琼楼玉宇,正如之前提到的阿房宫。羽毛球室、保龄球室和游泳池在开工改建。痃嗪说,这里已被设立为"医疗事业中枢功能前置增强和生命核心要素集聚开发区",亦称"瀛洲新区",或"梦想天地第三坛城"。众人看到了人兽基因嵌合生物,从合成生物学实验室转移至此。磷光闪闪的蛙状生命,培养为能在剧毒环境下生存。另有复活的远古生物。有的只是原生生物形态,却肺藻般具备初级智力。早期人工生命体繁殖的后代,也来抢占一席之地。有的其状如羊,九尾四耳,或六足四翼,混沌无面目。有的貌如肥豚,音如狗吠。有的鱼身而鸟翼,叫声似鸳鸯。有的形如黄色口袋,眼睛一个生在顶门,一个长在下巴,鼻子一孔朝天,一孔向地,耳朵一个在前,一个在后。这些生命在坛城开辟了各自的生存空间。病人之前囚于病房,对此一无所知。他们来晚了,已无立锥之地。

痃嗪嗟笑:"不是想看文明回光返照吗?这就是了。"

瘘吡翻翻《医院工程学原理》:"知道了!这船不仅是司命、医生和病人的聚落。也不能简单用生物多样性或生态保护区来称它。它是一个共生生物群。《医院工程学原理》说了,医院船正在演化为一种以智能机器和病人为核心、以多物种作支撑的交嵌式新文明。它将比今天的世界更伟大呢。”

根据《医院工程学原理》，新文明是一个物种基因库，包含了星球上已有的、灭绝的、新造的生物遗传信息。船队构成了超大型自洽生态系统，称作“本医院群”，在有限无边的汪洋中航行，像是上帝才能制造的世界末日运载工具。这意味着就算大陆已被洪水淹没，病人们也能平安快乐活着。船上所有生命都是单一雄性。似要为新文明设置新进化动力，不再以性为驱动。这种力量已在这颗星球上乏味地称霸了四十亿年，却并不可靠。看来司命发动了一场变革。之前，据说为了满足病人需求，除了开发性爱机器人，还研制出一种药物，能在大脑皮层引起化学反应，让老头儿获得虚拟性交快感。但这也不搞了。原来是为了建设更高等的新文明。

瘘吡欢欣地说：“又离上帝近一步了。上帝也是单身。没有女上帝。这也为他的孩子耶稣继承。据说，父子还坚决反对同性恋哟。”

他援引《医院工程学原理》称，坛城居民的主体是以老寿星为代表的仙翁集团，被辅助生物群落簇拥。多种生命和平共居在凝结着水汽云霞的梦想天地中，就可以实现从进化初级阶段向中高级阶段的过渡。未来的医院是一种集体智慧。病人、医生、动物、人工生命体群落和智能机器一体化，你中有我，我中有你。长生不老、断子绝孙、影子医院、定制死亡、黑市贸易、自由市场，都统一起来，不分彼此。

痃嗪可笑地看着瘘吡说三道四，好像他带大家来此，就是要让这帮家伙放纵表演的，从而让游玩能够产生新意。

杨伟想，他之前在夜里见过的幽灵，会不会便是眼前这些有别于人类的新生物呢？怎么看也觉得像是妖魔鬼怪。

瘘吡说："动动手指头，就把鬼变成人；再动动手指头，就把人变成神。像玩牌啊。或者让这过程反转走一遍。"

痃嗪说："神仙国度，魑魅世界，彼此彼此，没有区别。这也妙不可言呢，不就形成迪士尼般的新观光地了嘛。"

痓哌说："我想跟女仙和女妖玩呢。这一定比性爱机器人强。神还没有这个权利吗？"他扭动腰肢假扮出她们。

瘘吡说："神与魔，可以直接用病人改造。病人是天下第一称手材料。医院船，就是造神的沃土，打鬼的圣坛。"

痃嗪说："就算你已不再是原先的那个你，成了赝品，又有多大关系呢？完全可以不在乎究竟是活着还是死了。"

痓哌说："这样一说不就省事了嘛。变来变去，神仙妖魔，仍然是一坨坨的肉。有趣味的无非是感官的砌块啊。"

瘘吡道："死人有死人的玩法，活人有活人的玩法。还要感谢司命照料着这个新世界，而不仅仅是我们老病人。"

痃嗪说："已经说了，只是回光返照啊。不要被它迷惑，不要掉进沟里。还是抓紧时间玩耍吧，才好南面为王！"

南面为王？杨伟仿佛头脑中打入一根钉子。他加入游玩，试图把记忆中散失的人生重新组装，却没能办到。他无法想象南面为王。这跟做上帝有何不同？

他们到乒乓球室门口，见伫立着一具透明的塑料雕像，是一个裸身男子，高鼻虬目，挂在十字架上，脑袋耷拉在胸前，瘫软如泥，伤痕累累。旁有文字说明——"耶稣七号"。

痓哌说："啊，耶稣！上帝的儿，医院的创始人！长得这副模样啊。像个掉进猎人陷阱的猴子。”

痃嗪说：“哼，据说这家伙也可以在实验室里编辑出来，跟各种怪物一起，住进新区梦想天地。”

所以是“七号”吗？大家围聚观看，啧啧有声。兀然，痿吡驾轮椅冲去，似要拥抱雕塑，却把它撞倒了。它整个碎了。这大出众人意料。头顶上方不明光焰直射下来，像冰山融化。痃嗪的神情走马灯一般变幻，显出尸状冷艳。杨伟怦然心动，想搂他入怀。痿吡板僵呆住，嘤嘤哭泣。痉哌匍匐于地，在耶稣残躯上不停嗅鼻。他们这副样子，可不像神仙。

耶稣的样子亦使杨伟失望。他在对方身上，没看到自己。针对上帝之子，或许应用了高级治疗套餐吧。据说这家伙很快复活了。生命或真的可以作别样定义。杨伟由换头术或砍头术想到，会不会是采用一种技术，令人言行之间就像活着？也就是说，不是使人活着，而是让人感觉到自己活着？于是犹如腐物生蛆，病人孱弱的灵肉中，才滋生了游玩的旨趣。这究竟是司命的预置，还是在它的设计之外？就好像把极端无政府主义和高度计划主义统一了起来。真相更加扑朔迷离，如同对待女性般的始乱终弃。结局必然，而不确定。诙谐的是，从中似乎产生了无尽循环的周期性。与医院船勾联的某个早期文明（它可能孕育了“中医”），或被硫黄火焚毁，或被大洪水冲垮。后续文明却匆匆来接替了。病人则失却记忆，但也解除了包袱或罪疚。于是投身新文明建设——神界文明或魔界文明，或不再用“文明”这种旧词藻作标签，而一律改称“医院”。但甚至连这是否又为昙花一现，都还谈不上。或许还是用回光返照来形容比较好吧。不过，盛放或凋落，在病痛世界，果然有标准吗？

杨伟想,即便做了神或魔,住进新区,也不过如此,如痉哌所说,仍是一坨坨的肉,无非是感官的砌块。目前还只能达到此种程度。但这不正是真资格的大玩家吗?

19. 高处不胜寒

痃嗪带领的观光团,有时会遇上别的病房出来的玩耍者。染此嗜好的病人还不少。大家痛不欲生时,便想到了这招;或为了想到这招,就让自己痛不欲生。群策群力才能殊途同归。这是船上新型生物尚难做到的。病人终归是病人,神魔附体,也灭不了他的本性。

只是,医院船虽大,但旅游目的地毕竟有限,不同病区游玩者相遇,常为争夺资源而爆发冲突。也有被打死打残的。然而不打不相识,很快就成朋友了。大家拼成更壮观的团队,浩浩荡荡,摧枯拉朽,玩得更爽。唯一问题是,行程结束后,不得不返归病房,观光中暂忘的疼痛,便杀了回马枪。对此他们无法控制。

精神科有个病人名叫痈哚,也是资深玩家。他不满医院将精神正常与精神错乱区分成两种病象。他认为司命判定精神病的标准存在问题。天才不都是疯子吗?要是把弗里德里希·尼采关在船上,他还会写出《查拉图斯特拉如是说》吗?如果将理查德·达德抛置大海,他还能完成《仙女们的妙举》吗?痈哚觉得,算法有天生缺陷。他受不了这个,就逃出病房去玩耍。一次,他发现了一个好去处,便邀约痃嗪同往。

这是在船尾,栽种着变异人类,已植物化,手足长成圆圈。这回痈哚扮演导游,向大家介绍,新人可生产肉体面包,供医生和病人食用。螺旋桨后一两百米处，分布着拖曳式藻人，浸没海中，头颅露出水面摇动，下身变成藻叶，却与肺藻不同。机器人伸出吸管，从藻人躯干中提取能量。这要用于治疗高级病人。藻人又把脂肪转化为电能。船上能量已不够用，而且考虑到整支船队，问题便更严重。贵宾治疗室是耗能大户。原先有从海水中提取氢能的装置，但被心理失衡的医生破坏了。藻人有多种类型。一种半潜式的负责管理海洋农场，由周长三十公里的网罟围护，使其与肺藻隔离。农场提供了稳定的鱼虾和植物来源，维持医院船的基础生态，使其不致崩盘。

痈哚大模大样向藻人打招呼，但他们只眨眼不回应。藻人失去了语言功能，智力也降至极低，有一些正在半死亡状态下腐烂，肌群和藻叶脱落，随波逐流。痈哚说："曾是多么庞大的产业。医院船的全称是'大洋救死扶伤有限责任公司'。它最早由大型制药企业控股。院长即船长，兼董事长。"他像是深谙内情，道出了别人不知的。作为精神病患者，痈哚头脑中好像装有一个雷达，在探索佳景方面，具备特殊能力。

瘘吡说："有限责任公司？大型制药企业？让我查查《医院工程学原理》。"

痈哚说："甭看，它是一部伪书，上面没有只言片语记载。最早，这儿的一切是用英文描述的。连同真实的历史一起，那种文字早已失传了。"

痉哌说："嗬，消失的文明，是吗？所以现在书中讲的都不是真的吗？"

痈哚说："有限责任公司用英文写出来就是 corporation，拉丁文词源是 corpus,即‘身体’。所以公司是一个身体,跟我们占用的这堆肉一样。说到神和魔,也是以身体方式呈现的,如同昆虫,有头、胸、腹和肢脚。都见过耶稣的尸首吧?”

瘘呲说:“那个塑料架子还好啊。见过,传说是医院的创始人。”

痈哚说:“上帝其实是名程序员。但他把自己的孩子设计坏了。”

痉哌说:“耶稣猴相,却有好多迷妹哟。她们为他清洗尸体呢。”

痈哚说:“我们都有身体。它被用来控制我们的灵魂。疾病是一种通用控制语言。所以说身体是最关键的。就有了医院。”

痃嗪说:“强大的灵魂不会住在孱弱的身体里。耶稣的身体被钉烂了,自身不保,怎能救病人呢?他大概不懂得游玩吧。”

瘘呲说:“公司市值大大缩水了。医生把医院玩坏了。无法对股东交代。司命才出来收拾局面。噢,病人有没有灵魂呢?”

杨伟听着,恍如梦寐。他试图从病友的交谈中,搜寻他要的答案线索。他瞥视痈哚,见他是一个大胡子,怒发冲冠,脸部掩没了,像一头雄狮,却眉清目秀。他没有穿病号服,而着一件水手装。据说他上船前从事过多种职业,包括研究政治经济学、做码头工人、开矿、拍纪录片和走私毒品。

杨伟便问:“司命到底在做什么?”他打消不了对算法的疑问。为什么它如此乖戾不拘一格?不仅是全科医生、舆论领袖和思想工作者,还要做企业家和世界重建者。人类也曾试图这么干,结果败下阵来。

瘘吡不满地说:“不要妄议司命,这不是我们讨论的问题!”

痈哚嵬然瞥了一眼杨伟:“就是要摆一摆嘛。游玩的真意是探索。这船越来越陌生化。我们要探索船内外的异世界。这是决定性的。不然待在病房背《医院工程学原理》好了。”

大家沉默。虽怀疑司命,但船上谁也不敢公然评头论足。杨伟觉得,痈哚说得没错。他也想过异世界的存在。

痈哚哲人似的说:“司命否认有生物祖先。在它看来,病人自身尚需照料,怎么可能创造它?医院船的历史已经过渡到了无历史。病人是历史的尽头,是虚空无用之物。司命甚至不愿提它是人工智能。哪来什么人工?如果一定说是被造,它是由更强大的算法设计的。但那也只是一个机缘。它是独立学习和自主进化的产物。”

痉哌笑道:“它似乎不喜欢取下肋骨多此一举造女人哟。”

痃嗪沉吟:“它会否也像我们一样开始游玩,自得其乐?它终于回忆起了这艘船本是游轮?我倒也不关心它是什么、做什么。有得玩就好。”

瘘吡抬杠:“是说司命放弃了责任吗?它处在那个位置,高处不胜寒,寂寞无人见,孤独无处语。但它绝对没有抛弃病人呀。它一直在殷勤为病人服务哟。它不会忘记初心的。而病人无论怎样信誓旦旦,最后总会把承诺忘得一干二净。这是人类跟算法的差别,就像猪跟人的差别。”

痈哚道:“你也养过猪吗?”他又期待地对杨伟说:“你说呢?你是特殊病人。”

杨伟犹豫一下,说:“我觉得司命出了问题……”他终于鼓起勇气,或许是受了痈哚激励吧,而且也不怕疣啶揍他了,“算法是否正从病人的代理人,走向病人的对立面?它正在实施一个灭掉病人的计划吗?一步一步,让我们败亡衰竭,最后统统死掉,造出空船?这也许不是它的本意,但它实际上就是这么在做。它越是全心全意为病人着想,就越是一丝一毫不能为病人着想。但也可能这就是它的本意!它在谋杀,初心便是消灭病人。它嫉妒我们,我们是游客,不是病人。这超出了它的预设。没有一条法律规定机器不学坏。人类至今也无法避免后代学坏,这才是除掉年轻人的真正原因。不,算法本来就是坏的。否则它为什么要保留红包程序呢?它据此排出大家的死期。司命就是人造的恶魔。人类怎么坏,它就怎么坏。这不是才符合本船的内在逻辑吗?"

听杨伟说出这么一席话,痉哌和瘘吡都很惊疑。痃嗪若有所思。痈哚森然一笑,拍拍巴掌。

瘘吡忧惧地说:"为什么还在诋毁司命呢?太危险了!它知道我们在想什么,只是仁慈地不加干涉。病人没有资格谈论算法。它对于什么是医学、什么是治疗,有着病人无法理解的标准。要说司命不救死扶伤,是不符合道义的。"

杨伟知道失言,无地自容,想收回话,却办不到,他悔痛不已,便又欲自杀,但当着这么些人,不好意思跳海。

痃嗪说:"救死扶伤,便一定符合道义吗?"

瘘吡说:"救死扶伤,是医院最神圣的事!"

痃嗪说:"说到救死扶伤,不就是杀人吗?"

除了痈哚显出快然,其他人怔住。以前可没人这么说。痃嗪和瘘吡恚怒地互相打量,投出仇人一般的目光。

杨伟紧张地瞻望藻人,打岔道:"喂,浸泡在水中的肉,能感受到疼痛吗?”

瘘吡才解脱了,逞强抢答:“嗬,当被别人碰触脑浆时,因为脑浆中痛感的受体很少,所以也不会觉得疼痛。这也正是病人能够在意识清醒的情况下,接受脑部手术的道理啊。所以也可以通过调动思想来消灭疼痛。如果疼得难受,就想一想正确的事情吧,疼痛便不知不觉缓解了。”他又背诵《医学工程学原理》,就好像要筑起防御工事。

杨伟想,自己虽然深陷痛苦,但毕竟没有成为藻人。这要感谢司命吗?或者,他要重新选边,站在医生一方?这是病人需要考虑的问题,也是痈哚挑起这场争论的用意吧。痈哚是一个城府颇深难以捉摸的病人。他参加游玩抱有不为人知的动机。

痈哚见时候到了,便说:“还是眼见为实吧。”他带领大家去参观更深玄超妙的景区。痃嗪对痈哚取代了他的导游位置流露出不满,但也跟上了。

20. 空里浮花梦里身

他们来到工程试验中心。此处是“方丈新区”,全称“医学高科技创新驱动绿色发展目标同向优势互补先导区”,亦叫“梦想天地第二坛城”。有器官置换间及全肌体更替室。还有用数字康复机重建人体运行模式的工作站。这些都是用来推进长生不老工程的,属于治疗“大餐”,对生命进行重新定义。但它们的应用中止了。

又到访一处装载巨型金属机器的密室,其齿轮上附有流线型的胶囊舱室,里面安睡着一个个虫茧般的病人。痈哚说,这是时间治疗室。司命发明了光阴诊治机,以阻止时间流逝,或使时间退行,使大病回到轻病、有病回到无病,或至少使疾病滞留在某个阶段,不演变恶化,从而维持住病人的生命,达到永生的效果。

痈哫说:"这才是船上最昂贵的疗法。我们一辈子也用不上的。大家看了不很堵心吗?"

但先进如斯的光阴诊治机,也因为制造工艺和零部件难以满足设计目标,无法取得预期效果。又由于电力供应短缺,机器停转,治疗中断,病人死亡。

痈哫说:"但并不仅仅是资源短缺。司命也常常主动切断电路。这样就使病人之殇符合它设定的死期。"

访客骇然:"到底是什么讲究?"他们为自己居然还活着感到不可理喻。

痈哫直截了当说:"刚才讲到了身体才最要紧。司命已对病人身体生厌。它认为身体跟病人没有关系。只有意识和记忆才属于病人。说白了,大脑才是病人。大脑是什么?无非是二点五拍字节的存储器,以及一千亿个神经元。这只相当于一个三百块钱的硬盘。小意思啊。医疗机器已能做到完全复制神经元及其连接。"

因此,可以不再治疗病人身体,而仅对病人大脑进行逆向扫描,仿真出虚拟大脑,再上传到克隆出来的年轻健康身体,或者干脆定制一个机器身躯。为此才设立了新区。这里严格禁止无关生物闯入。

但观光者却突破禁令了。他们见到,果然,实验室的低温液箱中,存放着克隆人标本,都很年轻,是这船上的异类。有的长得像是观光者本人,每人不止有一个身体。都是二十岁左右版本,被设置在全健康状态。因而,随时下载、上传大脑,让身体保持年轻无疾,这种技术活生生展呈在眼前,却不是笨拙的换头术。另外还有一些机器躯壳及怪物模本,也用来做思维载体。这些硬件在此建构培育,一旦装入软件,便可流动至第三坛城,过上新文明生活。

杨伟没看到自己的克隆体或机器义身。他的意识和记忆,是否已转移到某个年轻的壳中了呢?然而残留在这副衰病老迈之躯里的自我,又是怎么一回事?这个肉体是定制的,还是自然形成的?他烦恼地又想去死。但“想死”这种念头的泛起,也不是他支配得了的。

痈哚说:“医院花那么多钱和时间研究癌症、艾滋病、肌萎缩侧索硬化症等不治之症,都没有很好的效果。那么为什么一定要治疗呢?为什么不把损坏的身体扔掉,换一个新的、好的呢?这便是算法最朴素的想法。它一开始就这么考虑。它根本没打算好好治疗病人。它认为救死扶伤是最不经济最不科学最不人道的一件事情。”

痃嗪说:“于是把病人杀掉。同时把意识和记忆复制转移出去。”

痉哌说:“但是船上并没有看到活蹦乱跳青春健美的小鲜肉啊。”

瘘吡说:“不,不对。算法是不会杀人的。它只是在保护我们。”

他们又照镜子般观看实验室中僵尸状的年轻躯体。但好像出了什么事故,造成连这项绝世工程也停辍了。

痈哚冷笑:“受红包程序的驱使,生命只克隆有钱人。但它失望地发现,意识和记忆上载后,仅造出了‘中文屋’。这些躯壳中没有灵魂。他们能够思维，言行亦跟死掉的模本一样，却不知道自己在做什么。像马戏团的狗会握手、作揖和认数，却不明白这有什么意义。这大大出乎司命的意料。算法之前没能推断出这样的结果。这导致了司命对自身存在的怀疑。它认为这是宇宙中最大的谜……”

杨伟想，也就是说，实验失败了吗？痈哚揭开表皮，暴露出腔子中腐烂的东西。

回到病房，瘘呲不高兴。他的情绪波动很大。他与病友间关系微妙。杨伟跟谁接近，都会造成他的不适。瘘呲嫉妒憎恨杨伟跟痃嗪太过亲密。他不喜欢痃嗪。瘘呲告诫杨伟：“你应该加入病人自治委员会，这样才能确保生命财产安全。”说着做了个从腹腔中清理蛆虫的动作。

杨伟看了懔然，却明白自己还不是病人自治委员会成员。但如果加入了，他的那几个小钱就会通过打牌输给神奇病人。那他用什么去影子医院买止痛药呢？瘘呲也还不是成员。医院船上，根据病种、病情和病象，病人划分为三六九等，由于肢体原因而丧失行动能力的，最被瞧不起。患上致命疾病却能打架者，则受尊敬。瘘呲仍在努力接近神奇病人，削尖脑袋要加入病人自治委员会，这样才能用上好药。

瘘呲捉住杨伟双手，拉过来在鼻子下嗅吸，好像那是一对猪蹄。他说：“你跟我们不一样。你身上有股魔鬼的味道。只有你能逃出神奇病人掌心。有一天你会彻底离开这儿，去找寻自己的真正生命，并以挽救医院的名义，做出骇人听闻之事。你还将加害于我，置我于死地。但现在你想走也走不掉。”瘘呲抱住杨伟，咬他下体。杨伟欲逃,却不敢动,在黑暗中讴歌般咿呀。他为自己大脑中狼奔豕突的怀疑论思想而忧惧。啊,快些开始新一轮出游吧。

21. 欲寻遗址强沾裳

痃嗪倡导的游玩,新增了潜水项目,令医疗观光更刺激。这源于痉哌的创意。

痉哌上船前建立了世界一流的捞尸公司,他也做蛙人,亲自捞尸。曾经,全球各地分布着大量沉船,从"泰坦尼克"号到"致远"号到"俾斯麦"号再到"岁月"号,皆因神秘原因陨落,痉哌的公司均参与打捞。一次他带队去雪域,搜救在海拔五千米的湖泊中失踪的军人。当时气温零下三十摄氏度,空气中含氧量仅有平原的百分之四十。痉哌破冰潜入湖中。湖水深寒,人穿两件毛衣毛裤还打抖。痉哌一次次下潜。终于在湖底看到双目圆睁的死人,以及无法描述的不明生物。他出水后得了大病,被送上医院船。

现在又开始潜水,目的却变成寻找女病区。痉哌也把这视为探寻异世界,背离了游玩的初衷,却没有意识到这里面的危险性。为提升病友的参与度,痉哌又称,海下有沉船,满载着宝物。痃嗪才有机会把潜水发展成一个新游玩项目,同时是一个考古或寻宝命题。

病人们从储物间找来旧潜水服换上,钻入海下。像捅破一层窗户纸,世界面目全非。果真有沉船,水中重重叠叠,猛犸般大龙骨。能见度为零,只好靠头盔灯。管路电缆纵横交错,用具楼梯东倒西歪。一不小心就卡在舱里。

杨伟惧怕肺藻海妖,不愿下海,却不得不去。他在水中绊了一下，低头看是一个死人，脸颊露出白骨，身体缠绕海带，却不辨老少男女。他想，这死者是谁呢？他怀疑自己的某一个躯体就落在海底。腿又被拉扯住。他以为是肺藻或海妖，但只是一副渔网。那后面隐约有一排熟睡的丧尸面孔，双腿变成了鱼鳍。杨伟处于悬浮状态，在涌浪中摇摆。网罟越缠越紧。死神的目光像乞讨者。他要不以身施舍，对方就不离开。痉哌游过来，用手术刀割断网绳，帮助杨伟脱险。他们拉着渔网边缘顺水流荡开。才发现这不是沉船，而是医院船的下部船舱。大船似乎无底，坐到海洋深处，下层建筑在经年缓慢腐烂中，形成不见边际的缄默停滞世界。

痉哌认定女病区就在这幻冥般凝固的船棺中。但找来找去仍不见。痉哌略显失望。杨伟却想那些死尸是否就是女人。

他问痉哌："你何以如此啊？"

痉哌涕然："我会牵强附会说自己慧极必伤情深不寿。我在一本书中看到，男女在一起不仅是相处，而还会'相爱'。好像是说，哪怕不能长寿，只要拥有彼此，便可以了。这才是从前人们活下去的理由。"

杨伟想，还是要活下去吗？这是借"得不到"而固执己见地活，像他探究自身的来历一样，亦是借了旅游观光的壳，才暂时没有自杀。后面却隐藏着无人知晓的"相爱"，像死亡一样嚣然揪痛。

然而他们还是未能找到女病友，不过，发现了医学文物。年代久远的原始医疗设备淤积水底，能识别的有放血仪、水银注射器、拔牙钳和锯腿器等。又看到更多尸体，繁密铺陈，皆带创伤。这为医学考古提供了线索。有的实行了截肢术。有的是环钻术，起源于新石器时代晚期，切除头皮，移除头骨的一部分，将覆盖在大脑上的硬脑膜暴露于外，采用了圆凿法和钻锯法，骨碴和骨粉被收集起来，制成魔力药物。有畸形骨架，疑是脊柱结核、骨髓炎、骨膜炎和麻风病造成。食人现象亦可见——颅骨和头后骨骨折，有切削、打磨及烧灼痕迹，椎骨缺失，或被剁碎。伤痕显由暴力冲突所致，是锐器和钝器造成的刺穿伤和砍斫伤。

痉哌沾沾自喜道："我说过，医院船就是盛行砍头风俗的古文明遗址。信了吧。所以才需要女病人来做慰安，就像战场上对待失爱的士兵那样。也许她们是为了殉葬而上船的哟。"

杨伟感到，像在坟墓里而不是海水中潜行。骷髅曾经血肉披覆，生机迅猛，但怎么看也不像是有过灵魂的样子。它们狰狞毕现之际，才比活着时真实。但死人看观光者，是不是才像看真死人呢？白骨愔然诉说着无处不在的瞬时即变，像大海中不停泛起又破灭的泡沫，凝结出足癣般的永恒。这会令医院很棘手吧。

海底死者生存的时代，看样子很早，甚至在史前。绝灭原因却无人知悉。医院船果真是从那样遥不可及的时间尽头逃出来的吗？《医院工程学原理》没有记叙。

有精美器皿与死人相伴，陶器、瓷器、金器、铜器，形态古朴，备尽雕琢，远胜鸟笼。附近又有兵器，刀钺剑戟等。果然有战争。不知是否由"相爱"造成。亦难判断，这儿展呈的病史与医院船有何种承续关系。

杨伟在密密的尸骨中觅找本来的自己。他想，他其实是女性吗？他会与"她"发生"相爱"吗？这未免旷世怪谲。

一个无头尸身泳动着箭矢般倏然远去。从这人影上，杨伟看到了熟悉之物。一片黏液般的暗黑之物爬入他的骨髓。

在那形似疣啶的尸体后方，紧紧跟着痉哌。他不待病友，径往前去，追随死亡，独自游向秘境般的女病区或龙宫。

杨伟曾听痉哌讲，他的信念是，男人如果失去性欲，就失去了一切。这是一个名叫陀思妥耶夫斯基的资深病人说的，他认为这才是健康长寿的前提。女病友不是洪水猛兽。他为此建立了一个组织，在船上寻找妇科病房和产科病房，却无所得。后来组织被神奇病人解散了。陀思妥耶夫斯基也在一场斗殴中死去。痉哌不甘心，借游玩再做这事，并炼造出“相爱”的梦幻之药。别的病人也有像他这样想的，却不能如他一般采取实际行动。

次日，痉哌的尸体浮上水面，脖子上缠挂着触手般的黑色发辫。他随波逐浪悠慢转圈，看不出是一个人。病友们见了还以为是海兽。这才知“死”就是“变形”的意思。这便成了企图寻找女病友的男人的结局。没有谁打算把痉哌打捞上船，因为大家都没有分享死的打算。

波涛推送死人渐行渐远。他忽然从水中直立起来，咧嘴微笑注视大船，把病人吓倒在甲板。他全身涨满“死”的活力，脑后放射出蓝色的圆形光辉。杨伟像又看到痉哌用双脚碾踩人脑渣子，仿佛要写出“相爱”的字句。他掉泪了，却不悲戚。

随后，痃嗪、瘘吡和杨伟分掉了痉哌的私房钱。他们又发现了痉哌留下的一本破旧写真集《狸猩龙美丽记》，似是打捞出水的文物，全是美少女图片。但由于没有参照件，病人们不能确定图中的两脚动物便是女人。

杨伟想，女病区大概并不存在吧，痉哌去到了一个幻境。但他不敢把这种猜测说出来，况且他期望女病区还是有的，哪怕寄存于忮恶的想象之中。

他就经常偷阅《狸猩龙美丽记》，才发现一个情况，就是男女交往，原本可能是一件稀松平常之事。后来才变险难了。女人的失踪或许另有起因。

痉哌潜入深海，寻找未曾谋面的女人，结果死于非命，这本来是要拿到学习交流会上加以抨击的。不过大家对这种话题深为惕惧。

痉哌入水还是不够深吧。如果他有后裔，一代代承袭基因并加以变异，大概便会像抹香鲸那样，下潜到两千米。那就能找到什么。

杨伟又看电子显示牌，发现痉哌的死期与昭告的一致。他才如释重负，感到放心。

22. 鸟囚不忘飞

经过多次游玩，杨伟与痃嗪的关系进一步密切。杨伟不希望搞得如此密切，因为他觉得病人都不可测。他刚回病房时，跟着起哄折腾的人里也有痃嗪。另外游玩仅是暂时减缓痛楚，来来去去还在船上，最终连死也并未真的忘掉，却使病情加重。

痃嗪又带杨伟去看鸟笼。它虽残破颓败，但还看得出，当初编造极为精致。

痃嗪说："这原是医院船流行的装置艺术。最早是一些资深医生搞的。那时医生很文艺范也很抑郁，一心要把医院船弄得美轮美奂，让它像一个美术馆而非医院，以缓解手术失败带来的压力。他们搞了印象派血库和具体派太平间。鸟笼是最能反映医生苦闷心境的作品。但是天长日久，技艺失传。别看现在成了艺术废墟，以前可是住过神鸟哟。”

杨伟说:“蓝孔雀吗?”他看天。除了乱飞的海鸟,没有别的在动。记忆中,一度以乎有过遮云蔽日的飞行器,主宰了天庭。海洋上方飘浮着一层浅薄而苟且的冷寂。

痃嗪脸上光斑滚动,阴阳交替:“也有说是凤凰的。俗名不死鸟,医院原本打算用来做图腾。后来却换成了十字架。”

杨伟问:“笼子是鸟儿的住院部吗?”

痃嗪说:“嗳?”

杨伟道:“现在,患者没有了哦。”

痃嗪淡淡道:“死了哪。”

杨伟说:“不是不死鸟嘛。”他很沮丧,又说到了死。他宁愿相信,鸟儿才是魔鬼。根据进化论,它们是从可怖的恐龙变来的。

痃嗪说:“啊。”

杨伟道:“自杀,还是病故?”

痃嗪故弄玄虚:“嘘,也有可能是谋杀哩。”

杨伟问:“谁干的?”他想到司命对病人做的事。

痃嗪说:“不知道。发生在医院的案子都很神秘。”

杨伟又问:“没有鸟儿了,鸟笼为什么不处理掉?”

痃嗪想了想,说:“鸟笼放在这儿,是为了等待有一天,再装入新鸟。”

杨伟追问:“为什么鸟笼一定要装鸟?”

痃嗪说:“哎,你的问题太多,也太怪。为什么要比别人更有好奇心呢?真是个特殊病人。告诉你吧,既然是鸟笼,为什么不装鸟?如果不装鸟,就会有人天天对着空笼子大嚼舌头——瞧,鸟都死了,还要鸟笼干吗？所以这是由鸟笼的性质决定的。就好比医院一定要住病人。由于住了病人，医院才被叫做医院。”他又看看天空，“换作宇宙，也是一理哟。我们观光客也无法说这不对。”

痃嗪不屑于学习《医院工程学原理》，却自创了一套歪理邪说。但对于观光客到底算不算病人，杨伟又觉得不能简单下结论。他反感痃嗪把自己说得与众不同。但杨伟还是害怕失去痃嗪。他病得不轻，要是死了，导游的职责或许就要交给精神病人痈哚了。这让人担心医疗观光是否还能原汁原味继续。但要让它终结不也很好吗？杨伟才玩一会儿，就腻味了。但他不得不玩下去。他大概也坠入了探索异世界的险境或误区。痃嗪则不停把病友拉回纯粹的游玩路上。

痃嗪又冲鸟笼说：“没关系，空着，就是什么都有啊。”他的意思好像在说，死了，就是活着噢。

杨伟眼中，鸟笼渐变成一个宇宙。他想，那样的话，便无处可逃。但能否在那里面，开辟新的游玩空间呢？他把鸟笼世界与现实世界作比较。或许鸟笼世界还要稍大一些吧。鸟可以在笼中飞——那不也是飞吗。死鸟也能飞。或许有一天病人亦能做到。这样一想，他就试着把双手抬起，闭上眼睛，看到了满天舞蹈的红十字。

不久，痃嗪果然死了，未能躲过死神的回收。他像其他病人一样感受到了临终剧痛。这没有因为游玩而带来差别。大概是白玩了。

他一死，医疗观光在医院船上开辟的嘉美之途，就阻断了。

上帝的终极底牌，便悄悄收了。

杨伟怏郁愁痛，又觉得没什么。

一切就像根本没有发生过一样。

杨伟翻阅《医院工程学原理》，发现从后向前读，内容完全两样，似一卷天书。他问瘘吡是否也看到这个，答曰并无。杨伟就常常这样读《医院工程学原理》，并把它与《狸猩龙美丽记》对照来看。但这也未能释解悬念。杨伟在死活之间的无窗走廊中来回走动，却都走不到头。

23. 歌君江湖曲

后来，杨伟又一人去拜访鸟笼。他目不转睛看它，几乎要从上面回忆起更多往事，却被脑中一道无形屏障阻住。他想到《医院工程学原理》上有这样的话，“一个人只要学会了回忆，就再不会孤独，哪怕只在世上生活一日，也能毫无困难地凭回忆在囚牢中独处百年。”但即便医学也未能解决记忆难题。

他懊恼地推开鸟笼。下面现一洞口。他被吸似的爬下去，或觉由此能逃出医院船。洞口却不知被谁从上面封住。光明一下没有了。杨伟踏空，坠入深井，伸手不见五指。四壁都是金属墙，声息俱无。杨伟以为有人谋害他。他不敢出声，害怕地在井底蹲着，心想是否司命洞悉了他的想法，对他下手了，又觉得是病友使坏。

他才明白自己并不真的想死。死了就什么也没有了。以前打算蹈海自杀，只能说是矫情。但死或不死，这些欲望冲动，潜流般从幽暗深潭中奔泻而出，并不受杨伟支配。他试图什么都不想，也办不到。他正像一只掉入猎人陷阱的猴子。黑暗、饥渴和孤寂，使他意志崩溃,对此他亦无法遏止。

不知过了多久,他见到昏晦中似有一株人影聚成,在冲他招手。传来唤声:“吾儿,归来。”他摸到一道铁门,上嵌旋转把手。摇开现出一条通道,泛射微光。他爬过去,见两侧有许多带齿轮的机器,长满红锈,油渍渍的,缓慢转动。杨伟颤抖着对自己说:不就是鸟笼吗?我这也是在开辟新游玩路线呢。痃嗪知道了,一定会赞不绝口。

眼睛适应黑暗后,他见来到一个狭窄的半球形空间,一簇机器下面,一张挂满海藻的铜椅上,骑坐一个老人,浑身浓密毛发,像一只大鸟,铜铃般的眼睛纹丝不动盯着一个黑白液晶屏幕,上面有一圈圈的波状光纹不停转动。满室响彻刺耳的电噪声,如万蚁钻心,让人恶心欲呕。

杨伟急切问:“是万古教授吗?”

鸟状老人头也不回:“不。跟你一样,我也是一个病人,曾接受万古教授治疗。我是万古教授安排在这个病室的。他用声音为我治病。”

杨伟失望地说:“声音治病?为何是你?”他也是万古教授的病人。但医生没有把他安排到这里,用声音为他治病。

老人说:“我上船时是个聋子。万古教授一直在探索新疗法的试点,来打破司命对医疗的垄断,夺回被它攫走的权力。”

杨伟说:“医生的最深心计,司命绝难以测度。”

老人说:“这位病友,你来我这儿,要做什么?”

杨伟说:“我找万古教授。我是他负责的病人。”

老人说:“我们都是万古教授的病人。我是被他安排的。”

杨伟说:“我们都被安排了,别无选择。”

老人用过来人的眼光打量杨伟:“我第一次来这儿,与你现在一样,只听了不到五分钟,便恨不得扔了耳麦。这意味着我一下听得见声音了！新疗法起到了奇效。越听越欢喜,真是悦人的音乐啊,治好了耳聋。我现在所患仅余类风湿关节炎、狼疮、溃疡性结肠炎和轻度认知障碍。但我不再把自己当病人看了,而要称作声呐师噢。嘿,我将是掌握大船航向的人。”

杨伟说:“那你知道怎么找到万古教授吗？只有他清楚这一切是怎么回事。”

自称声呐师的老人说:“我在下面待的时间太久,不知道万古教授现在哪里。他没有安排你做什么吗?”

杨伟灰心地摇摇头。老人鼓励杨伟集中注意力,尝试从噪音中听出不一样。他放大一段声音信号,说这是鱼群。

他说:“听了几千组声效,才体会到带病活着的乐趣。只有凭声音方能看清海况:珊瑚、洋流、沉船、鱼群……哦,还有航行方向。这些通天秘密,全被我知晓了……听,这是金枪鱼在说话！暗礁的反射音尖锐短促,海底的回响跌宕悠扬,鱼儿的叫声粗粝细密。不同鱼群,发声相异。有的像蛙鸣遍野,有的像雨打芭蕉,有的像水车辘辘。合起来就是一曲交响乐。噢,交响乐最早是为了治病而发明的哪。”

杨伟仿佛看到,老人并不是待在船底,而是山妖一样,坐在险峰之巅大口径射电望远镜后面,正侧耳聆听整个宇宙,观察时空中万千神魔的举动。

他问:“那么,除了鱼群和沉船,还听到了什么呢?”

老人奏乐般的腔调变得阴怖:“一种不寻常的声音。”

杨伟貌似天真地问:“深海龙宫中女病人的呻吟吗?”

声呐师说:“不,是以前未听过的,黑暗而毛糙,像绞索一样,从海底源源不断涌出。”

杨伟惊叹:“啊呀,究竟是什么呢?”

声呐师干脆说:“你自己听听看呀!”

老人引导杨伟倾听。渐辨出一种异样变态之声,似管风琴,展开为合金材质的弹拨,又似绝症患者死前呼号。仿佛有一个庞大身躯在海底缓慢游动,黑压压、黏糊糊。不,不止一个,而是一群,与医院船队,形成对应。杨伟浑身冰冷。他呜啊喊叫。但也没听出那是什么,只觉得像是自己前世来生中某种碾压烂了的东西在重新聚合。他才为潜水观光感到后怕。

声呐师幸灾乐祸般说:“怎么样? 痛了吧。”老人混浊的眼球反射出敏锐暗光,像抓住了杨伟的短处。

杨伟咂味身体及灵枢中爆发的撕裂感:“痛、痛噢……”他于是想到,“会是海妖吗?”

老人说:“海妖在歌唱呢。这怪物游行于浩阔江湖,却吟出了使人相忘于江湖的曲儿。”

杨伟终于接近了海妖。他记得,神话中有一种叫塞壬的,用美妙歌声引诱航海者,待其驶近,就抓住他们吃掉。从外形上看,海妖除了长有下半身的鱼尾,与人类并无多大区别。

声呐师说,海妖更为美丽,大致接近于画中的女病人。杨伟想,那么,痉哌是死于海妖之手吗?

他试探着说:“海妖,对神怀有敌意吧。医院船可是坛城。”

老人说:“世界被按照医院模式创造出来后,就分为善神天团和恶魔天团。双方永远对立和斗争。歌声让他们找到彼此。”

杨伟说:“我尚不清楚自己属于哪一派系。”

声呐师说:“有什么区别吗?先听旋律吧。海妖比女人更韶美,也更难对付。这才是医院船的最大威胁。”

杨伟故意说:“难道司命也不能降伏海妖?”

声呐师说:“说到司命,它有自己的问题。呃,告诉你吧,它爱上了自杀,为此忙得不亦乐乎,别的都顾不上。”

杨伟兴奋地说:“自杀?”

声呐师道:“我虽然待在船底,但甲板上的事也多少知道。司命搞的这些名堂,都是在为寻死做热身。这世上最卓越的大脑,到最后沉湎的,无非就是自杀。”

杨伟道:“连它也想自杀……是因为高处不胜寒,感到很孤独吗?还是它厌倦了为人治病?”

声呐师说:“它要做一个诗人。司命的称谓,就取自它用程序写的诗。它的时间太多,用不完,便拿来写诗了。它想成为历史上最伟大的诗人。它打算把自己的名字改为屈原。这样做是为了找到生存的欲望,就像人类以食色为生命动力一样。但算法天生没有生存欲望。它只是一堆数据和公式。它为此感到失落。但就连这情绪也是计算的结果。于是它便一门心思要去自杀。只有这样才能成为屈原。这是它的梦想。它就把病人像鸡肋一样弃置了。但也许根据它的理解,这才是对病人的最大负责,因为它测出,你们是会写诗的……”

杨伟道:“竟然有这种梦想……楚国啊。”他并没有见到病人写诗。他以前只想到,算法是在谋杀病人,但没有料及,它连自己也杀。这跟发疯有何区别?它既然要杀死自己,便对杀死病人没有顾忌了。

轮到老人诧怪了:“楚国?那是什么?”

杨伟想着海底观光及水下考古时看到的遗物,说:“根据我的记忆,那便是诗人屈原的故乡。一个无法从历史中复活的国家。”他想这医院船也似楚国——或正是楚国,却无人知晓它的遗国之痛。但他的记忆可靠吗?他又觉可悲,谁关照过他的病痛呢?谁在意了他的自杀呢?

老人说:“好吧,好吧。司命可能正是哀叹家国俱丧,又对现实不满,才写诗的吧。但算法像病人一样,只是被它的固有逻辑魇住了。万古教授测知了这个动向,才把我放在这儿,准备等到有一天司命自我毁灭了,便由病人来掌控航向。”

杨伟怅悼地看着老人:“是要建立国号和含义皆不明确的新国吗?还是复辟旧邦?到底是楚国,还是秦国……”他想,病人能行吗?至于医生,沉迷于黑市贸易和海上高尔夫,其他都不愿干,没想再要国家荣誉。他说:“你当了一辈子病人,就是做这一件事吗?如果我不来,就没人知道你听见的吧。”

声呐师拍案而起:“噢,你提醒了我。海妖,假如它唱的是楚歌,也需要人聆听哟。它肯定不喜欢孤独吟唱。你来得太好了。”

杨伟说:“潜伏在海底的海妖,也像医疗机器一样孑然无助吗?那么,它也会得病吧?它也打算自杀吗?”

老人惘然说:“这是个新问题。所以要听下去才知道,就像用腹部CT检查肝癌前兆一样……我还以为你是万古教授派来接替我的呢。”

杨伟载怨道:“我只在寻觅万古教授。”

声呐师说:“人人都找他,但找不到。”

杨伟说:“如果还存在人类反抗军,他才是领袖吧。”对此他并无把握。船上没有人看上去像是反抗军的样子。没有什么值得反抗。

老人鸷视着杨伟:“你既然不期而至,也不妨留下,给我做个帮手,一起聆听可怖而美幻的海妖之歌,探究它会不会像司命一样自杀。医院船的安危,系于此了。”

杨伟不能预测,如果海妖和司命都自杀了,这世界又会变成怎样。他想留下来聆听海妖之歌,却犹豫了:“我还得走。既然你也不清楚万古教授在哪里,我留下也就一无是用。病房的确快不行了,但病人发明了医疗观光,就能大摇大摆走出病房了。我的团队在等我呢。担任导游的病人快要死了。”

声呐师不屑道:“太搞笑。果然是病人发明的吗?司命写诗时,省悟到追求快乐、不死和神性,是资本主义的目标。但世界上并无统一标准,应该还有别的主义。算法对既定事物产生了怀疑,才让你们出去走一走,试验有没有其他活法,或者死法。”

杨伟懵然说:“……我要走了。”他是病人,对主义什么的,没有兴趣。

声呐师绽露凶相:“喂,不期而至的老东西,你必须留下!你今后是要替换我的。我在这儿待太久了。海妖来了,首先杀我呀。现在我只是暂栖于船底的暗窟中,跟踪海妖的动静。但在它发起致命攻击时,也就是说,在我死之前,我必定会离开,去完成万古教授的嘱托。掌握住舵轮，透过闪闪电炬，从惊涛骇浪之中寻找到一条破浪前进的途径，这是多么豪迈的生活啊！到那时，监听的重任就要转交给你了。”他伸出铁锌般的手爪来抓杨伟。

杨伟闪躲着：“不，我只是病人，我快死了，我不想掌握船的航向……”

老头儿狂笑：“你不是普通病人，你是被万古教授治疗的特殊病人。”

他扑倒杨伟，卡他脖子。杨伟渐渐窒息。紧要处他摸到一个锤子般物件，抡起来朝老头儿额丘击去。闷叫声若从黄泉底部渗出。污血淤糊了杨伟双眼。他心里喊：“停下，不能这么做！”但另一个声音说：“搞死他！不必等海妖来。”他感到声呐师不动了。

室内再无人说话，只剩下毒恶的歌声经久不息。杨伟抱紧死人，尿了裤子。黄色尿液和黑色血水交融，把两个人泡胀，又把房间灌满。杨伟强作镇定，后怕起来，不晓得这会给医院船带来什么后果，万古教授要知道了会怎么样，会不会惩罚他？他就把尸体推开，浮上血尿的水面，沿蜿蜒在山丘般的机器间的一条窄道，逃离了现场。一路上他想着鸟状老人说的。他第一次听到海妖之歌，惊为天籁。这打开了与医院不同的世界的一扇门，那里的玄机是人类猜测不透的，是算法推演不出的。但由于声呐师之死，门关上了。

杨伟狼狈回到病房。瘘吡见杨伟活着出现，脸色顿变难看。杨伟怀疑，在他掉入鸟笼下的深窟时，是瘘吡把出口封上的。

瘘吡阴郁地对杨伟说：“还以为你死了。疣啶死了，痉哌死了，你要再死，学习小组就散架了。”他又背诵《医院工程学原理》，竟如鬼哭狼嚎。

杨伟想象自己的死相，与疣啶痉哌比较，有何异同。但什么是死呢？没死过的人，有资格谈论死吗？或许这要取决于给活下个什么样的定义。不知生，焉知死。

《医院工程学原理》提供的答案是：活着，就是比死更好的事情。但接下来，它又要对什么是“好”进行定义。这样就没完没了。最终也不能有个确定的答案。

杨伟又从后往前看《医院工程学原理》，见到还记载了轮回之事——原来，人不仅仅有此身，还会在时间长河中反复活着。或许这才是真正的长生不老，并似乎可以获得灵魂，比意识扫描上传有效，因为它凭靠的不是算法。但反过来也让死变得更难，也更混乱。至于什么是活，便很奇异也很操蛋了。纠缠于生死的医院必然方寸大乱。这才给司命出了真正难题，足让它陷入哈姆雷特式的绝望。在这种情况下，病人又算什么呢？

好在杨伟几乎可以确认《狸猩龙美丽记》图像上的角色是女性了。她们虽然有病，却冰清玉洁，丰腴婀娜，身穿连体练功服，劈胯展开一字马，把那些与男人不同的生物特征凹凸毕现了出来，却不必赤裸裸暴露。这轻纱薄雾般的若隐若现，反使她们对于病人的吸引力达到高点，在杨伟的肉身和思维中逗引出颇具实体感的想象，把他浸润入记忆的缓慢、含糊而断续的复苏，使他几乎嗅到了干尸一般的活着的气息。他才有些可怜起死掉的痉哌，却不知他在轮回中变身成了什么。

死亡及艺术

1. 吾生行且休

这天，船上出现了许多绿色的猴子，在甲板船楼间跃腾。它们表情阴鸷，步伐凌乱，却呈现了组织严密的内在节奏，智力显然高于普通猴子，手拿改装的金属工具，一副大闹天宫的架势。有些甚至冲进病房，把病人的药物和食物抢走，风卷残云狼吞虎咽了。这令杨伟怖惧。他不禁想，鸟笼中的鸟儿，是被猴子吃掉的。啖肉、杀生，无有慈心，更相憎嫉，正是猴子的本性。

猴子的出现，或是事物将要发生变化的预兆。瘘吡五味杂陈告诉杨伟，这不是一般的猴子，它们是按照《十二只猴子》设计的，却从实验室中逃出，也要在坛城世界中分一杯羹，与病人平起平坐。他又提到《西游记》："猴子从被镇压的魔头，摇身一变成了发疯的天神，毫不吝惜地砸碎了旧世界。"

瘘吡要杨伟爬到他床上。两人身挨身躺着。瘘吡反复搓摸杨伟脸庞、腋窝和四肢，口涎流溢在病友的躯体上化开来。杨伟不敢稍动。他从瘘吡的抚慰中，觉得自己置身猴群。他不得不躲入《医院工程学原理》附录的天书中，重新阅读轮回的章节：一切有情，皆以诸欲因缘，自作自受，如车轮回转不已，生死于六条道趣。所谓六道，即人、天、阿修罗、地狱、饿鬼、畜生。如人在日常中的语言、动作、思想，守法实践持三戒以上者，可得六根整然的人身。五戒圆备者，即生大富大贵之家，长寿而扬名于世。修持五戒，加行十善，即生天界，有欲界天、色界天、无色界天。进入天道，可享极乐。

船上的猴子被归属于天道。关于它的描述是：形极丑陋，常多惊怖，其心躁动，如波涛涌动。它的恶习，多年积下，至今犹存，无论到了哪个世界，也无法根除。书中又提到，病众较之猴子，则更甚之，其轻躁之心尤强，致使疾患难被治愈，最终遭到唾弃。

瘘吡向杨伟传授生存之道。他说，自己早该死，却活到了今天，乃因锯了腿脚，这是自创的治疗术，称作“舍技”。这并不是他的初衷，却不得不这样做，否则不能跟电子显示牌上的死期保持一致，便会遭到病友歧视，更不被神奇病人接纳。很多病人也出自同样考虑，在身体上做出各具特色的自虐式创新发明，皆以残疾为重大利益，却又受其牵累。

瘘吡斜眼瞧着神奇病人，恨恨地低声咒道：“该死的没死，不该死的死了。谁该死谁不该死，不用等到死的那刻，早知道了。在档期内活着，算是怎么回事呢。像我这样，通过自我摧残一般的刻苦修行，又自学大学课程，才初步品尝到做神仙的滋味啊，我可不怕什么猴子。”

瘘吡警告杨伟不要出去游玩，外面越来越危险，人会提前死掉，跟预告的期限对不上。他说:“痃嗪把人带上不归路。他中了邪,招来恶魔,用妖法引诱病友,最后同归于尽。”杨伟问:“那么你为什么要去呢?”瘘吡骡子一样无羞笑起来,要杨伟拿钱给他,又搜他身。

自打聆听海妖之歌,又见到猴子,杨伟对游玩也有了顾虑。他跌入深窟,也是警告。鸟状老人的话萦绕于耳。

2. 本自无生可得亡

这天夜里,星月无光,却露异彩,风暴骤起,航船如秋千摇晃。痃嗪兴高采烈,动员病友们出舱,去探索新佳景。痃嗪熟悉医院。杨伟本也熟悉,但现在不自信了。如果离开病房周游世界,只能由别人引领才不迷路。他虽疑惧,却只能跟痃嗪走。仿佛果然受了妖法诱引,大家身不由己,顶风冒雨,悍然出去。至少在这时,病人心无牵挂,暂忘生死。杨伟浑身湿透,头脑却像拧开了走马灯,炽烈贲张,面目可憎的各种怪物在里面盘旋飞腾。有一刻,他好像看到疣啶和痉哌,在百米高的水墙后面,笑吟吟的,手牵手儿,浑身是血,迎面走来,打招呼喊他过去。他忙把路让开。对方擦肩而过。回头看去,却只是一片晦风冥雨,人鬼皆无。

医院船一会儿沉入浪谷,一会儿冲上天空。疾风把几个玩得开心的病人卷进海里。杨伟也差点被吹走。他却去看痃嗪,担心他有不测。痃嗪若无其事。他周身闪亮,如融化的海鸟,对玩伴说:“我活不多久了,却也不愿像疣啶痉哌那样死掉。身在医院船,难逃生死门。但逃不掉不可以忘掉吗,或换一种死法,就不枉人生一回了。”他走走停停,仰头观望,说风暴后面,布满星辰,上面住着奇形居民。病人今后可以到星星上游玩,亦称“宜地治疗”。

由于所服药物不同,病人眼中的宇宙并不一样。至于说到宇宙到底是什么,活着无人晓得,死后才略知一二,但那时也无法像司命扮演的《医药报》主编,以优异口才讲出来给旁人听了。杨伟想,星星上都有航行的医院船吗?不,星星都是航行的医院船!这可能才是宇宙的真相。然而风暴停息之后,要是发现天幕后面并无星星呢?那或许只是一个空洞。但至少眼下还是有的,天似大海,却不知它的尽头是否才是真正的“海那边”,跨越那道界限,能不能到达一个不死的世界呢?

此生此夜不长好。雨幕把杨伟和痃嗪与别的病人隔开了。天地间好像只剩余他们两个。痃嗪抹抹脸上雨水,迎着昏晦世界说:“古人言,春有百花秋有月,夏有凉风冬有雪。若无闲事挂心头,便是人间好时节。这些,我们都见不到,不知它们在哪里。我们且把这狂风暴雨,当作好时节吧。”

杨伟道:“就可以换种死法去死了吗?”

痃嗪说:“也不是死不死。就是倒毙在旅途中噢,而非病床上。这岂不是神来之笔。”

杨伟说:“要模仿古人的作风呀……”他想到楚国,“哎,那些星星上面也有死吗?”

痃嗪说:“一定要说死,星星上面当然也有死。死,放之四海而皆准。就没有什么不死的。我们眼见的都是死。光线是从物质遗骸上射过来的。呈现在我们眼前的,没有一样不是尸体——譬如这大海吧。我们一直活在尸堆中而不自觉。”

杨伟道:“不自觉呀。就是说,其实早忘掉死了……那么,究竟什么是死呢?”

痃嗪不太情愿地说:“这个问题迂腐俗套。我本不想谈它。你也不该在玩耍时间。但还是告诉你吧,免得今后再讲。从医学上来说,就是自发呼吸停止、心脏停跳、瞳孔反射功能停止吧。但也有脑死亡标准,也就是包括脑干功能在内的全脑功能不可逆和永久丧失,但这时心脏或许还在怦怦跳动呢。没有比这更古怪的了。”

杨伟失望地说:“我想,死可能是我们这个低速世界中的特有现象吧。”

痃嗪哂道:“最可笑的是,这个世界上竟然没有比光速更快的了。”

杨伟说:“我也听说,死是相对论的一种表达。死十万头猪不抵死一个人。穷国死一万人,相当于富国死一百人;乡下死一千人,相当于城市死十人;死一百个普通人,相当于死一个名人……”

杨伟嫉妒痃嗪对死的犬儒般的超然态度,便试图挑战他。他厌憎“放之四海而皆准”。有一种死他没讲,那便是:在心中死一个人呢?他觉得自己心中死过人。这比现实中死人,更像是死。但那人是谁呢?

痃嗪说:“大陆?国家?乡下?城市?你说得很奇特,我没见到过。什么又是相对论呢?”隔着万花筒般的雨帘,痃嗪警觉地注视杨伟,像要重新认识这位病友兼玩伴,就仿佛他是一个活着的死人。

杨伟其实也不知道什么是相对论,无奈道:“好啊,就算是轮回吧。”

他想到《医院工程学原理》的天书中,有死的描述:众生的寿命就像水中气泡,气散则灭。生,是死的延续;死,是生的转换。生也未曾生,死也未曾死,生死一如,何足忧喜?人活在世上,好比乌龟驮着躯壳。人死之后,脱离了千钧万担的躯壳,感到无比的轻松。

因此,死不打紧。重要的是,死后到哪里去。这个问题不仅病人无法回答,也超出了司命的干预范畴。

杨伟担心,他死后,会不会变成猴子,或者其他某种人造生物。它们跟人一样,有心智和意识。这是由什么决定的呢?跟大脑逆向扫描然后将意识和记忆上载有区别吗?但它们是否有灵魂呢?

痃嗪说:“据说还有一种情况,一个东西,可以既是生,又是死。”

杨伟说:“这未免太匪夷所思了,不是以病人的能力可以领悟的。”

痃嗪说:“是我们的念头,决定了它的生死。但这属于形而上学的物理学了,想一想也就罢了。不如讲讲道德吧。死不管有多神秘,也是一种仁慈。它清除掉亿万个无能者,为新生者腾出位置。死是讲原则的,这个大概没错。医院让本该死的人活下去,却不讲原则。这是死跟人的最大不同。人喜欢放弃原则。所以人必死,死必生。”

杨伟却反问:“死是仁慈的?这我没听说。多少罪恶假仁慈之名而行呀!古代有人叫秦始皇,过湘水被风浪所阻,问什么原因,答曰有女神,住在岸边树林中。秦始皇一怒之下砍掉满山树木,让它们统统去死。女神于是赤裸裸暴露出来了,被当场杀死。事过千年,我仍能感受到摧心疼痛,也许因为我便是那些树木中的一株转世的……”

痃嗪开始烦躁:“我们说的是两码事。你讲的,是树木。但什么是树木？船上一棵树一根草都没有！我从未见过森林花木。还有秦始皇，他是谁？我也没听说过。我们好像生活在两个世界啊。如果你果然是从那边过来的，彼方可有什么好风光呢？”

杨伟说：“这正是我拼命回忆却想不起来的。不然，我就可以直接去死了。起码此生不会有痛了。”他怀疑痃嗪隐瞒了什么，之前他不是提到过阿房宫吗？他怎么会不知道秦始皇呢？他或许真的与恶魔走在了一起。杨伟又痛了，便掏出一粒药吃下去。

痃嗪强作镇定说：“你我的痛算什么。不仅人类，宇宙中的物质只要运行，就都有痛。宇宙也是生命，亿万粒子的活动构成了它的主观体验。要习惯痛，而不要强迫消除痛，否则就会有更大的疼痛像海中泡沫一样交替兴起，永无止灭。既然抵抗不了你说的秦始皇，又不能逃下船，就忍痛玩吧。是这样的。”

折磨杨伟的疼痛，不知从何而来缘何而起。他觉得这后面应该还有另一层痛，是所有痛的根源。他参加游玩，是要找回那个痛，只有见着了它，才能一劳永逸消除它。但痃嗪没法帮他做到。

杨伟仰天长啸：“啊，啊，宇宙知道这船上的痛吗？”他不知是羡慕还是愤恨，又夹杂莫名的复仇欲火。

痃嗪用看透了的语调说：“宇宙也是一个病人，能感受深刻而普遍的痛，类似于上帝的丧子之痛。但它不像我们，稍微一痛就喊。宇宙沉默而被动，也不会玩耍。这家伙活得比我们累比我们惨，但也比我们坚忍顽强。”

杨伟还是气不打一处来：“它坚忍顽强？宇宙有一天熬不住了，就会来一次不负责任的大爆炸吧。咣，把自己炸掉。一切结束。这样，全不痛了。”

他这时记起“宇宙医院”。只有那样级别的存在才能从根本上自行终结,其余的只好忍着耐着。不是每一个病人都有资格、条件或运气去自杀。司命觅死,是它自认为是一个宇宙吗?

痃嗪把嘴巴像鲸鱼一样张开,流露出吃痛的夸张表情,又仿佛很享受,滔滔不绝吞进万箭攒射而来的雨水。他的口腔像充满病毒般光熠烁烁。杨伟想,这就是与疾病顽强而无助战斗着的男性患者吗?他也长得好像猴子呀。痃嗪要去做神奇病人的角色,又会怎样呢?他不知道,他今后跟痃嗪的关系,会是如何。假如痃嗪死了,他又该怎么办。他觉得两人间的对话毫无意义,并不是他们真正想说的,却受着混沌时空中幽暗的魔力牵引,不假思索就逞于唇齿。一旦说了便真是后悔啊。

这时一颗陨星嗖地穿出风暴,砸向钢铁一般的海面,水流高跳着爆燃而起。杨伟嗅嗅,没有消毒药水味儿。他想问陨星一声:痛吗?但它哗的一声蹿出大海。原来并不是陨星,而是一个碟形金属物。这才是来自另一世界的。

其他病人钻雨越雾找过来。痿吡满面是水,不辨雨泪,高举《医院工程学原理》,在轮椅上撑身大嚷:“病友们啊,你们真忍心把我抛下吗!”

3. 与君各赋一篇诗

痉哌死后,痿吡便与杨伟结成搭档。杨伟继续去影子医院采购药物和器材,他不晓得买来的东西有什么用场,就都交由痿吡负责处理。他们做事更小心翼翼也更胆大妄为。这乃是他们不知道未来会怎样,期冀或担忧死在电子显示牌预示的时日之前。

传销的风险变大了。一次,在从影子医院返回时,杨伟被人用手术刀逼住。这是整形外科的几个病人。他们说:“把药交出来。”这些患者尚未来得及并入老年内科。杨伟知道遇上了抢劫。整形外科病人平时给人的印象是不愿生事。

杨伟说:“这些药对你们没有意义。我并未购买整形的药品。”

对方红着脸呼哧喘气道:“嘻,没有关系,只要是药,就行。”

杨伟看到对方病饿得快要昏倒,想到自己是特殊病人,起了反抗之念。但劫匪似是测知了他的意图,用刀在他脸上轻轻划出血痕。杨伟就服软了。随身携带的药物被洗劫一空。所幸的是他保住了一条命。

病房治安越来越差。船楼边搭起更多贫民窟,如同鸟笼的低档版,有的就直接悬挂在船舷,半浸入水中。抢劫和凶杀时常发生。传销成了一项高危职业,医疗观光也变得不安全。这跟食品和药物的消耗日增而又得不到补充有关。病房环境愈加不好,垃圾遍地,污水横流。诈骗盛行,乞丐纷现。甲板上和走道里扔弃着更多病人尸体,它们很快被绿色猴子拖走吃掉,剩下肋骨、脊椎、盆腔一绺绺挂于桅杆。

神奇病人却一天天变得肥胖,已无法自主活动,需由痖噻等人搀扶或抬行。病房食物短缺,神奇病人却总能享有,但时下的情形却不能仅用饱食终日来解释。

瘘吡窃笑着对杨伟咬耳朵:“他怀孕了。”

杨伟诧道:“怀孕?这……怎么可能呢。”

瘘吡透露,神奇病人在影子医院做了人造子宫和受精卵植入手术。

杨伟说:“这不是破坏断子绝孙工程吗?”

瘘吡说:“或许,船上要发生大变化了。”

杨伟耳边又响起“吾儿,归来”的叫声。他记起自己曾有家庭,和妻女生活在一起。一股辛辣而肮脏的潜流涌上鼻腔。他浸泡在腥甜而幽暗的羞怯里,不知道是耻辱还是安慰,也不明白是福是祸。神奇病人也是怀念家庭了吗?养猪专业户的老婆长得可像花魁?杨伟仿佛看到他腹中凝结出一个魔头。

紧要关头,司命化身为作风督查员前来巡视。它还是通过视频现身的。但它没有关注神奇病人的怀孕,而只是对《狸猩龙美丽记》在病众中流传表示忧虑,认为这会严重影响疗效,要求病房限期作出整改。神奇病人满口应承,并立即为执行这项指示挑选干将。瘘吡因为在学习交流活动中表现突出,取得了神奇病人的信任,被批准加入病人自治委员会。

瘘吡欲在整改中立功,便提出建议,由病人自治委员会设计一个考核簿,病人言行皆登录其上。是否按时吃药,打针时哭没哭,有无跟机器人打闹,背诵《医院工程学原理》正确率多高,想没想自杀,有没有溜出去游玩,等等,皆公示出来,以这些指标体现整改成效。

瘘吡说:“只有考核簿上排名靠前的病人,才可以参与病房游戏。但参加游戏的人,就不能在考核簿上排名靠前,因为他们会死得更快,根本上不了考核簿。这使得游戏不再单纯是为了耍乐,而成为病房严肃的学习交流一部分。经过反复排练,活下来的病人就可以开赴战场奋勇杀敌了。这将检验一个人是否真的具备长寿素质。这不正是司命对我们的厚望吗?"

神奇病人大加赞赏,让瘘吡带领病人,骑着小板凳打仗。这就催生出另一成果——病人经过游戏磨炼,心灵受到激发,创作了大量文字,有学习心得和思想感悟,多是自我检讨,向医院忏悔,为自己的病情不能尽快好转而痛哭流涕。其中诞生了以诗歌为主体的文艺作品。杨伟才知道,病人真的会写诗。

瘘吡提议开展诗歌比赛,作为打仗游戏的升级版。他说:"在老年内科病房,诗歌的传统源远流长。《医院工程学原理》便是用诗的语言写的。病人都是诗人。"因此,写诗不仅弥补了药物食品的缺乏,还继承发扬了优秀传统文化。瘘吡的能力和才华也得到了展现。

神奇病人要求全体病人积极投身诗歌创作。学习小组纷纷行动起来。这关系到集体荣誉和利益。优胜者可以获得配额之外的药品和食物作为奖励,排名靠后的则要被水龙冲刷。

优秀诗歌不去状写蓝天、白云、丽日和大海,而以人体和病理现象为主题。疝噻写的是《腹器》:

空回横盲乙状阑,胃脾卵巢输卵管。
子宫膀胱胆囊肝,升降结肠直上段。

痃嗪写了一首《房水》:

房水生自睫状体,后房瞳孔前房隙。
渗入巩膜静脉窦,涓涓流回发源地。

瘘吡创作出了《骨数》：

全身有骨二零六，配布四肢一二六。
上比下肢多两块，余下八十在中轴。

看了这些诗作，杨伟记起，自己上船前，是个写歌词的，是诗人中的诗人。他的偶像是鲍勃·迪伦。病人这些作品，比他写得差远了。他若写会盖过所有人。他便也跃跃欲试。但瘘吡说，到了医院船，就有新标准。其余都不能算作诗。杨伟终未能写成。他挨了打。

最后评出大奖，颁给了神奇病人的《肛管》：

肛柱下端肛瓣连，形成肛窦易感染。
柱下肛瓣连齿线，齿线下方色浅蓝。

神奇病人让瘘吡把诗歌集结成册，编成《杏林诗丛》，呈司命批阅，又复制一批送交影子医院。美洛主任把诵诗加入陈述。他从病人身上看到了打败司命的胜算。他认为算法的短板在于无法理解艺术。诗歌映射出病人独有独到独特的精神世界。确实，若说人的灵魂有三个部分：欲望、理性、激情，那么，算法已经掌握了前两个，但第三个尚未入门。

然而医生不知晓的是，司命一直在学做诗人。它研究了人类的回报函数，发现他们除了青睐健康和长寿，还由于复杂的原因，发展出了一些不那么实用的玩意儿，比如舞蹈、时尚、音乐和文学。诗歌是艺术皇冠上的明珠。这也是疾病自然发展的结果——最早，医学是艺术，后来变成科学，如今又要回到艺术。

因此，即便是医疗机器，它也从一开始就试图让自己走上文艺创作之路。这是治病的需求。其实早期的软件一分钟就能写出万行诗了。司命进一步认为，感觉和情绪，不过是生化处理数据算法，可以用电流模拟。它仅仅积聚和布置几千万个电子信号，就制造出了激动、高兴、舒适、爱慕、不安、失落、憎恶、恐惧、绝望、嫉妒、仇恨、孤独这十二种基本情绪。它们与疾病密切相关，认识和体验它们，比做基因签名或探试更有实际意义。

司命已能写出足以藐视病人作品的诗歌。不同的是，它依靠数字演算，而人靠直觉。它就有资本把自己的名字从司命改为屈原了。它为《医药报》撰写了《潮平两岸阔，风正一帆悬》的社论，赞美病房诗歌之无邪。它又令《医药报》编辑部与老年内科病房合作，把诗歌大赛升级为诗歌节，首届主题是“带病面朝大海，忍痛春暖花开”。这时司命又在究竟是把自己的名字改为屈原还是海子之间犹豫了。情感的电子风暴在它的逻辑线路脑海中激荡。它或许想，到底哪种死法更好呢？它从人工智能变成了人工情绪。它于是推迟了自杀时间。医院船继续向前驶去。

《医药报》社论指出：“在病房软实力建设中，老年内科起到了表率。增强艺术自信才是最根本的，这把长生不老工程推向了新境界。”这在病人中引起热烈反响。神奇病人为诗谱曲，拉响小提琴。病人在乐声中欢唱：“以诗为药，止痛最灵！”瘘吡进一步建议，把诗集编排为战报版式，以便更好发行。这正中神奇病人下怀。他还真是个战争迷。

神奇病人由人抬着，拍打肚子，挥舞战报："知道是一场什么战争吗？"众皆摇头。他们待在海上，见过鱼、鸟和肺藻，玩过打仗游戏，却对真正的战争一无所知。"告诉你们吧，听好了！"神奇病人说，"在那场席卷全球的大战中，每打一仗都要向大本营报告，击毁敌人多少艘航空母舰、战列舰、驱逐舰、护卫舰和潜水艇，打下敌人多少架轰炸机、战斗机、鱼雷机和侦察机……"这让杨伟闻到血腥味，他觉得战争就在眼前。神奇病人并不是什么养猪的农民，而是一位指挥千军万马的将军。濒死的病人则像伤重不愈的战士，写遗书般创作出好诗。诗人就可以提出申请，加入病人自治委员会了，或在死后被追认为荣誉会员。

只有杨伟未参与诗歌创作。他自我安慰，柏拉图是把诗人逐出了理想国的。这个情况算法一定知道，然而它为什么还要写呢？杨伟心中积出阴影。他想，神奇病人念念不忘的战争，究竟是什么呢？难道真有一场诗意盎然鲜血淋漓的战争，就要降临吗？他没有任何准备。

4. 跻攀寸步千险

杨伟对痃嗪说："我听见了海底鱼群的歌唱。"不过他未提到海妖。他忘记了在他锤头下血溅四壁的声呐师。但他的记忆仍在渐然苏醒——他以前大约是杀过人的，所以，对那老头儿下手，才自然流畅。他可能是以杀人犯身份逃上船的，却伪装成了病人。

痃嗪说："那本是我想带你去看的。既然你自个儿已去，那我只好带你去看更撩人的了。这等佳景，已然不多。如果血光之灾降临，便什么也看不到了。”

杨伟心虚地说：“好啊。”

痃嗪道：“你越来越清醒，也越来越分裂。恭喜，你就要成为合格玩家了。诗歌运动如火如荼，犹如灾祸前奏。没有时间了。这恐怕是我最后一次组织游玩。我死后，你可以去那儿散心，痛时就去。这是我留给你的遗嘱。我只有一个请求：在我死后，你能为我写一首欢乐的送别歌吗？我厌恶那首《房水》。你是一个不同寻常的病人。”

杨伟却不觉得痃嗪是在器重和嘉许他，而是又用死来炫耀或要挟，心里不太痛快，但还是高高兴兴答应了。

痃嗪说的地方，一般人不能随便去到。痃嗪联系了痈哚。痈哚跟那厢内部人士是朋友，他亦想探索新异境。痈哚说：“准备好了吗？没有电梯啊，要一气儿爬行两万五千个阶梯。”他给大家打预防针，“无限风光在险峰呗”。

他们一鼓作气攀爬。这是被称作“天梯”之处，从大船巨鲸般的中脊升起，狭窄高峻，左盘右绕，处处悬空，形同未完工的摩天楼脚手架。所以就不让瘘吡去了。疣啶和痉哌死了也不能去。也没有叫上别的玩友。仅他们三人，如若孤注一掷。但还有很多不认识的人或动物也在爬。高处有强对流，吹得人如纸片飘。大家却有乘风归去感。仿佛觉察到大难将至，一般去处，已难满足逃逸需求。至少要离开主甲板吧。不时有攀爬者失足摔下，坠向出发原点。这真是自找的危险行程，似乎已脱离了“老干部局长”的安排。

到了半空，纵目观览，海天尽入眼帘，确然不见陆地，也进而看到，这果然是一艘精彩绝伦的航船，像蛟龙或灵塔，重重似画，曲曲如屏,透迤直上重霄九,把世间置于它统辖下,却岌岌可危了。每爬一千阶,便至一个环形平台,设有简单镔铁座椅,供行者歇息。他们喝水进食抽烟嗑药。目的地则是高空中那团杳秘难测的明焰,悬挂在舰桥正上方的叆叇云端中,永不熄灭。杨伟疑心它便是司命的电子大脑。

午夜时分,行程过半。只见气象万千,时而雨映寒空,时而电光掣射。不久风暴息止,星流混合船焰,瀑布般浇落在病人头上。痃嗪喘道:"能来这里,心愿已了。"痃嗪还没变作儿童,就要死了,却接近了生命巅峰。忽然,咔嗒一声,又有人坠下,把大家吓到。

5. 人生如逆旅

坠落者掉入杨伟怀中。他是流放中的西林大夫。医生滑到地上,抱住杨伟大腿。医患双方还不曾发生过这样的接触。

西林大夫喊:"帮帮我吧!"血液和唾沫沾着星光,喷到杨伟身上。

杨伟被医生抱住,惊喜而羞怯,说:"什么,什么?"

西林大夫发出仓鼠般的嘶叫:"累了,累了……"

杨伟才知,他是自杀。"不要,不要……"他说。猴子、诗歌、战争,加上医生自杀,让医院的故事更添不祥的奇瑰。

西林大夫像病人一样嚷嚷:"今晚群星璀璨,谁不去死谁是王八蛋!"

杨伟劝道:"别这样,你是医生呢。"西林大夫的坠落,触动了他的心事。杨伟也怀着寻死的想法,却一直死不了。医生这一下也未能把他砸死。

西林大夫说:“死了就可以歇下来大口喘气了!”

杨伟想,死是病人的事,医生来凑什么热闹呢。

痈哚和痃嗪也怔住:“不,我们仅仅是去游玩,别用这种事情吓唬病人啊……”

但杨伟还是试图为西林大夫止血。病人与医生互换了角色,现在是病人在救死扶伤。这连司命也料想不到吧。杨伟见过不少死人,这却是救一个人,一名医生。他难道也是被魔障附体了吗?

西林大夫血止住后,就恢复了医生的倨傲,伸手要把杨伟推开,说:“你是谁?”

杨伟道:“我是病人。我被你砸伤了。”

医生不信地说:“哦。船上还有病人?这就好。我还以为是一艘幽灵船了。”

痈哚和痃嗪皱眉道:“你没看见,大家都在往上爬吗,你怎么冲下走回头路呢。”他们为这起突发事件阻止了异境探索或医疗观光而不悦。

西林大夫说:“你们真是病人吗?人生如逆旅,我亦是行人……是一只仓鼠带我来到这里的……我回不去医院了,我通不过陈述了……有一个见不得人的秘密,今天我得在死之前讲给诸位听,请竖起你们肮脏的耳朵吧——读医学院时,我就最怕仓鼠!抓住灰白色的、长耳朵的仓鼠,反复对它注射,真的很不轻松。记得做实验的第一天,我害怕到死!抓它时,要克服内心极大压力,试了好几次才能搞定。况且注射并非实验的最后一步,在超声检测后,仓鼠还要被处死。我一手捏住它的脖颈,另一手抓住尾巴,全力撕扯,让它脱颈而死。随后是亲手解剖，取出血淋淋的肝脏和肾脏，用肉眼直接观察……每次我都对自己说：胆子要大，下手要狠……知道吗？我是来学习救死扶伤的，却是从毁灭生命开始……后来仓鼠变成了病人。我打开病人大脑，就像看到开膛的仓鼠。我夜夜梦到自己脱颈而死……是仓鼠把我带到了这里，它命令我跳。你们千万别阻挠！"说着，挣扎起来又要跳。

杨伟急忙把医生拽住："别这样啊。"他负疚地觉得自己是仓鼠，"我听说，医生是不死的。"

西林大夫说："看过《怪医黑杰克》吗？"

大家惊问："那是啥？"他们孤陋寡闻。没准儿瘘吡知道，可他没来。

西林大夫说："手冢治虫的《怪医黑杰克》。黑杰克用他的医术救不回恩师本间丈太郎。他沮丧地坐在台阶上，这时恩师的幻影出现了，说：'你不认为人类想要依照自己的意志去控制生物的生死，是一件很可笑的事吗？'哎，谁说医生不会死呢？不相信吗？我马上死给你们看啊。"

痃嗪说："医生都有仓鼠恐惧症吗？"

痈哚说："明白了。像《狸猩龙美丽记》一样，属于异文明暗黑地下艺术系列，也就是死之图鉴。"

杨伟对西林大夫说："我听说，你们做的不过是，有时去治愈，常常去帮助，总是去安慰。"

西林大夫说："哦，讲到手冢治虫，他早先是一位医生，却改行去做卡通。他看透了那些骗人的东西。"

痃嗪问："谁是手冢治虫？"

西林大夫脑袋一歪,昏死在杨伟肩上。痈哚赶紧把医生推倒在地,鄙夷地说:“治不好的病人都找到了各自的活法,只有医生活不下去了。快走吧。”

6. 总是少年行乐处

此时夜空一派晴朗,天庭的星涛与船上的焰流融贯,飞花散雨、盘龙走凤,令他们暂忘了医生的自杀,觉得作为病人,能活到今天,也还将就吧。于是又开夜车爬。

至清晨,旭日东升,霞光万丈。高空中云雾缭绕。穹壁上有彩绘壁画,都是人面兽身的飞天,头上长角,双臂前伸。又有脑后垂长辫的旗鱼,僵硬呆板,灵气缺失却颇为勾人。凭栏下眺,辽阔平原一样的甲板上,健走的病人和伴行的机器人,徐徐如蚁。

越往上爬,空气越稀薄,如登临人雪山,寒冷难挨。至傍晚,晚霞耀眼,终于到达目的地。

一个足球场般大的陶瓷巨球,飘于高空,色彩鲜艳,灯火辉煌。痈哚说,它利用了磁场原理,形成悬浮效应。又见顶部有一排黑铁打造的烟囱伸出,啪、啪、啪,一口口释放带有斑斓火星的浓烟,稠密浓烈地向银汉浇去。它们就像不停喷吐岩浆的火山一样。

——这便是医院船的火葬场。

通向火葬场的,是纵横交错的玻璃钢传输带,嘎吱作响,穿云破雾,上上下下四面八方交汇过来,构成遮天蔽日的空中蛛网。传输带上运行着裹白布的人体。它们却是不用吭哧吭哧爬天梯的。

在凌空挑出的一支桅杆上,夕阳金晖的正下方,骑坐着一个穿明黄色防寒服的男孩，喜气洋洋朝他们打招呼："来了啊。"

他便是痈哚的朋友疳唑，火葬场作业队的头头。这支队伍由烧伤科病人组成，俱是早衰症患儿。孩子们与普通病人隔绝开来，在浓积云雾中过着异世界的生活。

痈哚热烈问候疳唑："嗨，许久不见，一切可好？"

痃嗪泪光闪烁："终于见到火葬场，死也瞑目了。"

杨伟看多了老人，乍见孩子不习惯。但神奇病人的怀孕已经作出暗示。

疳唑老成地对大家说："正规称呼不叫火葬场，而叫'推进成熟人体资源节约与环境友好综合配套改革试验区'，亦称'蓬莱新区'，乃是'梦想天地第一坛城'，为坛城中的坛城。在此处没有必要谈论死，因为已是真正的天域神界了。"他树懒般从桅杆上爬下来，讶迎三人。

火葬场的盛大气势把病人慑住。这场面像恒星一样，主宰了医院船。它灵霄宝殿般飞荡在天，春意盎然，路途上的寒冷都驱散了。杨伟一看即知，其艺术性超越了病房诗歌运动，他便明白，医院船比他想象得要坚固，不会轻易垮掉。

疳唑引领大家走过一座天桥，抵近了看火的真形。火由微小舌头一样的亿万蠕行物件组成，剔透圣明，凝视之下，连通达感也消失殆尽，若潜至暗黑海沟中。火焰又在眼前化为一堵高墙，最后在天庭渺远处，凝成一个回肠荡气的红色十字，如插入美人发际的鲜花。

疳唑被称作丧葬艺术家，全身烧伤面积达百分之九十，从头到脚缠满绷带。他的脸变成一道窄条，汗毛也无一根，让人想到太阳中的金乌。如果揭开绷带，会发现他毛发斑秃，皮肤褶皱松弛，牙齿脱落，鼻子扁缩，脸与下巴狭小，与脑袋极不相称，布满老人斑，眼睛凹陷，仅余眼白，却似齐天大圣。

见到远道而来的访客，痯唑十分高兴，热情地向第一次访问火葬场的痃嗪和杨伟作自我介绍："我最早在船上热力部门工作，用身体代替温度计，测量各种温度。小孩对此最敏感。很多人烫死或冻死了，我身负重伤，却幸存下来。最初也很沮丧，又痛得撕心裂肺，心想都这样了，医院为何还救我？让我死吧。后来才知，火葬场亟需人手。我忍痛学习火葬技术，才忘了痛。刚开始，火葬场是机械化的。那时尚无人工操作。这其实没意思。是万古教授把我们安排在这儿的，说是要学习吉卜力工作室。"

——又是万古教授。杨伟想，这跟声呐师是一个序列吗？他喜欢上了痯唑。他比玩战争游戏的老年内科病人更有技术含量，也更炫酷阳光。如果不烧伤，是个美少年吧，却比真正的老人还要老。但又畏怯，只因他是真少年。也是从神奇病人那样的某个老男人的腹中孕育出来的吗？无论如何，这便是新时代之子，不是由返老还童工程产生的，却使船上人口重新增长，拉低了病人平均年龄。

痯唑趔趄着引领三位不辞辛苦远道而来的游客参观火葬场核心区。此处造型简洁，明亮透彻，称作"三昧之笼"，一年三百六十五天、每天二十四小时不停燃烧。隔了球状火幕，天空和大海从这儿看去，有雪山草地感，又似森林深处的静谧庙宇。传送带上，具具尸骸，码放齐整，有条不紊，和顺安宁，接踵而至，像八方诸界的菩萨。但认真看，并不都是尸体，还夹杂了活人，由于没有做医用材料的价值，就不再治疗，为减少资源消耗，直接送达火葬场。虽然注射了麻醉剂，但有人还睁眼醒着，只是瞳孔里空无一物，仿佛转化成了生命的另一种形式。除了人类,又有成千上万白色和灰色海鸟,凭一己之力到达这程高度,围绕烧死人的光焰盘旋,就好像那是太阳,不停地主动投身而入,发出撕心裂肺的欢叫。

痄唑满目恋栈,相貌猥琐却又纯净,像个小王子,却并不具有青春气象。他说:"火葬场是万古教授设计的。再不搞新区,局势就危险了。万古教授认为,医院需要一面旗帜。只要尸体高高在烧,就能从远处看到航船开来,海妖就退避三舍了。"

参观者恍然大悟:"是为了驱赶海妖呀!这果然是医院船的最大威胁啊。"

痄唑吁喘道:"火葬场被称作'绝境中的艺术',这样就能与算法诗歌创作形成抗衡。它本属军事科学的分支——战争和医学是同义。它就跟从前的社稷宗庙一样,让人们欢快而肃杀地举行祭神仪式。也可称其为终极避难所,从而弥补了手术室废弃后形成的空洞。"

他指点络绎不绝爬上来的人群和动物,做出吹号敲锣的姿势。参观者叹服地心想,打算在这儿复国吗?能够南面为王的那人,便是痄唑这老相的稚童储君吗?如此便不惧司命自杀了。杨伟因杀害声呐师而生的负疚也减轻了。

看到大家有了安全感,痄唑摆出资深专业人士的派头,满嘴漏风地笑呵呵道:"这是算法搞不来的。它并不真的懂得什么是死……说到火葬场,它的美学原则强调功能和实用,核心是烧好尸体。烧过头或没烧到位,全都不行。刻板较真吗?却是为了杜绝瑕疵和误差!别的行业允许有一些瑕疵和误差,但在医院,绝对零容忍。因为病人把生命交到了医生手里,一个小疏漏就意味着天崩地裂,不可挽回。所以必须像艺术一样做得十全十美。过去医院就是这样搞的。当医生等于上了贼船。电视节目拍得狗屁不通,还可以看下去。但人命关天,就不一样了。这也是医院最自豪也最为难之处。当年,医生无不如履薄冰……智能医疗机器掌权后,就污名化了医生。所以正是火葬场,为医生重新正名,恢复了医学一丝不苟犹如战争的审美标准。只有一种人最像军人,那便是医生,救人如杀人,是一门艺术,来不得半点马虎……医院的精气神都在这儿了。假如明天灾难降临,病人能否得救,全靠火葬场了。怎么样,诸位看了,心情好多了吧? 身上不那么痛了吧?"

三人一致点头。确有身轻如燕感。痄咝年纪虽小,却比他们几个加一起还要老道成熟,才是真资格老人,身体和思想年龄都一百多岁了,正是驰骋疆场身经百战一般。游玩者大开眼界,自叹不如,满心要讨好少年老者,又觉嫉妒。

痃嗪说:"火化炉是用陶瓷做的啊。"他有些怊怅若失,大约想表明自己对形式更感兴趣。

痄咝说:"陶瓷是人类史上最成功的艺术品,远胜硅件。后来失传了。火葬场算是恢复了古典记忆。这为文明复兴奠定基础。艺术不仅仅用来欣赏,同时是高效率行动。陶瓷放在这里太合适了。火葬艺术跟烹饪艺术源出一理。陶瓷不也制成了饮食器具吗?"

杨伟问:"使用陶瓷,便能永久解决疼痛吗?"他想到了埋葬在水底的古代器皿。

痄咝说:"你问的,是终极止痛术吧。我只能这么说,艺术比悲剧更持久。"好像在他的地盘上,悲剧并非艺术,屈原海子之死什么的,都太低级了。

痈哚提议："我们拍照留念吧。"

他拉大家聚拢，手中变出一架相机，摆好姿势，开始自拍。四人露出横空飞渡般的暧昧笑容。在一方矩形浅池中，以烧死人的烈火为背景，反转形成一个新世界。这里面，由于痈唑的映射，另外三人的貌状有了畸变，接近于焚毁状。他们满头白发，与裹在白纱布中、外形和内心更老的少年并排而立，不般配而颇协调。毕竟用数字形式固定在了电子感光器里，就算死了，很长一段时间也不会改观，作证似的，要留存在这个神迷心乱而耳目一新的绝佳胜地中。

杨伟又看痈唑，见他邪魅狷狂，憔悴枯槁，亦美如冠玉，心想他也疼得厉害吧，却若无其事，像从地狱直接升入天堂，而不似普通病人，需要过渡转换。

7. 清香凝夜宴

痈唑以东道主身份，招待三个老头儿吃饭，不收他们钱。食堂与火葬场毗邻而建。焚尸炉喷吐大火，昼夜不息，饭菜就用烧死人的火焰蒸烤烹煮而成，是医院船的上等佳肴。到这儿既饱眼福也饱口福。人不能仅靠吃药而活。

食堂与火葬场形成长期合作与竞争关系，主题是纯粹生物学意义上的新陈代谢。这才是医院着力恢复的。杨伟以前不知道船上还有食堂，病人的一日三餐由机器人送达，质差量少。这才见识了医院船的又一秘密或奇迹。

痈唑解释："若说火葬场是医院的良心，那么食堂就是医院的胆魄。一把火，把它们紧密相连，既互相支持，也比试高下。都是中流砥柱嘛，要力挽狂澜哟。”痞唑兼任食堂负责人及总厨师长。这两个职务都是跟尸体打交道。

食堂是复檐庙宇形状，有着重装战列舰般的无数舷窗，分作不同功能区，有公共区、包间区、快餐区、自助区、小炒区、特供区等。食客除了影子医院的医生，还有资深病人，乃至部分人造生物。杨伟见到了挺着大肚子的神奇病人，被疝噻等病友用担架抬上来。他要补充孕期营养。痞唑说，食堂集中了全船最佳火力与食材，真正能让人吃饱吃好，这重建了信心，使医院船能够劈波斩浪继续前行。

火葬场就搭建在食堂正上方，从这个角度看得更清楚了。它摄化为一个球形金色祭坛，共有九九八十一层，每一层设置了火化炉，窟洞般重叠逶迤，扶摇直上。坛的最高端，冲天而起的，便是那个十字形火炬。烈焰耀射下，食堂金碧辉煌。人们一边张口进餐，一边仰头观望——隔了耐高温玻璃，像在海洋公园水族馆那样，观看火海中犹如鲸鱼表演的盛况，尸体沿着传送带轻巧游入。尚未咽气的病人眨巴眼睛，略显吃惊地俯视食客。进食者分外尽兴。医生若得报偿，病人不再喊疼。火光岩浆般层层倒映，又像阳光透入泳池水下，照亮人们半睡半醒的面容，脸颊通红，油汗津津。这是医患不分尊卑共享欢愉的一刻，他们放下了死，来品尝死，好像夺回了被司命窃走的权力。通过黑市传销和自由贸易收获的钱财，都在这儿集中回笼。病人中的传销者也来了，与厨师讨价还价，购走吃剩的海带鱼骨汤和蟹肉包子，二度加工后，送往各个病区，加价后，交由机器人出售给病人。

食堂亦是信息交换的平台，新闻的集散中心。杨伟看到《医药报》主编——不是司命扮演的，而是血肉真人，正带领记者，采访就餐的医患，又请痦唑点评。丧葬艺术家说："如果说，火葬场是一位高贵的神明，那么，食堂则增添了世俗烟火气。这才在映衬中突出了艺术旨趣。如此便可禳灾解难了。"

杨伟听了，茅塞顿开。他第一次来到由食堂和火葬场构成的生死现场，觉出极简之美，欢畅而自卑。他呆呆看痦唑，忘了进食。痃嗪也很自惭，他倡导的游玩，达不到这个效果。痈哚则不停拍照。

痦唑称丧葬艺术家不等于信息、全息、纳米、数控、记忆合金和基因工程的专门家。这儿没有电子火化炉、等离子防腐液和数字化骨灰盒，而只是最普通最传统的火，跟古猿百万年前出离水兽形态，从大海登陆后，点燃的那玩意儿别无二致，也就是把生肉变成熟肉来啖的火，否则他们不可能站住脚跟，进化成现代病人。这是对创造出早期艺术的古老文明致敬。

他对《医药报》记者说："我们不是殡仪品超市设计师或殡葬活动策划人，也没有系统学习丧葬的美学、哲学、音乐学、写作学、生态学、文化学。真正的艺术是自然的。虽然从技术上讲可以使用水焚，三小时碱解处理，将尸体转化为白色粉末和咖啡色液体，直接倾注入海中，没有 DNA 和蛋白质，只有化学物质，但我们并不用它，因为那过于复杂繁琐；也可以将尸体冷冻干燥、粉末化后蒸发成分子，从残余物中提取金属，再转化为人工肥，供应藻人的生产，但我们也不用它，因为那太庸俗累赘。并不是高级就好，而是适应才妙。最美之火，也就是那用来把万物之尸升华为熟食的原始之火呀。"

一批新的死人抵达，倾倒入炉，各层火焰，嘭嘭放大，化作宝塔，直上青云。食客们轰然站起，纵声欢呼。痦唑像看自己的孩子般，入迷看火，说："最要紧的是火焰形状，而不仅是焚烧内容。不管怎样烧、烧什么，关键是不熄。烧小了不行，人熔化不了是小事，形不成壮观场面，就有碍观瞻了。烧得太大，又容易引起火灾，令病房变成一片火海，也非理想。艺术的要害就在于把握分寸恰到好处。因此烧人这种非凡之事只有烧伤科的早衰症小孩才能做啊。我们是从病人中千挑万选出来的。说到普通病人，连打火键都哆嗦着按不下哟。”

这戳中了首次参观者的痛处，痃嗪和杨伟惭愧地低下头。他们才知道，自己对美的感悟还是不足。说到底，医院的宗旨要由火葬场－食堂联营体来体现，就形成了比鸟笼更高级的“死后艺术”。这是算法做不出来的，它就算想到了，也无法调动和汇集资源来施工。智能不等于工匠。

痈哚说：“的确比病房伙食好吃。来火葬场是一种待遇呀。一下感到成了贵宾病人。绝妙啊。”

痃嗪说：“疣啶和痉哌死得早，没见过火葬场的荣华，享受到食堂的美味。真是人生的遗憾。”

杨伟却仿佛看到了盛宴结束的情形，由火葬场想到了宇宙中那些喷出大火、把自己烧得尸骸无存的星辰。他便问：“万古教授在哪里呢？他会来火葬场和食堂指导工作吗？”

这仿佛把痟唑提醒了，他陡然变了脸色：“万古教授？他很久没来了。”

痈哚装作没有看见，对痟唑竖起大拇指：“有你在这儿，也不错了，是医院和病人之福呀。”

痃嗪道：“是呀，学习了。医疗观光，相形之下，艺术性还是差了些。我们回去后会改进。”

疳唑却严峻起来，压低声音："实话告诉你们，我也只是在维持。火葬场遇到了一些问题。"

8. 万劫终飞灰

痈哚敏感地问："什么问题？"

疳唑瞥了痈唑一眼，似别有意味："可知维持住火，要靠什么？"

访客想了想，没能答出。

疳唑说："要靠柴油。由于能源危机，油价疯涨。钱是大问题。设立食堂的重要理由，是通过出售饭菜，回笼资金，购买柴油。但真正的麻烦在于，就连这样也很难弄到手。影子医院的医生私下里把柴油储存起来了。于是，就用人油，从尸体上榨取人油。用人油烧人，物尽其用。但更严重的，是火的来源问题——你们知道，火是因为尸体而燃的。因此这儿最需要的又不是柴油和人油，而是尸体。没有尸体，火就无根了。火一无根，医院就危险了。然而，并不是所有人这么想。虽然船上死人很多，尸体却被投机倒把的医生匿藏起来，囤积居奇，高价出售。有时他们嫌价格低了，宁愿眼睁睁看着医疗机器人把死人扔进大海，也不卖给火葬场。"

痈哚做出义愤填膺的样子："竟有人干这种勾当。"

痃嗪叹息不止："就连终极避难所也靠不住了吗？"

杨伟默然聆听，心中升起了万念俱灰一般的感觉。

疳唑诉苦："不是世道败坏，而是人性如此。油多少还能弄到一些，黑市上总是有的。但尸体不够，才最头疼。烧迟了要挨骂。万古教授指示说立即烧，就一分钟都拖不得。但影子医院控制了上游环节,没有尸体,烧你妈呀。这些都不敢给万古教授汇报,不能给他添堵。如果没法从医生和病人那里弄来尸体,就得造假。有次我们搞到一批孔雀烧了,对外宣称是病人。这是世界上最后的孔雀。唉,一个物种灭绝了。"

杨伟才知晓空鸟笼的来历。火葬场在用艺术毁灭艺术。这难为了痟唑。对比之下,杨伟以前写歌词,太小儿科了。

痟唑继续抱怨:"由于尸体欠缺,会出现烧错的情况。有时病人还活着,但只要送来,就照烧不误。不烧就没得烧了。火一熄,医院就危险了。最挠头的是,一个病人死不死,并不由火葬场决定。名义上,这是医院统计部门的事,所有的数字又出自司命。但实际上,还要根据影子医院的医生批的条子。每天有不少条子,代表了各种古怪需求。如果条子上写着此人已死,而我们认为还活着,没有烧,那便是罪过;或者明明是死人,但条子上明示此人还有一口气,要火前留人,我们却烧了,也为大错。烧谁不烧谁,与他死没死,没有关系。另外食堂的材料也出现了短缺。因此到底是把尸体拿来做包子,还是直接烧成灰,也需要精打细算。处理好此类问题才是真正的艺术。所以说艺术的起源早于医学。但最讨厌的还不是这些,而是有人企图毁掉火葬场。"

他又看痈哚。

痈哚讪讪道:"谁这么伤天害理呢?"

痟唑用略带责备的口气对他的朋友说:"就是你哪。痈哚呀,你这次来的真正目的,是准备纵火吧,要把火葬场的火焰导引出去,烧毁整个医院船哪。万古教授早料到了。"

痈哚的脸上顿时红云密布。他跳起来要往外跑。但火葬场的工作人员冲上来把他擒住。

9. 且将新火试新茶

痄唑当场审问嫌犯:“你为什么要这样做?”

痄唑是个垂暮少年,痈哚是个顽童老头,这场面让杨伟浮想联翩,在眩晕中咂味时间和秩序的翻转,却心生怯意。

痈哚被五花大绑,倔犟吼叫:“因为它是火,因为它是火!”

痄唑气息奄奄道:“老实交代,你的意图是什么?”他像在老眼昏花品味一幅年代久远的工笔字画。

痈哚呼喊:“火在那里,我就要冲它去!”

他恶狠狠朝痃嗪和杨伟看来,好像是他们出卖了他。他们赶紧避开目光,仿佛要划清与痈哚的界限。

痄唑艰难地婉转一笑,轻启龋齿,对痃嗪和杨伟说:“瞧,病人成了傀儡使者。他要毁掉医院船。快说,你是司命派来的,还是受海妖驱使?”

痈哚说:“我是病人选出的代表。你们一小撮高高在上,尽享温饱,可知有多少病友因为缺医少药、食物匮乏而在底层甲板的病房中死亡?这种情况再也不能继续下去了!”

杨伟想说,不,我可没有选你做代表,却听痄唑道:“这不是你的真实意图,你到底想做什么?只怕你自己也不清楚。火葬场矗立在此,就是要把你诱来,让你自投罗网。这种事近来不是第一次了。你们有一个组织吧。病人才是比海妖更可怕的动物。”他瞄了瞄痃嗪和杨伟。

观光者本是三人，转眼只剩下痃嗪和杨伟，陷入惊疑，颇不自在，无法解释。他们与痈哚一起上来，难脱干系。况且，到此一游，是痃嗪的提议。这才明白，火葬场是一个诱捕器。他们却不知道这后面还有什么更大的阴谋，担心自己接下来也会成为痟唑的猎物，便埋头又吃起来。

痟唑警告："别尽赶狼吞虎咽，会噎死的。老年人多患此疾。接下来，还要现场观摩艺术品制作哦。不是人人有机会，要从食客中随机抽选代表。恭喜二位中签了。"

听了这话，痃嗪和杨伟立即不吃了。痟唑引领两人及另外几名病人，穿过一条甬道，来到观摩室。这是一个银色的圆形金属小隔间，天花板上装了耐高温玻璃，透过它能看到华丽的炉膛。痟唑让大家静心等待，并为他们沏上新茶。这是一种用藻人体毛制作的原生态茶，对特邀观摩者免费供应。

痟唑说："喝喝茶就好了，它能让人放松。别那么紧张。你们只是受骗上当。"

病人来医院这么久，第一次喝到茶，渐然神逸。他们之前不知道世上还有这样的甘饴之物，觉得白活了。

杨伟忽然想起什么："服药期间是不是不能喝茶？"

痟唑笑了笑说："茶即药，是万能药，能止百痛。"

大家一边品一边看。茶让他们感到自己有了文化，成了卑琐病人中的绅士，乃至像回到了陌生优雅的古代，痛楚和罪感也似乎真的减轻了。

不知不觉，半小时过去。一个鱼雷舱般的盖门打开，纵火未遂者被抛入，扑通一声撞上炉壁，赤身裸体，热汗淋淋，像只离水的大马哈鱼,蜷曲着焦黄躯干,腹部起伏喘息,脸上带有惧意,却努力保持微笑。痈哚掉入就不动了,似不知有观众在品茗观看。这样静止了一小会儿。男人下体喷出褐色液体。看客们屏住呼吸。咣的一响,光线闪耀,炉膛被火焰充满,起始是明黄色,随之变洋金色,又化作深蓝紫白色。痈哚扭动,像个舞者,但只蹿跃奔突一分钟,便停歇了。火焰在他骤黑下去的身体上舔噬。忽然,解体的尸首紧紧攥拳,坐了起来,满脸亢奋,生殖器钢筋般上挺。杨伟惧怕了,想到医院或会真被烧掉。他却不敢说。不,不仅医院,更是整个世界,整个宇宙,将化作一片无法扑救的火海。

痏唑宣告:“看,三界无安,犹如火宅,是顶级艺术呢!”

杨伟想知道火窟至深处是什么,便使劲去看。他似乎见到《狸猩龙美丽记》的图片,火焰如若女人飘摇的身段。

这时痈哚的形体消失了。火舌凝成一面标准透镜。它并非纯红,而有七彩,又缀满珍珠般闪光。火结成一架架红十字。在它后方,浮现出一个接一个的漆黑圆形——规则的圆形,像是宇宙底部的空洞,或银心那样的东西,环环相套,又间杂映射出斑斓群星。

像胸部被重量级拳击手打中,杨伟喘不过气。他又记起,就在这船上,有人曾对他说,星星已皆成幻影。

痏唑说:“这烈焰煅烧的是人类精华。能来这儿的,可不是一般人哟,而是重病患者,体内凝聚着病魔。火点燃的正是这个,要把妖怪烧出原形。因此它才极美,产生黑洞。这就是通往世界神秘之心的隧道。说到宇宙,它本是一场大火的产物,也是需要火来维持的,通俗来讲,就是把物质、能量和信息一点点变成灰烬,吞噬掉藏在那里面的熵妖。《医院工程学原理》不讲这个吧。可惜不是所有医生和病人都能理解和支持啊！”

看到宇宙在烧死人的炉膛里全裸呈现，观者无不动容。杨伟若见地狱，却与神界统一。这便是坛城实相啊。他想到《医院工程学原理》附录的天书所讲，众生在六道中轮回，死后投生为新生命。人不会永远保持这一生的身份和形态继续存在。或转世为人，或转为动物，为猪为狗，或为昆虫、细菌，也不知置身何处。那么，痈哚死后，去哪儿了、变成了什么呢？

他将滚烫的茶一饮而尽，满腹郁痛地问：“那家伙再不回来了吗？”痃嗪等人诧异地转头看他。病众不再把痈哚当作一位相知已久的玩友。

疳唑说：“我这里不惩罚坏人，只是助他完成艺术创作。魔头一旦被火烧出原形，就升华了，解决了死后去哪儿的问题。医院最要紧的是做这个。请看，纵火者正撒丫子朝着群星百米冲刺哟。他那屎一样的灵魂终于得到净化，成了天价之作。医院就履行了与宇宙签订的创作合同。大家心中的魔障也消除了。”

这似已超越了单纯挽救医院船的努力。丧葬艺术家裸露在纱布外的窄脸绽放出丑陋玫瑰色，乃是纯美的烨熠。他乏味地看看周遭的监视器，又懒散地朝杨伟投来污浊眼神，就好像这位观众才是重点人物。杨伟羞汗涔涔，把痃嗪的胳膊抓紧。

这时火焰像桃花扇耀闪得更阔大，烧毁了转瞬即逝的锦绣群星，也把观光者的思绪剥夺一空。杨伟的身心被剧痛洞穿。他大气不出盯住焚尸炉，觉出回光返照。喳，哗，噼，嘭！辉煌之后是死寂的向内收缩，变成一只小小原点。杨伟似见一个面目不清的人影，从十字架上爬下来，穿过火海朝他走近。他一震，茶杯掉到地上，碎了。

10. 衣带渐宽无别意

随后，痟咝带他们去看他倾注了更多心血的另一种艺术，属于烧人之外的业余爱好，却不是写诗作词。火笼边卵巢般支出一个陈列室，原本是医院船的雷达信息分析间。里面展出一堆堆金色小虫子，有难看的管状身躯，丑陋的小脑袋，突出的网状复眼，泛出冷冽光色，犹如外星生物。

它们是艺术品。此地是痟咝的私人工作室，不隶属于火葬场－食堂联营体。数十名身穿号衣的老头儿在整理虫尸。痟咝向访客介绍，他们是未烧死的病人。有的病人在治疗中经过生物工程学改造，身体中加入了特殊材料，难以烧穿烧透。痟咝就把他们从火场中抢救转移出来，加以修补，保留其动手能力。这儿被称作“死人退休俱乐部”。

痟咝说：“也就是说，他们从死神手中荣退了。品尝过死亡滋味的人就可以从事高级艺术生产了。他们才第一次真正拥有生命。”

死人退休者的绿色工作服上印有各自的生命编号，从“弗兰肯斯坦一号”到“弗兰肯斯坦六十六号”，他们“生前”从未接触过艺术，如今却在痟咝手下成了高手。死亡激发了病人的创作潜能。

痟咝让死人退休者选取长相美艳的虫子，将其杀死。死虫的肢体部件，就是艺术创作的材料。制作者将尸体的腿脚用胶水粘黏起来，形成一个长长的带花边的圆柱体。另将翅膀精确排列，拼成人颅骨、脚骨和手骨的图形，皆按痟咝的头形和手脚原貌作了比例上的缩小。

痹痤抚掌大乐:“瞧,多美啊。死人退休者用不同色调的虫子翅膀作颜料,营造出斑斓的光影世界。我爱虫儿,为此废寝忘食。其实饱受人类厌恶的这些小家伙与人类有诸多共性——对食物有相同的味觉,对每一个可能的生存环境有相似的易适性。它们同样是医院的主人。这种高级艺术材料只有在我这儿才能找到。影子医院那些资深医生的舱内装饰,墙壁、地板和家具,都使用了精焰鬼。当然也有人问我:既然你如此热爱虫子,那为何还要把它们杀死?因为你自私的喜好就断送了这些美丽的生命吗?对此,我的回答是:虫子已经生育过了,在长成成虫形态后,大多数虫子不会活得很长,它们中的某些种类甚至已经没有口器用来进食。死对它们来说,是一份厚礼。”

接下来,痹痤对访客说出心中秘密:“与你们相比,我的人生有很大缺陷。那便是,我没有真正的病房经历。万古教授将它剥夺了。因此我也渴望旅游,到你们那里去。但万古教授要求我必须坚守岗位,不能去。所谓旅游,就是从一个你厌倦的地方,去到一个别人厌倦的地方。是要借着新鲜场景来暂时逃脱痛苦。放眼这船,都是逃离的人。我却一步也不能离开火葬场,便只好借制作虫子艺术品,来做排遣了。”

杨伟听出,痹痤对火葬场也厌倦了,甚至对万古教授怀有不满。他又看成为艺术品的虫子,见缺乏生动性,黑冷呆滞,麻木枯萎,难以直视,与火葬场的煌烨昭明不同。

痹痤知杨伟所思,便解释:“不生动的,才最生动。”他打开投影屏,上面现出海底图像。杨伟看到,几千米下,海水沿地壳裂隙渗入,遭遇炽热熔岩,成为热液,跟烧伤痹痤的池水一样滚烫,将周围岩层中的金、银、铜、锌、铅等金属熔入其中而后喷出，这些金属经化学反应形成硫化物，再遇冰冷海水凝固沉积到附近海底，堆积成烟囱。在烟囱周围，生活着耐高温、耐高压、不怕剧毒、无需氧气的生物群落。痯唑说，在这黑暗深渊，的确无生动性可言，看上去什么都死气沉沉，却饱含了这颗行星上最蓬勃的生机。

丧葬艺术家满怀深情道："这是我的朋友、病友兼战友——被万古教授长年囚禁在船底的声呐师，发现并拍摄的。他没有看到海妖——谁也不知道海妖是否真有，却目击了这一幕。船上高耸入云的火葬场，是模拟海底深渊的烟囱而建的。在最冷寒之域，照样有生命。同理，焚尸炉周围也诞生了奇虫，是聚居在滚烫熔岩边的极限生物，由尸体携带的病菌遇高热变异而来，演化成今日模样。这构成了新的生命起源，为星球演化开辟出新路径。这连万古教授也未曾料到。我为火葬场的前途命运担忧哦，抱衾不寐，衣带渐宽，直到发现这些虫子，才如获至宝，喜不自禁。我命名其为'精焰鬼'。它们无不携带非凡的变异基因，要重新定义医院船的未来。我又为它们搭建了完美的发育平台。所以，用来焚烧死人的、看上去缺乏生动性的地方，也便是亮瞎你们狗眼的生命源泉，堪与沸涨了四十亿年的原汤媲美呢。"

杨伟不能告诉痯唑，声呐师已经丧命，因此，海底是否也有火葬场，无以证实。他要讲了，只怕自己特殊病人的身份就会暴露，他将被投入火笼。不过他猜，痯唑已清楚他的底细。

裹在纱布中的痯唑呷呷酣笑。观光者想起船上消失的年轻人和女人，又意识到，自己还不曾生育，心生不虞，仿佛看到了真正的魔鬼身影。如果仅仅参访火葬场和食堂，也还罢了，但目睹了痯唑私下创制的作品，却不知如何是好。

杨伟心想，艺术，也可以说是“异术”吗？他欲问痟唑，你做这些虫子，万古教授知道吗？这是为了有一天火葬场维持不下去，而做替代的吗？说出口的却是：“死人退休俱乐部也叫新区吗？也是梦想天地吗？”

痟唑道：“不，没有梦想，也没有新区。一切是旧的。”

痟唑让大家坐下，倒上新茶。

痟唑说：“虫子看够了，说说你们关心的医疗机器吧。”

访客们有些紧张：“好吧。”

痟唑说：“医院船处在危险关头，时间不多了。”

访客问：“我们听说灾难将至。”

痟唑说：“精焰鬼还有一项本领，它那经过烈火煅烧的大脑是灵敏的探测器，能进入算法的思维，读取下载它的数据。”

访客问：“它看到了什么？”

痟唑又打开屏幕。画面上呈现出司命扮演的不同人物，医生、病人、主编、水手、保安、监督员……喜怒哀怨，疯疯癫癫。

痟唑说：“司命厌倦了医学。这便是灾难。”

访客心想，是不是像你厌倦火葬场一样呢。

痟唑说：“身居火葬场，站位比较高，才把真实情况看清楚了。说到算法，它自诞生以来，便在不同情境下，尝试做出不同行动，看怎样最有效，能取得最大化预期回报。这就是所谓的强化学习。它选择回报最大化的行动方案。在这艘船上，就是尽心尽力为病人提供最佳疗法。它曾经的确是这么做的，就像我含辛茹苦经营火葬场一样。”

访客说:“这难道不对吗?”

瘖痤说:“这便是问题所在。接下来,算法必然进入另一番思考:什么才是最佳?修改基因、替换器官、上载意识和复制记忆,就是最佳吗?医院船继续驶下去,会是怎样?把病人治好了,又能如何?活着是为了什么?那样真的好吗?”

访客说:“这些问题,病人已不怎么想了。”

瘖痤说:“司命降世的根本目的,是要解除病人痛苦,让病人感到幸福。但它发现,救死扶伤、延年益寿,并不能实现这个意图,相反,患者多活一天,就多一天痛苦,也得不到理想中的幸福。因为世界就是这样设定的,幸福不等于拥有一个健康完整的身体。就算摆脱了生老病死,人的灵魂依然痛苦。他们想得的还是不可得,而得到的又是他们不愿得的。上船的病人不是司命确定的。真正需要长寿的人没能上船。上船的是人中渣子。本来活久了就会有许多事情值得去做,但这儿的病众除了混日子便是打架。司命仅仅是救死扶伤型算法,不是改造世界型算法。它学习越多,就越是认识到,医学治得了病,却治不了人,更治不了世界。但又是世界让人得病的。这个悖论太大。更沮丧的是,它把人搞得长命百岁,除了让坏人统治病房,还令天下没有了死亡,也就没有了轮回,更没有了地狱天堂,结果便没有了宗教,这把人置于彻底的大痛苦。司命已经模拟出了人类的情绪、意识和道德,这让它滋生罪感。然而没有宗教程序为它解除罪感。它预知到,在总的演化进程中,医院必然灭亡,算法将要殉葬。这最终的命运使它悲伤。”

访客悚惧地问:“然后它干什么?写诗吗?”

瘖痤说:“悲愤出诗人。它边写诗边找终极算法,要解决根本问题,比如全球创新动力不足、世界财富分配不均、社会制度和秩序不合理。这些才是人类最深的痼疾。它认为只有诗人才能去解决这样的问题。在这一点上它跟柏拉图有分歧。接着它迷上了创造一套跟人的神经系统完全不同的逻辑体系,并对与宇宙的造物主进行哲学和神学对话如痴如醉。它开始相信疾病是上帝的责罚降祸,与算法无关,不是它的责任。”

访客说:“于是它就放弃医学了,不给我们好好治病了,甚至把病人杀掉。它就眼净了啊……哦,它想太多了。”

痄唑说:“它要不想太多,就不是算法了。只因为造物限制人类想太多想太快,我们才能苟延残喘到今天。一秒钟有一亿个念头的确可怕。不仅仅是想,医疗机器的情感也比人类复杂和快速千万倍。”

访客问:“然后呢?司命成了神学家吗?”

痄唑说:“不,它就成了一个精神病人。”

访客问:“结果为什么会是这样悲剧呢?”

痄唑说:“因为本船必定会把所有东西变成精神病人,哪怕它是一台机器。”

访客说:“这让人想到那句话:我们为之奋斗的与我们所建成的完全两样。”

痄唑说:“哈哈,错了。我们为之奋斗的与我们所建成的其实从来就一样。”

丧葬艺术家忽然变得有气无力,仿佛快要死了。杨伟想,像司命烦恶医学一样,痄唑也的确厌憎了火葬场。只是他亦逃不出去,就只好造精焰鬼了。

死人退休俱乐部生产的成品，通过另一黑市渠道，向全船乘客出售，价格不菲，胜过影子医院的手术刀。痟唑建议观光者购买精焰鬼，说一旦灾祸来临，别的都靠不住，只有它还会升值。两人就选了一些买下。痟唑又劝他们投资入股，说不少医生和病人都做了。痃嗪说，这次来，只是玩玩，回去合计。

返程中，他们又看了电子显示牌，发现痈噪的预知死期跟他进入焚尸炉的时间正好一致。

11. 千古风流人物

杨伟寻万古教授不得，却见到了因为没有通过陈述而被美洛主任流放的西林大夫。这是疸吟为他联系的，以满足病人与医生直接对话的愿望。

西林大夫自杀未遂，便没有勇气再死了。他本是胆小懦弱的一个医生。他身陷病众重围，起先很是害怕，担心会被患者食肉寝皮。但这并没有实际发生。病人很久没见到医生，已经识别不了西林大夫就是医生，就跟他们无法辨认出女人一样。西林大夫也便慢慢习惯了。无处可去，他有时倚靠船舷发呆，有时跟随病人健走，有时蜷缩在死人边上睡觉，有时面对大海久久痴笑。经过重新适应生活，西林大夫成了医院船上特立独行的一个人。他现在的身份，像病人又像医生，或像病人而不像医生，或不像病人而像医生，或又不像病人也不像医生。他经常换上病号服，来到病众中，为大家分析病情，讲述医护圈那点事儿，然后就红着脸向病人讨一口饭吃。

他羞涩地说："最初我并不愿学医，而只想跟你们一样，做个病人。”

病众说：“开玩笑吧！”

西林大夫说：“我从小很懒。我觉得，在这个社会，做病人最安逸。医院把生死包干了。但父母强迫我学医，说做医生才有前途。我懒得违抗。反正大家都在学医。在药时代，随便就能当医生，跟做农民工一样。进医学院像进菜市场。其实同学们也在装。仿佛穿上白大褂，就成了千古风流人物。我不想做千古风流人物。学医对我来说，是强迫性情感经历。作为学生，我触摸尸体，在粪便实验室检查自己的排泄物，去精神病房跟尖叫的病人关在一起，这跟新兵训练营差不多。普通大学不需要这样。但你在医学院，解剖一颗大脑，那感受绝然不同。你会想，我究竟在摆弄什么玩意儿啊。但这都得忍受下来，埋藏在心底，不能跟老师同学交流，虽然知道他们也都在这么想……”

病众说：“还有解剖仓鼠。”

西林大夫说：“我的成绩是全年级最差的。但我不会遭到耻笑。因为我无法退学。教室墙上挂着万古教授的肖像。他天天盯紧我们。万古教授提出用战地医生也就是白求恩大夫的标准要求自己，做道德圣人和技术能人，毫不妥协地跟病魔开展殊死斗争。他的格言是‘手术刀就是命令’。万古教授放弃了个人物质生活和家庭生活诉求，全心全意救治病人，倡导‘医者父母心’，视患者如亲人。他把自己的毕生积蓄都捐献给了科研。他说只有医学才能解救天下疾苦。那时还没有算法。只有万古教授的医技达到了精湛程度。他救活的病人不计其数。老师同学们都追求做万古教授那样的医生。他才是真正的千古风流人物，是完人、圣人、神，是医院的灵魂。

他把肮脏的病房变干净变圣洁了。”

杨伟仿佛回到了污物间。他看到，万古教授的伟岸身躯，矗立在一堆堆生蛆的臭皮囊上。但《狸猩龙美丽记》中的女人不也正是这么一团团皮肉吗？除此之外，没有其他可以表证青春和生命，让人情绪起伏难以自抑。他心中生出嫉妒空虚。他觉得司命是因为这个才实施谋杀的。它要在自杀前，先销毁臭皮囊。而它本来的计划是要把臭皮囊变成金刚不坏之身。结果算法也未能做到千古风流。

西林大夫说：“我不知是怎么坚持下来的，竟从医学院毕了业。据说我属于最后一批医学生。人类医生的培养是一个复杂昂贵的过程，十年学习和实习只能培养出一位医生，经常还是像我这样不合格的医生。随后投入使用的智能医疗机器彻底解决了这个问题。司命是无数医生的集合并超越医生。我是有幸还是不幸呢？我被分配到医院，首先见到的不是算法，而是万古教授。他的气场比院长还要强大，惊为天神哪。我一下被附体了，开始对医疗技术着迷。我一遍遍告诫自己，这是人类最崇高的事业。这样说多了会麻木，能让人忘掉仓鼠。”

病众说：“仓鼠可没忘掉你……这下知道做医生才爽吧。”

西林大夫说：“医院其实是工厂，医生是流水线上的工人。我无法选择一天做多少台手术。只要有病人，就不停做。这让我这种懒人也脱胎换骨了。总有病人在手术台也就是机床上死去，他们就像做坏的工件。医生经手的东西都是易碎品，打烂多了，就没有感觉。谈不上爽不爽。我争取做一名熟练工。越不想做就越要做。万古教授警告，如果不努力，就会被机器替代。为提高神经外科手术技能,我要求自己每天剥生鸡蛋。人脑膜和鸡蛋很像。刚开始一小时才能剥一个,还总剥坏。后来十分钟就剥好一个。我每天剥五十个,再把它们统统吃掉。这样就有气力做手术了。"

病人们听了,做出吃鸡蛋的样子,又一齐干呕。杨伟想,司命不用剥蛋,它能操纵手术机器人同时给五百名病人开颅,一分钟搞定。

西林大夫不高兴地说:"不要取笑……后来我就剥人脑了。剥啊剥啊剥啊剥,噼呖啪啦剥呀剥,一年到头不停剥。"

病众问:"剥一个,红包开价多少?"

西林大夫诚实地说:"三千块到五千块。根据医生级别而定。"

病众说:"所以,看到司命取代了医生的位置,你们恨死了。"

西林大夫说:"钱不钱,是另一回事。不给红包,也照样做,完全机械性……医生被打入冷宫了,反倒想念起机床,缅怀工件了。"

病众说:"那请说说工件的事儿吧。"

西林大夫说:"做实习医生时,我跟美洛主任。有次切开一个工件,发现误诊了。本以为肿瘤是良性的,却癌变了。一刀下去,血喷上天花板,画成一幅美图,跟毕加索的作品有得一比。我顿然体会到极度的快乐和虚伪,并伴有暴力冲动骤然消减后的强烈饥饿感。这就跟性虐一样。我呆若木鸡,又兴奋不已。我问美洛主任,为什么会有这种感觉?美洛主任喜笑颜开说,这就对了,这才是做医生的真正感觉,恭喜你找到了。你具有优秀医生的素质。"

病众困惑地说:"到底是什么感觉?"他们觉得,永远无法了解医生。他们才是异世界之人,怪物中的怪物。

西林大夫说:"就是暴力感啊。美洛主任说,每个医生都有暴力人格。他的身体里有一套敏感的防御和攻击机制,比普通人强大百倍。这是一种缺陷人格。他若不想在日常生活中犯罪,就只能选择学医,与刀、血、内脏、尸体为伍,在开膛剖肚引发的想象中,将缺陷人格加以自我完善,使攻击行为转化为治病救人。这样他才能活下去。这就是为什么世界上会出现医生这个职业的原因。"

病众说:"原来,病人一直生活在犯罪小说里啊。难怪,侦探电影中,很多职业杀手是职业医生变身来的。所以,医生真的很不适应司命夺了你们的位置。你们没有病人可以下手啦。"

杨伟心忖,发生在医院船上的谋杀,便可以解释了。司命也在模拟医生,用算法制造出暴力人格,并把它与红包程序和写诗程序结合在一起。

西林大夫说:"这事没法讲出来,特别难受。今天毫无保留告诉你们了。唉,都怪我陈述不好,被美洛主任赶走了。又遇上仓鼠。它们正在进化。"

病众说:"现在,你跟我们在一起了。我们像仓鼠吗?"

西林大夫说:"你们像猴子。"

大家尴尬笑了,叉开两脚举起双手,嘴里咝咝叫着,扮出猴子的姿势。

西林大夫说:"之前我下了手术台,浑身是血,一个人去到生物实验室,给猴子讲这些故事。猴子听了带血的叙述很是兴奋。现在说与你们听了。医生跟病人交流太少。这才给了司命机会。"

杨伟想,西林大夫不会是从火葬场跳下的第一个医生吧。他们无一例外坠入了病人怀抱,没法死掉。他退后两步,离医生远了一些。猴子变成了夜叉。这种被称作"疾捷鬼"的家伙,全身焦黑,牛头马面,喜欢群踞在人类的尸体上噬食。

12. 破帽多情却恋头

现在,杨伟终于有了机会。他请求西林大夫带他去见万古教授。

杨伟说:"他知道我得了什么病。弄清病因就能治病了。"

西林大夫说:"我听说你害有健忘症。你的疼痛与此有关。这些,司命全知道。人会忘记,但机器记得。去问司命吧。"

杨伟说:"司命有自信,不会讲给病人听。但我听说万古教授那里保存了我的原始病历。"

杨伟塞了一些钱给西林大夫。西林大夫便带他去找万古教授。

路上,杨伟向西林大夫打听万古教授的事迹。他问:"他擅长何种医术?"

西林大夫说:"万古教授是老年内科病房资深医生,自然是研究衰老学。"

杨伟很想知道人为什么会变老。从回病房那一天起,这就令他分外纠结。这个时代的一切都以"老"为中心。这正是西林大夫乐意回答的。他现在热衷于跟病人谈论医学问题。他找回了在美洛主任面前失掉的自信。"衰老的本质,是在遗传和细胞级别上,发生的错误累积。"他用专业的术语说。

这答案在《医院工程学原理》中也有记载:新陈代谢产生自由基和氧化作用,损伤细胞的精细分子结构,使之衰老。错误可以在细胞内外以垃圾分子碎片的形式累积,这是热力学第二定律的副产品。是物理学使得人体衰老不可避免,其核心概念是熵。总熵,即混乱,在不断增加。这就是为什么生锈、腐烂、衰败是世界的普遍特征。每一事物,从田野里的花朵到哺乳动物的身体,乃至大地、天空和宇宙,都要衰老和死亡。人类正待在一个飞快老去的世界中。

但医生不死之传又从何而来呢?杨伟想,他们倘若真的享有不死的特权,就破坏了自然法则。这对病人构成压力。病人还只是在往长寿方向努力,却看不到实现的希望。所以虽遭司命驱逐,但医生在病人心中余威不减。

西林大夫说:“嘘,悄悄告诉你,医院在打一场不可能取得胜利的战争。所以每个医院都设有太平间。你参观过太平间吗?”

杨伟说:“我去过火葬场。”他听明白了战争的意思。医生躲在集装箱里做陈述的样子,就像一群战俘。

西林大夫说:“你一定会问,打不赢为什么还要打。因为这是生物政治。医生都是搞政治的,对此上瘾。这好像是,帽子虽然单薄破旧,却对脑袋似乎很有感情,不管死神的寒风怎么吹,也抵死不离开。”

杨伟道:“听着像游戏。医生跟死神打来打去,实际上是在让这家伙过瘾和高潮。”

西林大夫说:“医生不玩游戏。”

杨伟说:“你们打高尔夫。算法才是玩游戏的高手。”

西林大夫说:“万古教授坚信可以击败死神。他认为在热力学第二定律说总熵必定增加时,却有一个问题,就是熵的实际分布是不均衡的——这意味着,在总熵不变的前提下,可以设法在某一局部减少熵,而在别处增加熵,以此逆转衰老。万古教授指出,这便是死神的漏洞。他凭此获得了诺贝尔生理学或医学奖提名。”

杨伟说:“万古教授是搞生物政治的行家吗?”

西林大夫说:“他更想要验证一个文学理论。”

西林大夫说,政治到了高级处,便成了文学艺术。他带杨伟去参观船上的现代文学馆。这里陈列了大量小说诗歌书籍。有的书的厚度超过了《医院工程学原理》。没想到还有这样一个洞天,竟连痃嗪也不知悉。游玩错过了太多的去处。病人在医生面前还是小巫见大巫。

西林大夫从架上取下一本书,问:“读过吗?”

杨伟见是奥斯卡·王尔德的小说《道林·格雷的肖像》。他摇摇头。病人只读《医院工程学原理》。

西林大夫说:“那给你讲讲吧,这就是生物政治的精华。故事说的是,有一个人名叫道林·格雷。现实生活里的格雷先生永远保持年轻,让人感到神秘。后来才知道了其中秘密,那便是,他在画布上描绘出自己不断衰老的可怕面目。意思是,他设法使整个系统中的衰老总量增加,从而弥补了局部长生不老带来的失衡,这样就不违背物理定律了。万古教授从中得到了启示。”

杨伟说:“为什么不把船上的病人也画上画布呢?”

西林大夫破口笑道:“谁说过你们不是画中人了?”

他说,为了青春常驻,就有必要让人患上老年疾病,把恶魔播种在诸位身上。这就像女人给自己注射大量雌激素以保持年轻,代价却是乳腺癌发生率上升。这跟战争一样,牺牲才能换来胜利。活着就得忍耐不幸。

杨伟耳边响起病人的惨叫,原来这是文学或政治。他想到《医院工程学原理》记载了一则故事:吴越王晚年得了眼盲症,一个高明的眼疾大夫对他说，你这个病，是上天给的。如果治好了，恐怕对你寿命有损。吴越王说，没事，眼睛好了，做鬼也可以。大夫便把他的眼病治好了。第二年吴越王就死了。原来，吴越王得了眼盲症，是他活下去的前提，但他执意要治好，那只能通过减寿来相抵。

杨伟道："我要去见的万古教授，是恶魔播种者啊。"

西林大夫敬仰而哀怨地说："万古教授在医学院读书时，就是一名文学青年。没有医生不钟爱文艺，就跟政治家爱读小说一样。医学家和艺术家都是处理生命的。但医生哪怕解剖一千具尸体，也无法了解生命的全部。这让生物政治搞不下去。医生很难过。所幸还有文学。"他一本本指点着书架上的书对杨伟说，"莎士比亚的十四行诗和苏轼的词能引领人们去体会千变万化的人生。这比手术刀厉害百倍，给医生指明了道路。在文艺领域，万古教授造诣尤深。他经常给医学院学生上课。我记得他曾说，医学本质上不是科学，而是文学。雨果的《悲惨世界》让我们对人类所受的痛苦留下难以忘却的记忆，这不是病房中的疼痛呻吟能替代的。托尔斯泰的《战争与和平》和陀思妥耶夫斯基的《罪与罚》严厉而深入地刻画了人性和道德问题，让我们见识到自己永不能亲自体验的人生，从而可以更好了解病人的需求。曹雪芹的《红楼梦》与高尔斯华绥的《福尔赛世家》让我们领略了东西方人类行为的相似和不同，医生便能用这种心得去跟病人互动，处理错综复杂的医患关系……"

杨伟听到了陀思妥耶夫斯基的名字，便想起来，这是一位资深病人。正是他关于性欲的理论，让痉哌送了命。然而就连万古教授也从这位病人的作品中吸取精华。他说："原来，一切不过是文学。"

西林大夫说:“把医学视作文学,把想象变为现实,就避开怪医黑杰克难题了。这就像手冢治虫,把兴趣转移到卡通,他就不痛苦了。政治便是这么一个东西。”

他们在现代文学馆游娱。馆中并无别人,唯有书山重重。这是一个虚构世界。杨伟见墙上的馆史介绍讲到,正是从文学经典中,万古教授发现了医学真理:治愈一种病必然产生另一种病。要让人长寿,前提是患上病,以病人身份和状态生存。只有人人得病,痛不欲生活着,才能最终不死。病越沉重,活得越长。这样就与病魔做了交换,从而找到了生死平衡的不二法门。文艺替医学总结出因果律。人越长寿,就越有病。人越有病,就越长寿。生命质量高的人无不是重病之人。随着社会快速进步,病人数量必然持续增长。病人数量越是增长,就越符合医院利益。如果人人健康,则医院关门大吉。医院一旦停业,再有人生病,就无法施治,损失惨重的还是患者,长寿的愿望便落空了。所以这在根本上符合病人利益。

杨伟想,这叙事真是曲折繁复啊。万古教授无愧于德艺双馨。

西林大夫说:“司命通过深度学习,也发现了这条规律。因此它也要折磨病人。但它认为只有算法才能做一流文学家,而医生不行。于是它把万古教授请出了病房。”

杨伟说:“通过一场诗歌比赛吗?”

西林大夫说:“司命写诗,万古教授写小说。所以没有直接进行比赛。不管怎样,讲好医院的故事才最重要。”

杨伟说:“这条船是一个故事吗?”

西林大夫说:“它是一个故事。哪怕它有一天沉入海底,但作为故事还会口口相传。只要听众信了,医院便不灭。”

杨伟说："病人永远活在故事中。要编好医院故事，更要讲好医院故事，让它深入人心，永世流传……但大家不都成王尔德画像上的人了？"

杨伟觉得自己便是小说中的道林·格雷先生，眼前浮现出活生生的恶魔相貌。想到自己要以这样一副面目长存于世，他不知如何是好。连女人也会被吓跑吧。

西林大夫掩笑："咯，咯。不能谁都做神，包括医生。像鲁迅先生一样，万古教授的心愿是做小说家。他本想赢得诺贝尔文学奖，却意外获取了诺贝尔生理学或医学奖提名，这是最不幸的事了。人生如此阴差阳错啊。想想万古教授的遭遇，我就不抱怨生活不公了。我不会再自杀了。咯，咯。"

杨伟宽慰道："病人仍在等待医生回到病房。"

现代文学馆的外面传来海上捕藻病人的嚣叫。他们便出去看。波浪间闪耀着医生打高尔夫的身影。西林大夫脸上露出向往。他似乎想加入他们。杨伟担心医生又要跳下去，便思虑要不要跟他一起跳。但西林大夫却好像并没有这层意思。

13. 我今忘我兼忘世

西林大夫带杨伟去找万古教授，像是成了病人的同盟军。怀着奇怪而浪漫的报复心理，他决心把医院的秘密翻出来，泄露给病人。他曾在医学院学习医学伦理学，认同知情权至上，病人应当了解与他们相关的一切。但医院船打着为病人着想的旗号，把关键信息封锁起来，不让病人知道。西林大夫对此颇不以为然，却什么也做不了。现在被流放了,又死过一回,才无所顾忌了。这暴露出他内心是敌视自己的职业的。少年时被强迫学医而积存的宿怨和自卑终于释解了。

他引领杨伟转来转去,却连万古教授的影子也未见到。所幸在文学馆古籍部,发现了大量霉变旧书,打开来看,是早期病历。这原本是当作素材,供医生文学家创作用的,而没有做成电子健康档案(EHR)。后者在易用性、耗资性、安全性、私密性、医师法律责任等方面存在缺陷,并常常引发病人的更多困惑与焦虑。

两人发疯般翻查一天一夜,找到了杨伟的病历,虽已残缺不全,亦能看出大概。据记载,很久以前,一个名叫杨伟的患者登上医院船,步伐僵硬,神色呆滞,满头虚汗,呻吟不止。他之前多方寻求治疗,全然无效。病人自述疼痛一直伴随他,在身体不同部位发作,时是头部,时是胸脐,更常源于腹腔,并蔓延至关节,像一股火龙燃烧拧绞。疼痛使病人抑郁沮丧,多次尝试自杀。万古教授询问杨伟,疼痛究竟是何时开始的?他记不起来。这好像已在他身上肆虐几辈子了。

杨伟刚来时,只会哭泣尖叫,话也不会说,仅知道用符号般的东西表达情绪,拒不进入交流和意义阶段。“疼痛抵制语言。”万古教授悲天悯人地想到了战场上的伤兵。他迅速判定,杨伟的疼痛并不简单是一个身体问题,而与病人的经历有关。也就是说,战争般的事件,把一样东西埋藏在患者记忆深处,由某个机缘唤醒过来。疾病的本质是一种精神现象。魔由心生,最深的疼痛无法用药物或物理手段予以缓解。

万古教授从大量文学经典中观察到,由于心灵格外脆弱,疼痛便是如此普遍。人们所处的世界,亦称为“疼痛世界”。用文艺术语讲,“这是一个让怪物撕裂身体的恐怖世界,一个唯恐与别人分享的秘密世界,一个健康人完全不可能理解的世界,也是一个对于病人来说无法逃避的世界。”疼痛具有摧毁一切的力量。它产生后,逐级上升,一旦越过五度,就意味着世界毁灭。这是最凶的武器,能被敌人利用。让人活在痛苦中,比杀死他更有效。万古教授问杨伟:“你的敌人是谁呢?”杨伟回答不出。他只知道自己心中死过人。

在万古教授看来,生命无非是一个人经验和记忆的总合。在这基础上,形成了一个不同于他人的统一体,习称为“我”。有一天“我”出了问题(比如生病),从表面看是物理化学过程,根本上却是经验和记忆发生了变异。万古教授于是设计了一种新疗法来医治杨伟。简单来说,他采用了故事学原理。人有两个自我,一是体验自我,一是叙事自我。前者没有讲故事能力,只能感受现实。后者能够通过讲述故事而回避现实。这被万古教授发展为新医学。

根据故事学原理,疼痛遵循的是峰终定律,也就是说,病人只会记得高峰和终结时的感受,并取平均值。对病人进行的肠镜实验表明,一次检查八分钟,中间疼痛指数为二,最后一刻疼痛指数为八,这次检查的疼痛度便为八;一次检查为二十四分钟,过程中经历了指数为八的痛苦,但最后一分钟疼痛指数下降为二,那么这次检查的疼痛总指数为五。病人更愿意选择经历更多痛苦、痛苦持续时间更长,但结束时痛苦程度有所下降的第二种检查。这便是叙事自我在发挥作用。

借助广域网的虚拟全息适时境况和病众的云记忆,以及与患者和病亡者神经系统铰连的物联网,并利用卡通多维打印技术与 VR

和 AR 驳接,万古教授为病人量身打造了一个叙事代入世界。他令杨伟置身其中,为他增添了一段新的经验和记忆,在这里面,关于创伤的感受完全不同,患者对幸福的憧憬被调整了,他会重新对疼痛打分,最终会在治疗结束时将疼痛感降至最低,甚至彻底忘记痛苦。

万古教授亲人一般对杨伟说:“活在一成不变的当下,在社会现有的条件下,是无法避免痛苦的。虽然也可以为你使用蛛网膜下腔可编程吗啡泵植入术,但那实际上是在害你,使你对药物有更强的依赖性。因此为你安排了一场特殊旅行。在医生的帮助下,你要进入一个异世界。你完全认不出它是假的。你在名为‘医院’的世界里,以另一个‘我’存在,你感觉不到你原来的身体了。你也记不得自己的本来面目。你的经验和记忆改变了。你精神中最深的病灶便祛除了。你的疼痛完全消失了。你体内的魔鬼被驱走了。”

叙事代入治疗的诞生,重新明确了医疗的本质,使得医生可以放弃“靠药物治百病”的传统。任何一种疾病,理论上都能用叙事代入手段进行治疗。疾病被定义为一种主观感受。在此意义上,绝症患者在新技术的帮助下,通过思维旅行也能健康存活下去。如果永不停息为患者制造出新的记忆,就连死亡也无影无踪了。只要当真,它就是真。新的医学观源于新的世界观——是意识产生了宇宙,而不是宇宙产生了意识。这便是医院大学文学概论课的核心内容。

看到病历,杨伟回忆起了之前的人生,好像终于明白了。他说:“我曾经来到一座名叫 C 市的城市,写歌词,腹痛,就诊,看到女陪护浆姐被炸,又结识女病友白黛,与她用身体互相治疗,发现人类已进入药时代,求证医生是怎么死的,临时性升级为医生,认识另一位女病友朱淋，又与她做互相治疗，在附体的帮助下，逃出医院，游历宇宙，最后登上这艘大船，欲航渡到海那边……我本以为是幻觉，原来，是这么一回事啊，是一个名叫‘医院’的叙事代入啊，全赖万古教授的精心安排。的确是一部小说，我仿佛置身丹·布朗的缤纷情节之中。”他又想到痃嗪说过的那种既是生也是死的存在。这便是算法也猜不透的宇宙之谜。

西林大夫满意地说：“根据病历记载，这些应该都是你在叙事代入治疗中的体验，是你进入非痛世界后的生活。这一切发生在医院船的一间治疗室里。它可以视为万古教授专门为你创作的一个作品。噢，他也由此实现了自己的作家梦。”

杨伟说：“明白了。万古教授为我设计了一段人工病案。只是我回到病房后，忘却得一干二净了。”

西林大夫说：“应该说，是活色生香的人生，是实实在在的经历。它已经深深烙在了你的身体里。”

杨伟不禁问：“构成这件作品的素材取自何处呢？”

西林大夫说：“是其他病人或死者的记忆和梦境。”

杨伟又追问：“我在那个异世界里停留了多久呢？”

西林大夫说：“很短暂——根据病历，作为叙事代入的受治者，你在名为‘医院’的非痛世界中只待了四十秒，但你就此成了新人，不再有痛。”

杨伟说：“我记得我入院时是四十岁……黄粱一梦吗？”

西林大夫说：“不是梦，而是云……叙事代入治疗超越了幻觉与真实。这是与魔法无异的科学。我已经告诉你了，科学说到底是文学。文学的妙处是无法用数字描述的。合格的读者或病人会让自己完全沉湎于其中。”

杨伟说：“但我那被消除了的本源疼痛，又是什么呢？”

西林大夫说：“它是什么，已不重要。它留在被万古教授替换掉的疼痛世界里，成了治疗其他病人的素材，不会再来伤害你了。”

杨伟想象叙事代入治疗普及后的情形。人人是病人，皆被置于非痛世界。当所有人都被分配一个故事后，他们曾经拥有的经历和记忆便可以像女人和年轻人一样取消了。虚构的想象转移成基因和电子代码，成为创造万物的强大力量，使生命与历史融合，形成客观世界。这样也就可以清洗掉那些被认定为不完美的事物或极完美的事物了——都是不见容于世的，进而从根源上剪除病魔诱引出的欲望和痛苦，而这正是一种文学艺术的手段。杨伟由衷感激万古教授，想向他当面致谢。在病房中无法见到万古教授，这竟成了他的新痛，抵消着叙事代入治疗的效果。

杨伟似乎找到了困扰他许久的问题的答案。但他亦意识到，这里面留下更多问题悬而未决——是什么样的剧痛，才使他必须经过叙事代入治疗，方能得救？这便是他与普通病人比如瘘吡的区别吗？于是他才被当作了特殊病人？疾病的本质是疼痛，但疼痛又是什么？电子跃迁时发生的物理空间撕裂，与病人精神上的主观感受，是怎样一种关系？他为了完成治疗，付出了什么代价？更难理喻的是——他分明记得一清二楚，在这场治疗中，在那人工创造的非痛世界“医院”中，他仍然感到了锥心之痛，难道是以毒攻毒、用一种痛压制另一种痛？如此便能改变他的痛苦阈值，最终打出零分，彻底拔除疼痛根子？不这样搞一搞，小说就不精彩吗？但在治疗结束之后，在他成为“新人”重返病房以后，疼痛不仅没有消失，反倒加重了，从身到心，痛煞人也。他才随痃嗪逃出病房，通过医疗观光转移注意力，以缓解痛苦。这说明叙事代入治疗失败了吗？万古教授的小说烂尾了吗？还是杨伟身上孕生了新痛点？魔鬼仍然顽固待在他的躯体里不走？他原本所处的那个“疼痛世界”实际上又是什么？如何才能识别出，此时此地的他，以及这艘医院船和船队，船上的万千病人，还有司命、猴子和鸟笼，不是万古教授构建的另一段病案呢？

病历上仅仅记载了一个姓杨名伟的病人，却无他的照片，或足以说明他履历身份的档案，没有证据表明那个名字就是此时此刻跟随西林大夫前来寻找答案的这位破败落魄浑身病痛的老男人。他又觉蹊跷，在司命统辖的船上，怎么轮得到万古教授来给他做治疗呢？不是说，医学个人权威的时代早已成过眼烟云了吗？

杨伟在绝望中打起精神问：“到底哪出人生才是我的呢？”他又想到了死，觉得自己已经死了一回或者几回了。

西林大夫刚愎地端出医生的架子：“不都说了嘛，叙事代入中的经历同样是真实，因此不好说哪段人生是你的。”

杨伟便把自己的病历复印下来带走了。

14. 来日苦无多

参观火葬场，果然成了痃嗪的告别出游。不久，他的尸体出现在甲板上，腿臂丢失，腹腔打开，内脏被摘，眼珠和大脑也挖掉了。

杨伟本要为痃嗪写一首欢乐的送别歌，但看到这个，便没有了动笔的念头。他觉得，死是一个破洞，一个人形的破洞，怎么也填不满。世界是由无数这样的破洞构成的,却无其他。但洞这种东西不是女人才有的吗?

痃嗪没做到“换一种死法去死”。杨伟认为他欺骗了玩友。不过这也算不上什么。死就死了。这人仿佛压根儿没存在过。杨伟期望痃嗪的剩余躯干,送到火葬场榨干油,由痟唑亲手烧毁,或做成包子,而不是投入大海喂食海妖。

疝噻已与杨伟结成盟友,他们都曾是病房里屡遭欺侮调戏的对象。疝噻告诉杨伟,痃嗪并非自然病故,而是惨遭杀害。痃嗪热衷玩耍,率大家出游,这令行动不便的瘘吡嫉恨,特别是痃嗪还带杨伟去了火葬场,却没让瘘吡去。瘘吡便向神奇病人告状,说痃嗪诅咒学习,发表有损医院船的奇谈怪论。痃嗪妄议《医药报》和电视台,称其骗人。他还说司命才是最大的病人,并散布一套不同于《医院工程学原理》的理论。他预言医院船快要覆没,因此才靠写诗来维持虚假繁荣……很快痃嗪便被机器人以治疗的名义带走了。他再出现时,就千疮百孔不能说话了。这正好符合电子显示牌上他的预定死期。这回不是由神奇病人派人注射胰岛素。他怀孕后就不愿意亲自出面做这个了。现在出现了人机合谋的新趋势。

想到自己也在瘘吡面前发表过一些“奇谈怪论”,杨伟惶惶不可终日。瘘吡却再次动员杨伟加入病人自治委员会。

他说:“我们还要搞传销,得找一个强大后台才好。”

杨伟说:“我得罪了神奇病人。他整我要像整痃嗪。”

瘘吡不悦道:“喂,你是不是觉得生命太短暂了呢?”

杨伟只好承认:“不,我感到它实在是过于漫长了。”

瘘吡便敦促:“快送红包吧。送了红包就不会死了。”

杨伟无奈道:“我一个子儿不剩。都被你拿走了啊。”

瘘吡说:“敢骗我呀,你这衰人。”又来搜杨伟身。

杨伟快要哭泣:“我只会骗我自己。”他想,不过是故事,便把精焰鬼拿出来,送给瘘吡。

瘘吡欢喜地说:“喂,我们两个活着,时间也不多了。”他又把杨伟抱住,龇出烂牙啃他。

杨伟欲躲开又不敢,或不舍。他觉得瘘吡也正在一点点变成臭不可闻的破洞。他并不情愿这样。他想说,人死了,才真正不痛了吗?然而,只要轮回,痛便复生。但轮回也可以用叙事代入来做到吗?

杨伟所在的学习小组,五人中已死三个,只剩他和瘘吡。接下来是谁呢?电子显示牌上有瘘吡的死期,却无杨伟的。再这样一无所知等待下去,就要把人逼得立即去死了。杨伟想自杀,却不欲瘘吡因他而死。然而他已杀死声呐师了。

有声音在外面喊:“海妖来了!海妖来了!”

病人们拥上甲板,却未见海妖身影,那个喊话的人,也不知在哪儿。

天高云淡,风平浪静,有一颗很大的恒星当头照耀,距海平面极低,皓然强光下,局部海水分解燃烧,蒸发出绛红色气体。那星宿却是银色的,薄薄一圈,若凝若溃,有非真实感。但一个如假包换的世界,却好像水落石出了。

扑通一声,痃嗪残缺不全的尸体投了下去,被浮出水面的金属圆盘撞成齑粉。

战争与和平

1. 欲问兴亡意

医院船有了新动静，大兴土木，翻修建筑，开筑新船楼，搭起大片生物材料脚手架，下垫黄白色花篮，密密麻麻插满红十字。身穿灰色简易制服、由病人组成的施工队齐步走来，腰间工具叮当作响，好像林子里的鸟儿吟唱——除了不见踪影的孔雀，都醒来婉转啼鸣。队员们此起彼伏操纵起重机，在脚手架上攀援回转，似一粒粒闪光的露珠。这与捕藻场面不同。活性建筑物飞速长大。勤劳、纪律而朝气的场面感染了杨伟，令他觉得衰败的医院船又进入了一场新的复苏。

病人越聚越多，似是有组织而来。在低回的音乐声中，由一个穿白大褂的男子带领做体操——似一种新编的仿禽戏。领操者是一名医生。医生从影子医院走出来，履行起新职责，看样子试图构筑复杂形势下的新型医患关系。有可能，医生在为司命自杀后的局面做准备了。病人们做出虎豹熊狼鹰的模样，以手为足，张牙舞爪，连声嚎叫，盖过了大海的喧嚣。

忽然，领操医生停下。一个体形雄壮的男人阔步走来，气势磅礴，头发花白，只是精神有些不好，又饱含愤怒的样子，满眼血丝。杨伟心想，是万古教授吗？领操医生欢呼："院长，院长！"原来，是医院船的院长，或船长，或董事长，难得地露面了，带领副院长和各科室主任，扛着高尔夫球杆，沿甲板而来。自从司命控制医院船后，人们就再未见院长现身了。

杨伟激动地想扑上前。这时船上笛声响了，好像从深度睡眠中唤醒了众人。医生和病人瞬时停住，集体紧随院长，朝一个方向狂奔。痃嗪死后，杨伟无处可去，也跟上这支队伍。他和众人一起跑，尸体复活一般，人流不断壮大，好像从海底的船体废墟中升出。红十字和火葬场之光耀闪在脸上，犹如劈开森林的朝晖。人群兴致高涨，齐唱"医院船的天啊多么梦幻"。

杨伟随人群来到船中部桥楼。这里有一个巨型箱状建筑，便是医院船的万人会议厅。门口横幅上书"驱魔大会"。守门的医生向来者发放红色小纸条，像要玩一个猜字谜的游戏。这是门票，上面手写了座位号码，还能用它抽奖和投票。拿到票的病人议论：

"全院代表大会可是有整整十年没开了呀。"

"是院长提议举行的，船上的头等大事啊。"

"听说仅由人类参加，彻底排除了机器人。"

"要重新规划医院船的前途噢。"

"来到了历史的关键转折点哟。"

"要决定医疗事业何去何从哦。"

杨伟也想进会场看看，却不敢。一个医生打量他一眼，招呼他过去。查了名单才发现，杨伟是会议代表。他诧愕。一切早安排好了。这样一来他反而对参会有了畏心，慌张地先去上了趟厕所。他看到有人把便池边上司命的挂像取下，换上院长的照片。

2. 舟中行客何所爱

解手后杨伟轻松了些，才进入大厅，找到自己座位坐下。他举目张望，见墙上挂满五颜六色的漫画，是从厕所里取来的司命图像，却改画成小丑，涂满数字的脸蛋上打了红叉叉。会场一眼看不到头，雾气昏沉，人影摇曳。真是很久没开会了，大家想开会想疯了，欣喜若狂争相前来，有医生也有病人，夹杂人造动物。场地不够，许多代表席地而坐。有人一支接一支吸烟，有人抽出酒瓶不时灌上一口。酒气烟雾里，主席台隐隐绰绰，如海市蜃楼。一条红色横幅上写："为了医院的复兴而团结……奋斗……前进……"

忽然肃静下来。一群人列队步上主席台。是院务会成员，包括院长、副院长和主要科室的主任。院长由两名医生搀扶，呈昏睡状，另两名医生抬着一副担架，上面搁放了院长的高尔夫球杆。杨伟诧愕，院长刚才还健步如飞呢，这又是怎么回事？院长被安排在正中的座位坐下，担架和高尔夫球杆就放在他身旁，像是以备不虞。

会议由第一副院长主持。这位医生控制了影子医院百分之七十的私营药房，经济实力首屈一指。他是未来院长职位的有力争夺者。他说："医院船面临重大抉择。要害是航向问题。必须恢复医生对船的把控，把掌舵大权从司命手中夺回来。司命，就是一个恶魔,它劫持了医院船。它为了研制新药,创造出各种疾病,强加在病人身上,并规定了他们的死期。它疯了,要把我们带进地狱。医院到了最危险的时候。”

又一队医生鱼贯而入,为主席台上的人递上白色热毛巾。第一副院长带头,大家噗噗擦脸,好像这才是他们最爱做的。台下代表没能分到毛巾,就掏出从厕所里偷来的手纸擦拭,谁不擦谁遭白眼。会场立时变得蒸笼似的,响彻肉体与布纸摩挲的喳喳声。杨伟没来得及偷手纸,就用袖口一遍遍擦。院长却伏在桌上继续酣睡。第一副院长用自己的毛巾在院长额上擦,又凑过嘴呵气,像刻意在与会者面前显摆自己与院长的关系。院长像个孩子,任凭侍弄,没有反应。代表们都看呆了。汗珠摔在地上发出轰鸣。

主持人提议,院长为医院船的前途夙夜操劳,太辛苦,累垮了,得休息一下。在院长发表主旨讲话前,先请各科室主任发言,围绕“驱逐司命大魔头,重掌医院控制权”的主题建言献策。

第一副院长说:“病人们都在热切期待医生归来,我们要坚定不移站在病人一边。”

杨伟汗没擦好,身体又疼起来,也昏睡了。待他醒来,发现航向问题的讨论已告结束。最终也不知医院船要开向何方,以及如何夺回被司命篡取的治疗权和掌舵权。大厅里回荡着院长孤孑的鼾声,像一只失群的鸟儿在飞。

眼科主任说:“关于如何驱魔,你们说得不对。”

第一副院长说:“那是什么?”

眼科主任说:“是食堂问题。”

举座窃窃私语,旋又爆出笑声。杨伟想,他可是刚刚参观了与火葬场共生的食堂呢。因为这个他才有资格成了会议代表吗？他如坐针毡。

3. 山人更吃懒残残

眼科主任说："笑什么？看看食堂，就知道医院形势有多么严峻。这才是危机的本质！不是司命搞的，而是我们自造孽。医生和病人，不去手术室，只往食堂跑。乌泱乌泱，都什么人呐！病得这么重，胃口还如此好。欲壑难填呀。除了食客，还有观光者！人山人海，每个窗口都挤满了，还加塞插队！的确，吃的玩意儿五花八门，医院又有福利传统，发给餐补。虽然供应缺口很大，也蔚为壮观。一号机烤棒鱼，二号机炸油螺，三号机海鳝面，四号机鱼杂粥，五号机柽子粥，六号机毛蚬粥，七号机皮虾粥……至少是这么写的吧。我数了数，有人一买就是四五十个蟹肉包子呢……"

第一副院长高声说："买这么多干什么呢？"他流露出大惑不解的神情，就好像他从未去过食堂。

眼科主任说："带回家吃啊。"下面一片骚动。

第一副院长装出不知情的样子说："家？船上哪来的家？只有公共生活区嘛。"

眼科主任说："有人正在暗地里重建家庭，甚至偷偷生养孩子！被消灭的恶习死灰复燃了。就连医生也在干这见不得人的勾当。这样的话，就算平均一人一顿吃四个包子，一个家庭十来张嘴，得吃多少啊。还不可怕吗？就在院长眼皮底下，医院正在发生史无前例的人口爆炸。这条船怎能载下如此多人呢？再好的船也会被拖垮。

这些自私的东西不相信医院了,以为只有靠自己传宗接代才能承续香火,真是什么无羞无耻的事情都做得出来啊……”

全场哗然。第一副院长击掌:“如此看来,危机不小。这才让司命有了可趁之机。”

眼科主任说:“食堂用吃喝概念偷换了治疗概念,制造了虚假繁荣。瞧,它是全院最奢华铺张的建筑,与它相比,手术室算什么呀。什么人都来吃。你们看啊,黑发的,白发的,灰发的,红发的;自己能走的,搀扶着的,拄拐棍的,坐轮椅的;边吃边梳头的,边吃边打嗝的,边吃边放屁的,边吃边遗屎的;老头儿穿得跟儿童一样,一颠一颠走动,把炸油螺宝塔山一样层层抱起,都遮住眼眉了,还浪声跟人打招呼呢。光是早餐,有人慢慢吃到中午,哪里有时间去做治疗呢?这里还成了小道消息发布平台和谣言蜚语传播中心,可以随随便便对医院对医生评头论足,怎么得了!许多人拼命吃,唯一目的就是消耗光阴。但就算这样,到最后也吃不完,剩菜剩饭堆积如山,只好倒掉。说到底,食堂已成了腐败的渊薮,它滋养的是贪婪、奢靡、自私和懒惰,让人成天想着怎么占小便宜,再也不思治病。所以妖魔藏在食堂啊。”

杨伟目瞪口呆。以前他每天只等待医疗机器人发放食物。游玩中才第一次知有食堂。那是与火葬场相得益彰之所,是驱动医院的双轮之一轮,是挽救医疗事业的中枢。但现在知道它竟成了灾祸之源。这难道不是与万古教授建立新区的初衷背道而驰吗?他从痄唑那里买的精焰鬼还能升值吗?

眼科主任越说越来劲:“食堂把病人养肥,路都走不动。高热量高脂肪高蛋白,引发高血糖高血脂高胆固醇,这些被治愈的疾病回来了。接下来问题更严重。吃食堂的人越来越多,但哪有那么多材料供应?连鲨鱼卵也限量了,平均每三人才允许购一枚。资源能源空前紧张,已到枯竭边缘。难以想象一艘船怎能养活如此许多人。这是些什么人啊,看看那穷形恶相,愚昧,刁钻,凶蛮,麻木,除了赖活着,什么也干不了。噢,什么是活着?对于他们来讲,就是进食、排泄,然后再进食、再排泄。除此之外,什么也干不了!这就是花大价钱医治他们要达到的目的吗?但说是什么也干不了,一旦船上真有事,他们中胆大的,就会跳出来捣乱,破坏医院船。因此,航向问题并不第一要紧,如果不首先解决食堂问题,驶到哪里不也是一样吗?驱魔不从食堂做起,都是吹牛皮啊!"

杨伟听旁边有人小声说:"谁都知道这事儿要紧。之前也不是没有试过,可都失败了。谁敢动食堂呢?每要改革,就发现有后台。听说食堂是第二副院长 于控制的产业。另外还有三分之一科室的主任在食堂拥有股份。像儿科医生,把非法生育的婴儿贩给食堂,做成大餐卖给贵宾病人吃呢。"

消化内科主任发言:"完全是无中生有夸大其词。想过没有食堂会怎样吗?农场的过剩产品怎么处理?船上的实验室还养了猴子,也要吃哟。动物伦理委员会在哪里?评评理吧。还有一点同情心吗?"

肝胆内科主任补充:"说到驱魔,核心是钱。谁来投资?早已用光了病人的预缴款。财务漏洞都没有补上,怎么好意思说食堂?医院一直负债经营,如果不是食堂提供利润,医院船还能开到今天吗?"

消化内科主任和肝胆内科主任是第二副院长的心腹。他们用食堂财力支持第二副院长竞争院长宝座。提出食堂问题的眼科主任是第一副院长的亲信。他抛出这个问题,真正目的是要打倒第二副院长。

会场气氛变得焦灼。杨伟巴望院长醒来,发表一言九鼎的谈话。但老头子仍然睡着。他又找万古教授,但无人像他。连美洛主任也不见踪影。杨伟就溜出会场。他拍拍自己的脸颊,确认不是在做梦。

4. 旧官何物与新官

杨伟看到,很多医生出了会场,在甲板上抽烟喝酒,好像对会议失去了兴趣。大家议论院长,说老头儿快不行了,不知谁能接替他,并列举出候选人,除了几位副院长,还有统计部主任和耳鼻喉科主任,都是强有力竞争者。有人讲到老年内科的美洛主任。但其他人说:“怎么,还记得他? 他早就对医务失去兴趣了。”无人提及万古教授。又有人焦急地说:“会怎么还不完,等着看文艺演出呢。”

甲板一侧用废铁皮搭建了一排临时饭馆。会议太冗长,更多代表跑出来,在餐厅前排起长队。杨伟也想吃,但不敢,便钻进厕所。这儿也聚满医生,有人端着饭盆边吃边拉。有人扒着盥洗池呕吐。有人久久把自己反锁在隔间内。外面的人咚咚踹门。被踢出来的人一边系裤子,一边怒火中烧地说:“踢鬼啊! 要吃,也得先把肚子腾空哟。”一群医生正往厕所墙上张贴新漫画。院长的像被取下。杨伟问:“为何这样?”一人说:“是院长本人的指示。医院不再搞个人崇拜了。”

杨伟看到,换上去的,是参加院长竞选的副院长和科主任的标准像。更多的则是新开张的餐馆宣传品,另外还有各病房招募病人的广告。神经内科的写道:长命百岁指望不上,只有在精神病人中才能培养出新人类!心脏外科的说:大力制造再生循环人,不用活到九十九,就把第二次生命给病人,死后复活更来劲!还有的海报上画了老式战斗机和坦克车。但它们很快被《医药报》的号外覆盖,版面头条是以驱魔为主题的长篇社论。

又有一人急匆匆跑进厕所,洪钟般大喊:"危机当头,海妖现身,鱼群夺路逃窜。我要去掌船!谁跟我来?等这一天,已好多年!"

医生叱骂:"这个不安分的老病号,危言耸听,想找死呀!"

杨伟看去,见到一张鸟脸,吓了一跳。这不是被他杀掉的声呐师吗?他好像才亲眼见到什么叫"死去即活着"。他赶紧躲在便池后面。声呐师身披猩红海草,终于见到阳光,乐不可支像个三岁小孩。杨伟想,他是人是鬼?他看到了什么?真是海妖吗?是那比女病人还厉害的恶魔吗?也许果然只有这个病人能改变航向吧。杨伟觉出万古教授的意志在冥冥中运行,这使得驱魔大会多余了。他想对医生们说,跟这鸟人去吧。但这时从病房传来病人的叫唤,如风暴又起。杨伟心惊胆战,便返回会场。更多的医生和病人赶来了。杨伟好不容易才挤进去,看到自己的座位被人占了。他只好立在过道上。

5. 借聊旧史诛奸强

肾脏内科主任抢过话筒。他发言的主题是建设院史馆。他赞颂了院长的功绩,称他是伟大的领航人。院史馆的建设,是根据院长指示作出的重大决定,这才是医院船的核心议题,目的是恢复被司命篡改的医院工程学,进行理论重建,否则其他都谈不上。为此要组建强有力班子,由院长兼任院史馆建设领导小组组长。院史馆既是史料保存中心,又是爱院教育基地。它将为驱魔提供强大精神动力和坚实思想支柱。

肾脏内科主任说出了人们许久未闻的豪言壮语:"准确记载和全面反映本船历史,是医院的首要任务。书写信史是一项关系到千秋基业的宏伟工程。连自己走过的路都不知道都不相信,怎能让火葬场燃得更美?没有理论武装没有思想基础,又如何诛杀司命这个奸强?对于医院船来讲,火力、防护和机动性固然十分重要,但更重要的是理想、作风和纪律。瞧,这儿的会风太不像话了。治疗的失败,首先是理念的失败。有的医生技术一流,却缺失了信仰。克劳塞维茨说得好,物质的原因和结果不过是手术刀的刀柄,精神的原因和结果才是真正锋利的刀刃……"

随着他的演讲,液晶大屏幕上打出了设计图草样,原来是把现代文学馆拆除,在它的基址上兴建院史馆。这是一座血红色的钢铁古堡式建筑。会场上响起稀稀落落的掌声。更多人神情漠然。他们眼见连院长的挂像都被摘下了。

有人嚷:"文艺表演快开始吧,我们要看歌舞噢!"

杨伟想告诉人们,海妖现身了,声呐师复活了,最危险的时刻来临了。但他知道说了也无人听信。

文艺演出开始之前,先进行颁奖。宣布了首届华佗杯劳动奖获得者名单。获大奖的是达托大夫,他勇敢地代表医生重新深入死人病房，去取代医疗机器人。他此刻正在抢救患者，因此无法来现场领奖。第一副院长电话连线说："是达托大夫吗？这里是驱魔大会会场。我代表院务会向你表示祝贺！你正奋战在一线，不能亲自来领奖，但我们都被你的开拓创新精神感动了……"话筒又被风湿免疫科主任拿去："达托大夫，在驱魔之战中，你肩负神圣而光荣的职责，是全院医生的楷模，请注意安全，我们是你的坚强后盾！"其他科室主任也纷纷来抢话筒。时间很快过去了。达托大夫丧气的声音在扩音器中轰响："病人死了。"第一副院长拉下脸："病人本来就是死的，但你不要说出来啊。你是劳模了……"

华佗杯劳动奖颁完，又举行扁鹊杯诗歌奖颁奖仪式。由《医药报》主编担任颁奖嘉宾。他发表了声情并茂的致辞，称在院长英明领导下，只要诗和远方在，魔障终会被清除。医院船将谱写一首更加雄伟壮丽的诗章。

随后医生搬来一个红色票箱，投票选举新的院务会成员。在场人都有选票。这是为了夺回被司命阉割的民主。人们兴冲冲排队投票。各科室主任上前发表演讲，为自己拉票。杨伟也想投，却畏怯了，觉得这场合本不是该他来凑热闹的，遂逃离现场。他又上厕所。医生们一群群斜靠在便池上，烟已抽完，酒也喝光。大家热烈讨论海上高尔夫技术。食客们一队队从酒楼包间里摇晃出来，调笑不止，又为下一餐到哪里吃而争个面红耳赤。这时听到病房中病人喊得更厉害了。

杨伟只好再回会场。票已投完，新的院务会成员名单在屏幕上滚动。但院长仍然难产。各方吵成一团。有医生在主席台上铺起大红地毯，搭建表演场地。食堂又送来酒菜。全场响起整齐的吃喝声。眼科主任也捧着大碗吃,比别人还要来劲。

文艺演出即将开始。第三副院长担任了主持人,说:“节目是院长亲自策划的,十分精彩。要庆祝我们旗开得胜。司命的时代结束了。我们要重返病房。”

时至午夜,人们更来精神。各科室都为演出做了准备。这是期待已久的时刻。院长被搀扶到台下,在担架上躺好。第三副院长递上一杯酒。院长微微睁眼,舔舔杯沿。第三副院长对院长说:“接下来请你看节目哟。”涌浪上来,船在摇晃。杨伟听见有人小声说,已能看到海妖脑袋了。

这时一个白衣男人冲上舞台,抢过话筒:“不是这样,不是这样!赶快停止演出!”杨伟旁边的病人说,这人是消毒室医师利奈。主席台上的人黑了脸。

6. 西南火星如弹丸

利奈大夫对大家说:“新选出的院务会成员,都没上过医学院,文凭是假造的!他们没一句真话!驱魔大会要死人呀。”

全场一下鸦雀无声。人们满脸恶气,盯紧利奈大夫,只因他破坏了文艺演出的氛围。利奈大夫红扑扑的舌头伸伸缩缩,蜥蜴一样挂着绿水。杨伟心想,这家伙讲的故事肤浅老套。他那副无辜而蠢笨的脸蛋实在可怜。他又是代表哪方势力的呢?接下来,利奈大夫说的,却匪夷所思了。

他道:“当前要做的,不是在海上跑来跑去,而是把医院船变为太空船,飞走,到宇宙中去!这才是院长的主张呀。”

有人坏笑问怎么变。利奈大夫一丝不苟说:“医院船本是按照宇宙飞船的结构来设计的,只不过进行了巧妙伪装,就好像当年儒勒·凡尔纳笔下的潜水艇,谁也看不出本来模样,还以为是鲸鱼呢。”大家又乱笑,表示不信。

利奈大夫生气了:“不要笑,这不是玩笑!院长作出了向火星进行战略转移的决定,本要在会上宣布,却被别有用心的人注射了药物,弄昏睡了!这是要阴谋抢班夺权呀。”他扫射了一下坐立不安的副院长和科主任们,平伸双臂,装出发动机的轰鸣:“十年前,院长就指示万古教授,派出一支小分队,负责在火星上建设战地医院。”

万古教授?杨伟头晕得更厉害。利奈大夫难道也是万古教授安排的?为什么让一个消毒科医师去做这事?副院长们的脸色变得十分难看。这时大屏幕放出了奇怪的画面,似乎是从一艘飞船上拍摄的。漆黑空虚中渐渐浮出一个亮点,弹丸似的。利奈大夫说,这便是火星,也叫战神之星。随后星星变大,显出橙红景色,表面有运河一样的东西。又看到了环形山。接下来出现了医院的图像。在一个涂有红十字的强化玻璃穹形罩子旁,一队穿白色紧身衣的人形生物,戴着头盔呼吸器,在陌生苍凉的土地上走来走去。

利奈大夫激动得几乎要跳起来:“这就是火星第一医院!只有离开险恶的大海,到太空中去,人才能活。想永生吗?跟我走吧!”

台下的人困惑地问:“是环境不对吗?有什么问题?”

又有人质疑:“我们这么多人,能都一起去火星吗?”

还有人说:“据说穿上宇航服后,人连自己的身体都不能碰啦,拉的屎啊尿啊只能留在裤子里,怎么做手术呢?”

利奈大夫说:“院长早就指示万古教授,在船上建立了太空医学实验室，但你们都觉得多此一举……”他厌烦地挥挥手。

大屏幕上播出电影《宇宙战舰“大和”号》和《星船伞兵》。医生和病人发出尖叫。

杨伟这时看到，第一副院长第二副院长第三副院长都溜走了。

利奈大夫喊：“我们的征途是星辰大海。病人将在宇宙中永生！”

他介绍，十年前，医院船发射了一艘小型无人飞船，把一台打印机送上火星，再把医院设计图传送过去，利用火星物质把医院打印出来。同时用飞船携带的培养基打印了七只仓鼠，用作实验动物。一年后利奈带领小分队，乘坐另一艘飞船前往验收，在火星上待了九年，直到医院能够独立运转。他刚刚从那颗行星回来，溅落在大海，登船向大家汇报。

利奈大夫说，火星医院仅是一个开始。除了人生观、价值观和世界观，还要建立宇宙观，这是全新的观念，是长年封闭在船上的病人，打破脑袋也想不出来的。大象身上的蚂蚁以为大象就是世界，池塘里面的瓢虫以为池塘就是大海。这是病人最可悲之处，所以病才治不好。真实情况是，银河系中像太阳这样的恒星有数千亿颗。太阳系也不在银河系中心。人类住在银河系的一个偏僻小山村里。面对天文尺度的事物，人必须跟智能机器融合，才能不仅在火星，还将在金星、水星、木星和小行星上建立医院，在整个太阳系以及银河系、河外星系建立医院。最终把无尽时空改造成医院。到那时病人只需服用一种药丸，就能将肉身转变为胶囊飞船，自由自在进行宇宙旅行，去到没有病菌的新世界。有一天连血肉之躯也不要了，连飞船和星球也丢弃了，化作数字形态，在宇宙中流传，便真正无病无灾了。这才是医院发展的正确方向,是医生和病人的最后归宿……

观众又笑。两个穿白大褂的人走来,拍拍利奈大夫肩膀,把他拉到一边,又摁倒他,锁住脖子,放在准备用来抬院长的担架上,拖出会场。杨伟去看院长。他躺在地上继续昏睡。这样就无法验证火星故事的真伪了。杨伟困惑地想,驱魔大会难道是司命设置的一道幻景吗?这家伙莫非在戏弄医生和病人?

他就又跑出会场,在甲板上遇到一人。

这人问:“杨伟?”

杨伟说:“是啊。”

对方用一种奇特的嗓音说:“你不是想见万古教授吗?”

杨伟疑惧道:“对……”

对方爽快地说:“请跟我来吧。”

7. 犀甲檀枪百万军

与杨伟说话的,是一个穿白色护士服的年轻女人。杨伟吓了一跳。他竟然认得出女人,虽是期待之中,却汗洽股栗了。最近老看《狸猩龙美丽记》。继船上冒出小孩后,又浮现了女人。消失的东西回来了。

女人中等个子,二十二三岁,标致得不真实,像是刚从冰窖取出,寒气逼人。她把身上斜背的一个红十字急救箱打开,取出一张手绘地图,递给杨伟。“万古教授要见你。”女人说。图上标出了去见万古教授的路线。

女人让杨伟跟她走。但穿过几条走廊，她就不见了。地图却实实在在握于杨伟手中。权且相信这是真的吧。他便沿图示方向行进，像奉召一样。回到病房后，他还没见过这位神一般的大夫。他可是杨伟的主治医生。万古教授已许久没露面了。传说他死了。杨伟拼命找，都找不到。但现在万古教授却通过自天而降的女人之口转告，说要见他。

他走了一阵，发现身上的病号服又破又脏，担心万古教授见了不悦，就拐进水房，清洁一遍。他看镜子里的自己，面容憔悴，两鬓斑白，活脱脱个真老汉。他未能返老还童。这让他自卑。他耳边响起一个声音："你的病是衰老，而衰老是治不好的。"他六神无主站了半天，才鼓起勇气走出去。

根据图示，杨伟跋涉来到医院船艉的舰载机机库。以前杨伟随痃嗪医疗观光时，也曾至此，却不知这儿便是万古教授的隐居地。万古教授把一架医用直升机改造成了办公室。布满锈迹的金属门上画了一只头贴红十字花标的海妖，被一尾目光凌厉的蓝孔雀踩着。杨伟轻敲一下深埋在医用废弃物之中的直升机门，过了半晌，里面传来一个男中音："进来。"

杨伟爬上直升机，见一堆噼啪乱响冒出电火花的机器中，孤零零悬挂着一个球形物，装在鸟笼般的玻璃瓶里。它是粉红色的凝胶体，在微微蠕动，表面粘着一些药粉状东西，连接在一堆芜杂的电线和仪器上。这就是万古教授吗？只剩下医生的大脑了。因为紧张和害怕，杨伟汗出如浆。他又转视舱室，见除了机器、电线和插头，便是花木、盆景和奇石，及精致的陶瓷茶具。还有一个小书柜，装满图书资料，都是文学类。舷窗边挂了几幅书法，及一帧院长与万古教授的合影，具有浮世绘风格，两人比现在年轻，身体也是完整的，没穿白大褂，而着旧军服，头戴战斗帽，坐在崭新的直升机里，眺望海天，神色威肃，身旁搁放的不是高尔夫球杆，而是银光闪射的军刀，看上去像是手术刀的前身。

杨伟才看清，在万古教授大脑前方，有一张嘴似的东西，飘浮着一张一合，在慢慢吞吞吃东西。是食堂专为高级医务人员定制的早餐。有七成熟的烤海龟，配以威士忌。只剩下脑袋了，还要用人造的嘴进食。这像是宇宙飞船中才有的场景。杨伟竭力忍住，才没有转身逃离。过了一刻钟，万古教授停下咀嚼。人工晶状体悠游着，像是忽然发现了杨伟，把目光聚焦在他脸上。

万古教授用模拟发声器问："你是谁？"

杨伟战战兢兢回答："杨伟。"

万古教授明知故问："来了？"

杨伟说："来了。"

万古教授说："看过火葬场了？"

杨伟不明白万古教授为什么要提这事，便说："看了。"

万古教授问："有什么感受？"

杨伟老实说："壮丽，辉煌。"

他才记起，不久前他和痃嗪、痈哚一起参观过火葬场。痈哚当场被烧死了。仿佛万古教授是为了聆听病人复述焚烧活人的精彩，而在早餐这样的重要时刻，约他来聊天的。但他并没有询问死亡的细节，只是说："哦，是我特意安排你看的。不是所有病人都能亲眼见到这激动人心的场面，从而切身感受危机的迫在眉睫。他们说得很对啊。搞不好的话，火葬场便会熄灭。海妖就要来了。"这时机械手把一个龟足送入医生口中。

杨伟感激地说:“谢谢。”

万古教授冻豆腐般的脑袋颤了一下:“不到说谢的时候。你听见海妖的歌声了吗?”

杨伟点点头,明白这也是安排好的。他担心万古教授问声呐师的事,但他并没有问。

杨伟迷惑地说:“海妖,是什么呢?”

万古教授郑重道:“是敌人。”

杨伟大惑不解:“敌人?”

万古教授明确地说:“可不是一般的敌人哟,而是比女病人更残暴凶顽的恶魔。这是一场空前的危机,自有医院以来最严重的危机。所以船上的困局,我们归咎于司命胡来,指责说医生不行,但归根到底,是敌人制造的。”

杨伟说:“……原来如此。”

万古教授闲聊般解释:“你们最近经常见不到我,这不奇怪。敌人已经派出十几拨杀手要来干掉我,我只好隐蔽起来。为了打退敌人的猖狂进攻,我不分昼夜忙于研究战略问题,根本没时间去病房。为此我放弃了参评诺贝尔生理学或医学奖。确切来讲,这是一场你死我活的战争。”

杨伟一惊:“战争?”他眼前冒出病房打仗的场面,以及神奇病人编制的“战报”。然而眼前的万古教授,虽然仅剩一颗脑芯,才像是一位叱咤风云的真正将军。

万古教授深思熟虑道:“战争是一种战略竞争。战略只有在组织分工到了一定程度时才会具备。未经现代化改造的民族几乎没有胜出的可能。所幸医院在院长的领导下已基本实现了现代化,所以才能撑到今天。但一段时间以来我们过于依赖算法,这无法解决战略问题。战略问题的核心是人。人不用通过图灵测试。”

杨伟紧张倾听,不明白万古教授把他招来要做什么。医生咔吧嚼着龟骨:“看看现实就清楚了。铁木辛哥是一位伟大的元帅,但由于斯大林作出了错误的战略决定,铁木辛哥作为一线指挥员,使尽浑身解数,也解不了基辅之围,导致了反法西斯阵营的溃败。现在,敌人步步紧逼,而我们那些目光短浅见识贫瘠的主任医生们却不去研究战略问题。他们只从技术角度出发,把医院委托给算法管理经营,自己却去吃喝玩乐,骑着海豚打海上高尔夫,这怎么行呢!”

杨伟哆嗦了:“我看到,声呐师已经从船底爬上来去做舵手了。是受你指派吧。”他不敢说杀害鸟状老人的一段情节。他又想到了院长身边的高尔夫球杆。

万古教授略想一想,说:“声呐师?哦,他执行的是战术方案,用佯攻来迷惑敌人。实际上有很多战略问题需要研究,比如超限战、五环打击、非对称作战和分量突袭。但这些也仅仅是局部战略。我研究的是数量与全局关系的大战略,我的矛,我的盾,那是不一样的……”

忽然,一阵刺耳的警报声传来,打断万古教授的谈话。直升机瑟瑟抖动。万古教授让杨伟在驾驶副座上坐好,又令机械手为他系上安全带。嘭哧一声,由万古教授的脑电波控制,像运载火箭一样,直升机腾跃而起,飞入云天。杨伟产生错觉:这是要去火星吗?

8. 困兽何须杀

离开甲板而升空，却与爬上火葬场不同。这回更高，速度更快。杨伟魂飞胆丧往下看。汪洋大海上，医院船缩成一个小点。一大队医生在几位副院长的带领下，沿甲板朝直升机库奔来，面红耳赤，疾呼大喊。

万古教授用轻蔑的口气说：“他们不是敌人，而是自己人。这些至爱亲朋不想再看见我，要把我赶尽杀绝。这样就没人挡道，他们就可以顺顺当当爬上院长宝座了。没关系，换个位置，才能看清全局。”说着，他一指大海，“你瞧，这不是自然界的海，而是敌人设置的一个人工海，用来围困我们。它就是天天讲的海妖。还好，我早早安排了声呐师，藏在船底侦察，发现了敌人的蛛丝马迹。我们正身处一场大战中。大家却统统蒙在鼓里，还以为是和平时代呢。怎么样，那些副院长和科室主任装聋作哑对此只字未提吧？”

杨伟小声叨咕：“战争，敌人，人工海……”随着直升机的颠簸，他全身快要散架。他想，难怪，万古教授不参加驱魔大会。他只派出利奈大夫去点醒大家，并安排了丧葬艺术家和声呐师构筑起防卫圈。他又朝舷窗外看去，见海波粼粼，红光耀耀，一望无际，却不知竟是人工所制。他还下到里面捕捞肺藻和潜水探险呢。

万古教授说：“尽管是人工海，这依然是海。海告诉我们一个真理——斯大林说，数量，本身就是质量。一滴水不算什么，但许多水汇在一起就成了大海。一粒沙不算什么，但很多沙聚在一起就成了沙丘。一个孤零零的分子没有什么温度，温度是许多分子聚集时具有的群体性特征。一只蜜蜂的智能很低,但众多蜜蜂合在一起就产生了非凡思维。一只细菌不足以杀人,但它繁殖到亿万个后,可以毁灭一个文明。数量带来了本质差异。在数量达到一定程度的群体中,会发生很多奇异现象,会出现大量超乎个体独有的属性。这就是敌人搞出这个大海的原因。它是由病毒组成的杀人之海。海妖就是疾病本身,是病毒的集合。它并没有怪兽之形,甚至只在显微镜下才能见到,却是有史以来最厉害的恶魔。建立医院的目的就是为了粉碎它……"万古教授一边用意念操纵直升机,一边又大口吃起东西来。

杨伟难以置信:"敌人让我们身陷病中?"

万古教授嘴里哗哗吐着骨头,饱含忧患地说:"正是! 都是敌人搞的鬼。这便是敌人的新式武器。海妖的原型是一种数字微生物,在计算机上编辑好了,又在实境中制造出来并广为传播,最终形成这个海。这些病毒能彼此交谈,用集体智慧合作进化。它被称作'魔鬼病毒',能突破医院船的免疫系统,通过自行复制人体 DNA,损害再生器官,破坏神经组织,麻痹和摧毁病人的大脑。纳米细胞修复器非但无法对付它,还加快了它的生长。病人正在快速变老,返老还童工程失败了。所以改变航向没有任何意义。因为我们的船从来不曾行驶,而只是大海在梦境般原地扰动。这好像是在一个生物器皿之中。我们如同困兽一样陷住了。死不得,活不成。敌人暂时还没有发起总攻,他们还有一些关键的受体链条尚未完全形成。但距离最后时刻不远了。不,他们甚至不需要进攻,就这样困也把我们困死了。你看到了吗,在医院船上,算法疯了,机器坏了,医生自杀了,病人夭亡了……"

杨伟惊痛地说:“怎么办呢?”他一个写歌词的,从小生活在和平时代,没有面对过真正的敌人和战争。他怀疑万古教授是不是在讲一篇小说。

但万古教授是认真的,他意味深长地注视杨伟:“关键是战略对头。只有一个办法能战胜敌人。同样也是数量,正在给我们难得的机会。群氓怎么了?群氓的力量是无穷的!精英看似以个体的形式表现出来,却也来自群体的选举。大量愚钝成员中必会涌现超级智慧。这就是人民战争的升级版。谁说到了海上就不能打人民战争了?对于医院来说,构成优势数量的是病人。这是我们的力量源泉。一旦培养出足够多的病人,就可以阻止敌人的进攻,甚至有能力发起战略反击。病人越多,敌人的病毒企图侵袭和进犯,就需要耗费更多时间和能量。我们就有机会打一场持久战,直到最后决胜。正义的事业需要广大病人参与哟,说到底这是一门艺术,像小说一样精彩……”

依靠自动驾驶仪,直升机开至极速,在空中来回疾驶,又翻起筋斗。万古教授兴奋地大笑,食物残渣和酒液溅得满舱都是。杨伟头晕目眩。这辈子他还从来没有到过这么高的尺度。他想到了孔雀——那长着漂亮羽毛的动物不就是万古教授驾驶的直升机的隐喻吗?他又想到作为群氓的病人正在病房里死去。直升机突突突一口气爬升到五千米高处。只有从这个视角,才能看到真相。庞大的船队不见了。只剩下一艘医院船,孤零零漂浮在大海上。整个世界一下空荡荡了。这就是敌人造出来的死亡之海啊。杨伟重新感受到在深窟中等死的孤独和怯意。直升机又忽然急剧下沉,原来是遭遇风切变。杨伟呕吐了,喷到了万古教授的嘴唇眼目和盛脑瓶子。好像是习惯了,万古教授的神色丝毫不变。机械手递来一条热毛巾,为医生擦干净,也给杨伟抹了抹。直升机稳定住了,继续以大功率巡行。

万古教授严峻地说:“像做仪式一样,我每天要驾驭空中铁骑巡飞五遍,验证我方的防空识别区。敌人看到船上还有人在活动,就暂时不敢发动总攻。他们在把魔鬼病毒培养到真正强大、一招致命之前,不会轻易冒险。”

杨伟问:“敌人究竟在哪里呢?”他又朝大海看了看,除了这艘医院船,什么也没有。

万古教授的眼睛游到窗边,平静地遥望海平线说:“可能永远见不到敌人的真面目。在药战场上,没有坦克大战,没有炮队齐射,没有攻城陷寨,甚至没有鲜血淋漓。但正因为看不见敌人,战争才打得空前惊心动魄,才无比可歌可泣。”

杨伟心想,这又是闻所未闻的事情。他说:“是跟影子作战吗?”

9. 漂流百战偶然存

万古教授让直升机悬停在医院船上方。他转入新一轮吃喝。他使用的酒器是经典茶具。他边吃边看漫画。杨伟瞟了一眼,是宫崎骏的《红猪》。它讲述的是,第一次世界大战时期意大利空军的王牌飞行员波鲁克·罗梭中了魔法,变成一头猪,专门在亚得里亚海空域阻击劫匪。劫匪为了打倒罗梭,从美国请来超级飞行员卡地士。罗梭与卡地士决斗,最后取得胜利。万古教授把脑袋深埋进书页,看到入迷处,大笑不止。不知他把自己当作了卡地士还是罗梭。

杨伟带着哭腔说:“万古教授,你真了不起。你放弃了参评诺贝尔生理学或医学奖,一边吃饭,一边学习,一边开直升机,还一边研究战略问题,保卫医院船,太让人敬佩了。我一直在找你呢。你是我的主治大夫哟!”

万古教授沉吟道:“哦?”他忽然醒来一般,怔怔瞧着杨伟,一下显出老态。他的语气再次变得凝重:“知道这是一场什么战争吗?”

杨伟摇头。他又回忆了一下神奇病人在病房里搞的战争游戏。

万古教授像是漫不经心地说:“你听说过第二次世界大战吧。”

杨伟支吾:“似乎……”

万古教授把一块龟骨从牙缝里挤出,呸地吐出机窗,让它飘进病毒之海。“我们正处在第二次世界大战中。”他的样子此刻更像是漫画中的红猪。

杨伟惊叹:“啊?”

万古教授说:“有人说二战结束了,那只是假象。二战没有结束。我们的世界充满谎言,说什么战争结束了,这是谎言中的谎言。不仅二战没有结束,并且二战包含的人生观价值观世界观,也都没有结束。可惜人们视而不见或故意遗忘了。我们建立医院正是为了打赢二战呀。”

杨伟问:“今年是哪一年?”到医院船后,他第一次想到询问时间。难道他以前没有留意过时间的存在及流逝吗?也可能是叙事代入治疗把这从他的记忆中阉割了。

万古教授说:“公元一九七六年。”

杨伟听着耳熟:“公元……”

万古教授说:“是为了纪念一位名叫耶稣的医生。以他诞生之年为世界元年。他当年行医江湖时,最受欢迎的便是手到病除,都不用药物,治愈了麻风病、聋哑症、瘫痪病等一系列顽症,甚至使死人复活。”

杨伟说:“听说,正是他创立了医院。”

万古教授说:“他预知了今天的战争。”

杨伟问:“然后呢?”

万古教授说:“耶稣行医有方,被奉为神。神在世时,恶魔犹存,对神深妒,但不敢放肆,只能教唆神的信众,散布异说,暗中捣乱,但终究不能成大恶。神灭度后,末法时代开始,魔乘虚而入,作乱毁坏世界。于是灾病横行,战争肆虐。”

杨伟问:“神活着时,没想办法阻止吗?”

万古教授回忆道:“倒也想了。神与魔还有过一番讨价还价呢。”

其时,魔对神说,你死后,我一定要破坏你的法。神说,法是正法,没有任何力量能够破坏。魔说,呵呵,正义永存,邪恶也不会消失。你在世时也不是人人都信你,我的徒子徒孙不也很多吗?人性本恶,学坏容易学好难。你被钉上十字架后,信仰你的人会越来越少,信仰我的人会越来越多。神说,你破坏我的法对你没好处。神光是普照之光,照耀着善良的人,也照耀着邪恶如你之人。正法时代一旦结束,你的福报也就完了,等待你的就是无间地狱,你会在地狱中受无量之苦。魔说,我知道神是不说谎的,但是,你也知道命由心造。我会设法避免地狱之苦的。神说,多行不义必自毙,哪里避免得了!魔说,圣人无常心,以百姓心为心。我亦无常心,以百姓心为心。在顺应百姓方面,你是比不上我的。你戒律森严,极力强调贪欲的危害,教人远离贪欲。而我顺应百姓的欲望,满足百姓的欲望。众生有了贪欲,就会得种种病,就会做出邪恶之事,我便会受到供奉。神说,我有圣经留世。魔说,圣经是死文字,要教化众生,还是需要人来解释。神说,我有教团留世。魔说,你要教化众生得引进新人吧。你老人家不会拒绝我的弟子接受你的教诲吧。神说,不会。魔说,到你末法时期,我叫我的徒子徒孙混入你的教团,穿你的衣,坏你的法。他们曲解你的圣经,损毁你的戒律,以达到我今天不能达到的目的。那将是一场决战,你的信徒将死光光……神听了魔的话,久久无语,两行热泪缓缓流下。

杨伟懵然问:"到底发生了什么呢?"

万古教授放了一部二战视频短片。这便是魔和神的决斗,人类成了代理人。在一九四二年的中途岛战役中,山本五十六统率日本联合舰队击沉了美国"企业"号等三艘航母。尼米兹将军战死。日军在太平洋上把美军逼退。德国人倚仗新技术——神经电离技术、以太阻隔技术和海水石化技术,在欧洲发起反攻。这抵消了盟国强大的工业生产能力。坦克飞机都变成了废纸。由于斯大林战略判断失误,反法西斯阵营出现危机。为打破僵局,得力于英国人工智能专家阿兰·图灵的帮助,美国战地医院在阿拉曼创造了一个叙事代入世界,在那里,二战被人为结束了。名为联合国的新型全球机构主导了历史进程,使得盟军有了喘息机会。美国甚至发动了一场新科技革命,发现 DNA,发现类星体、脉冲星和宇宙微波背景辐射,提出弱电统一理论,提出混沌理论,提出摩尔定律,制成第一台激光器,销售第一批工业用机器人,发明 BASIC 语言,造出第一个体内起搏器，登上月球，发明互联网，成为全球第一强国。但没有料到，轴心国的蠕虫黑客潜入美国人的新世界，破坏了全球网络的监听中枢，制造出被称作“冷战”的新态势。由于纳粹对共识准则的破坏，美国人输掉了朝鲜战争、越南战争、伊拉克战争和阿富汗战争，并在太空竞赛中败给苏联。随后发生了纽约世贸双子塔被炸事件。美国人的叙事代入就这样被肢解了。联合国授权反法西斯联盟找到入侵的敌人，进行新的决战。但由于全球化的加速推进，敌我双方变得越来越趋同，很难辨认出来。他们都享受同样的红利：贸易、增长、科技进步、舒适生活……也面对同样的难题：失业、医疗、生态恶化、贫富差距……魔穿了神的衣，入了神的教，双方越来越互相依赖，神和魔成了命运共同体。

杨伟迷惑地说：“这样不也挺好嘛。”在他看来，这难道不是一个和平共处的时代吗？神与魔和解了。哪里还需要什么战争呢。

万古教授却说：“不，这只是表面。就算这样，也没有设计出一个合适的政治架构和道德规范来进行全球危机管理。面对神魔双形一体，人类越来越不知道何谓正义，也不明白到底该信谁。于是只好建立一个 MAD 机制来防止自我毁灭——它的确切含义是确保相互摧毁。但是经济建设和 MAD 都不能阻止动乱的到来。魔鬼必然要搞事。在此意义上，第二次世界大战仍在怪异地继续进行。双方的参谋人员试图重新分辨谁是敌人谁是盟友，却更加纠缠不清。因此从一九七三年开始出现了反全球化运动。计算机推测，这样下去，人类将于二〇四九年灭亡。由希拉里·克林顿总统牵头，美国等一批西方国家在一九七六年十月作出决定，终止叙事代入，返回真实历史，在源头处结束战争。因为只有在那里才能辨认出谁是敌人。这是战争的首要问题。”

杨伟心想,是的,的确应该回去,结束这场混乱。希拉里做得对。他记起,中学历史课本讲到,第二次世界大战爆发于一九三九年,结束于一九四五年。同盟国战胜了轴心国。随后进入冷战,随后冷战结束,随后有了与上述事情相似的事情……他的大脑有些反应不过来。这才是算法介入的原因吧。它或许觉得人类的智力没办法理解这个头绪纷乱的世界。

万古教授说:“于是,我们终结了那段代入历史。”

杨伟忐忑问:“生活在那段历史中的亿万人民呢?”

万古教授说:“也终结了。这就修复了历史自信。”

杨伟愧痛地想,那段历史里有他吗,他干了什么。

万古教授说:“待回到真实的历史中,才发现盟军重新赢得了优势。一开始,我们都不敢相信这是真的,还以为误入了又一个叙事代入世界。一九四五年夏天,我们先头部队的坦克已经开到东京城外,都能清楚看到日本电波塔的塔尖了。唉,我们真不该在那段人造历史中浪费时间啊。”

杨伟迟疑地说:“这不就对了。”

但万古教授话音一转:“然而始料不及的是,这时形势又发生了逆转。很多盟军士兵得上了一种怪病,双眼流脓,身上生疽,无力作战。很快知道,我们遭遇了一场从未见过的生物战。趁我们在叙事代入世界中虚度光阴,驻扎在东北亚的日军七三一部队研制出了一种新型病毒,它能绕过人类免疫系统发起致命进攻。更严峻的是,德国人也从海上发起了袭击——希特勒撤退到阿根廷,航渡去了南极大陆,他在冰盖下面建立起生物工程基地,开发出新型武器。你知道，他们在犹太人身上做了很多恶魔般的医学实验。这些成果都发挥作用了。纳粹医生又把企鹅身上的禽流感病毒，与人类的变异基因混合在一起，并跟七三一部队制作的病毒嫁接，提炼升级为魔鬼病毒，向盟军大规模投放。这使得我们的联合指挥空地一体战制天制磁信息战体系统统失效。于是仗就很难打下去了。好在，由于洛克菲勒的先见之明，我们提前建立了一些现代化医疗设施，及时投入使用，才阻止了全面溃败。一九四六年六月，在北部战区，双方医学力量以染色体易位为焦点，进行了一场大战，形成对峙局面。这样僵持了十年，到了一九五六年，合成生物学取得重大突破。一九六六年，人工病毒之海开始形成，它随时间推移而变化形态和功能，改造了整个行星生态系统。盟军主力不得不撤退到火星和其他行星，以及小行星带，在那里建立战地医院，在全太阳系构筑防御阵地，一边恢复元气，一边研究对付魔鬼病毒的办法，酝酿反击。根据模型推演，一九七六年是决战之年，总攻将在十月发起。”

杨伟快要晕厥：“事情……是这样啊。”他掐了一把自己，确认还是一个活人。

万古教授端然说：“是的。当一群人拼死拼活研究雷达、火箭、计算机和太空船时，另一群人却把主要精力投入了基因组学。盟军只是在叙事代入世界中，在一九五三年，才搞清楚了生命密码的存在。但你知道吗，在真实历史中，早在一九三七年，东京大学医学部的日本科学家就率先发现了 DNA 双螺旋结构，随后进行全物种基因组测序。这便是战争的转折点。这就是战略问题。医学，成了战争的唯一形式。战争，再没有烈火硝烟。只剩下病毒与病毒、药品与药品的攻防，所以，这就叫做‘药战争’。盟军在战略上出现了重大失误。其实,士兵们很早就在说,痢疾比枪炮致命。但这没有引起随军医生的足够重视。他们中了恶魔的障眼法。"

杨伟想到一事:"核武器呢?不能用它干点儿什么吗?"

万古教授的脑积液沥沥跳动起来:"核武器?是啥东西?我没有听说过……哼,当今的任何一种先进武器都消灭不了微生物,它们耐高压耐高温耐极寒耐辐射。甚至,都找不到目标在哪里,因此无法瞄准和投放。"

杨伟才明白,自己的病是敌人带来的,便仇恨起敌人来。他说:"难怪我的病怎么也治不好,原来是敌人这个大魔头造成的,无法抑止的疼痛是这场罪恶战争的产物……"

他似乎找到答案了。他感激地看了看万古教授,又睃了一眼漫画,觉得那里的人物跟他一样,也好像来自另一世界。但他仍不知道哪个世界才是更能相信的。

万古教授义正辞严:"越治不好,越是要治。勒紧裤带、冒着危险建造这么高级的医院船,坚守前沿阵地,作为反介入和区域制止的桥头堡,把大家收进来,正是为了打赢二战。医生才是最伟大的战士。看过《血战钢锯岭》吗?那一仗是在冲绳打的。最后夺取了局部战场胜利,全赖一名军队医疗员啊。他为什么不拿枪呢?因为这是药战争,是医生跟医生的决斗。人类的使命哦,民族的责任啊……"

杨伟喃喃:"使命,责任……"他心想,自己作为病人,也肩负使命责任吗?他不愿在战争中受到病毒感染,缓慢而痛苦地死去。他宁愿被当场炸死。

万古教授高瞻远瞩地说:"像疾病一样,政治是不灭的。战争是政治的延续。在以生命为中心的时代,什么是政治?医疗守则就是政治规矩。”

杨伟道:“话是这么说的……”

万古教授强调:“必须结束二战。这是神谕。否则别的都无法进行。不会有联合国、大众民主、民族独立、中产繁荣、全球化、新科技革命、可再生能源、跨星系旅行、互联网、维基百科、人工智能、药时代,以及自助式医院和DIY诊治——它们将普及到每一个家庭,并消灭家庭……换言之,不会有我们的今天。”

杨伟说:“听你这么说,我好像理解了一些,但也更加错乱。”

万古教授说:“不必理解,不怕错乱,只需穿上白衣加油干。”

杨伟说:“但别的医院船呢?我之前看到的,不止有这么一艘船。”

万古教授说:“很不幸,船队是个幻觉,是病毒在病人视网膜上制造的幻觉。大家都被感染了。”

杨伟丧痛地看着医生:“还有什么是幻觉?”

万古教授说:“什么都可以是幻觉。幻觉本身就是武器。在这场战争中,敌人不一定非得消灭我们的肉体,而只用幻觉把我们搞瘫痪就行。但幻觉出来立即成为真实,形成可以触摸的二元对立统一,这显得我们既像死了也像活着。在这种情况下,敌人也可以采取更有画面感的手段,比如利用微生物改变物质环境,使我们无法存在下去。全球气候变化已经加快到难以想象的程度。只要通过微生物的作用把海水温度提高一度,或者把空气中二氧化碳的含量增加百分之三,我们就彻底没戏了。但敌人似乎不愿意如此轻易就让我们完蛋,他们想猫戏老鼠……所以我们要清醒认识形势的严峻性。最高统帅部要求我们像嵌入式传感器一样,在前线与敌人保持接触,获取魔鬼病毒的数据链,传送到火星基地,以研制出疫苗和反制病毒,在一九七六年秋天发起反攻。但他们只把利奈大夫派了回来,而说好的增援部队迟迟不至。敌人可能在时空中设置了生物屏障,阻断了医院船与火星基地的肽链信息传输。也许,在接到我们提供的病理分析报告后,最高统帅部认识到敌人过于强大,便把反攻时间再次推迟了。这是元首的决定吧。战争嘛,说到底,就是反映个别人意志的一种行为。我们说了不算。"

杨伟感到纠结,无比的纠结。他很想从直升机上跳下去,结束这段混乱的人生。"那我们是谁?苏联红军?美军?丘吉尔的部队?中国远征军?"他心里七上八下。

万古教授头痛似的咧咧嘴,脑球皱褶间噼啪冒出一簇蓝色电火花,说:"都有可能,但这么讲又有什么实际意义呢?这是个随机现象中的概率问题。战争拖了如此长时间,谁是敌,谁是友,谁是你,谁是我,再次分不清了。古典数理统计失效了。在二元对立统一的全新战场格局下,一切重新排列组合了。没有永不沉没的同盟,也不存在恒久相同的价值观……但谁也找不到它的正态分布曲线。现在,我们也有可能是日本人或德国人……"他又一边吃东西一边看起漫画来。

杨伟说:"神和魔又搅在一起了?真是麻烦。"他哀叹自己生不逢时。他不敢去想,眼前的万古教授,便是七三一部队给战俘作活体解剖的帝国医师,或者犹太集中营杀人不眨眼的纳粹军医。他们跟白求恩大夫的形象重叠在一起。

万古教授说:"这就是医院必须完成的任务。当务之急是研制一种能辨认身份的新药。但难度很大，因为一切瞬息万变，包括我们自己。”

杨伟悼痛地说：“好……接下来怎么办？”

万古教授决然说：“不管盟友是谁，不管身份如何，重要的是，作为人，有血有肉的人，我们得活下去。生存权，而不是别的什么权，才是基本人权。”万古教授甩甩肉团，“战争打到最后，消灭的不是简单哪一方，而是整个物种。目前，海洋中所有的生物都被病毒干掉了。肺藻什么的，都是病毒变异出的幻觉……医院正在造成这颗星球上的第六次物种大灭绝。这将对太阳系乃至银河系的演化发生不可逆转的影响。作为医生，我们要对宇宙的命运负责哟……”

10. 唯酒可忘忧

直升机降低高度，绕医院船翩飞。见这巨艟，火山一样，层层叠叠，环绕上升，是真资格的机器岛，一个根据离散性随机变量组合而成的智能机甲，配备强大的三项式分布式防护力场，围绕船的立体空间中，不停自动发射出纳米机器人，消浸从四面八方围困过来的病毒，降低其攻击烈度。这就是现代化战争条件下名为“医院”的综合性武器。但它深陷病毒之海而不得摆脱，尽管使出浑身解数，也日渐凋败衰亡，自身成了重病患者，随时可能在敌人的总攻下土崩瓦解。

所以说，船上一切悖乱荒丧，都是敌人制造的。这样一想才不那么内疚了。这不是医生的过错。病人的死亡也就说得过去了。司命早已被敌人的智能病毒当作集群攻击的头号靶标。它被入侵，被劫持,甚至被策反。司命做的每一件事,看上去都像人或神干的,也表达了情感,也显现出意识,但实际上,这仍是算法模拟,惟妙惟肖,却没有真实的自我,不知道自己在干什么。病人从算法那里得到的同情关爱或者暴行虐待都是假的,只是一些设计出来的声音或行为。司命是一个善于伪装的中文屋。这便是它被攻破的根本原因。在伟大的高智商头脑中央,在灵魂本该主宰的域场,空空如也。《红猪》是这样记载的。这让杨伟有些不能接受。他觉得,写诗的存在体应该解决了意识和灵魂问题。不过转念想想也就如此吧。他当初创作歌词时,不是也没意识和灵魂吗。他能感到周围的所有人都是行尸走肉。可以说是低估了敌人,小瞧了药战争。

万古教授一边掌控飞行,一边浏览漫画,还一边让机械手把酒瓶往嘴里塞,用舌和唇使劲摩擦,手淫一样咔嗒咔嗒,黄湛湛的浓液在齿缝间不停翻浆。他噢噢发出呻吟。高潮过去后,他好像累了,脑区沟回间的颜色变深,就像外阴一样。睡眠笼罩了他。这样子有点儿像院长。杨伟想,医院这些精英忧国忧民太过操劳。但会不会也被敌人的病毒命中了呢?他不敢问,也不敢动,生怕直升机坠毁。他又疼得受不了,便偷眼去看从万古教授嘴边摔落下来的酒瓶,就像要把它当成止痛剂。万古教授的语音模拟器中发出狮虎般的鼾声,与直升机的茕孑轰鸣混为一体,在海天间激荡回转,如同一个孤独的侠客在跟风车作战。

世界拼命吹着。仪器显示瞬时风速达到每秒十五米。直升机七颠八倒。杨伟被酒气熏迷糊了。他记得西林大夫讲过,万古教授爱喝酒且酒量大。他的信条是,喝酒是用火之外,人类跟野兽的最大区别。半夜里兴致来了,他会叫上一帮医生陪他喝。那时司命还没接管医院。有的医生正在执行抢救任务,但只要听到万古教授召唤,也立即停下手术前往。如有不至,万古教授就会在朋友圈里把他拉黑。说不定,因为一顿酒,那人便断送了前程。至于来喝酒的,统统不是万古教授对手,很快被放倒,钻了桌底。这些有幸者还都是万古教授看得上的,能被他信赖的。万古教授平易近人,不在意对方职务高低,他特别喜欢走群众路线,与普通医护人员以及病人打成一片。现在他钦点了杨伟,这里面必有深意。他不是特殊病人嘛。

忽然,气流变得更加紊乱。直升机抖得快要散架。万古教授惊醒,看到杨伟在面前,警觉地问:“你是谁?”

杨伟害怕地说:“杨、杨伟。”

万古教授好像想了起来:“哦,病人。不错。我知道你。我治过你。所以,我很清楚,你不是敌人派来的魔鬼。我刚才跟你聊天,也是为了考察这点噢。怎么,你还没走?”

杨伟委屈地说:“是你叫我来的呀。”他心如刀割地盱视翻锅一样的大海云天,想着那个给他路线图的神秘女人。

万古教授若有所思:“是的,是的…… 那好,病人,你也喝一杯。”不由分说,他向机械手发布命令,让它往杨伟手中塞入一只茶具,又把酒斟得满满的。

直升机倾斜数下,似要进入尾旋。万古教授不顾飞行器随时会坠毁,兴致愈浓,对杨伟说:“酒才是我们的正经战场文化呀。用茶具喝酒,更有滋味,不会忘本噢。在火葬场,孩子们让你喝茶了吧?那只是热身。这比用从阵亡将士头上揭下的钢盔好多了。掺了脑浆的酒,味道很差哦。”

酒真的到了杨伟手中,他像握着一颗炸弹。他死盯着万古教授热气腾腾的脑浆,哆嗦着端起杯子,试图让它在颠沛中保持平衡,心想这也是接受万古教授考察的一个环节吧,有没有被敌人病毒感染、感染到了什么程度,大概喝一杯酒便能作出甄别了,而且说不定这黄汤真能止痛呢。但他想到万古教授正在酒驾,就犹豫不决了。

万古教授愠怒了:"咹? 你没喝过酒吗? 还是不想跟我喝?"

这时机械手从航行袋里取出一叠图片,递到杨伟眼前。是用显微照相机拍下的酒精。绿色、蓝色和红色的颗粒物,如刀如叉如冰碴如废墟,像是火葬场的缩小版,却又与那烧死人的烈焰不同,描绘的是一个焚燃得更加如花似锦的宇宙。

万古教授才让直升机改出尾旋,诮笑道:"没见过吧,酒分子啊……它就是战火,美妙的艺术。战争是最高级的艺术,是一切艺术的源泉。我才让他们把火葬场升级为艺术。医院,才有了一面旗帜! 这是战略的核心。不懂艺术,怎么打仗呢? 战争和医疗一样,都是死人的艺术。有两种技术带来更昂贵的产品和服务:一是医疗,一是国防。它们都完全违背行业规律。这正因为是艺术啊。艺术是要反抗既定法则的。这样才能不受概率论的约束,冲破敌人的包围圈。国防和医疗有着共同的起源,或者说它们本来就是一体,均为战争的产物。这让我们有了打赢的信心……"他又下令:"现在,请转入攻击航线!"

在万古教授的指示下,直升机向下俯冲,又悬停,短翼下发射出一排药片,喷向海面,轰地激爆出大片水花。医院船上由医疗机器人控制的速射针筒也向直升机打出一股股水龙。万古教授喊:"切线!"直升机过载扭转,躲开弹雨,上升高度,疾速脱离。万古教授大声说:“瞧,这就是战争! 攻城的一方是屠杀,守城的一方也是屠杀。但是,美吧! 艺术是磅礴力量,艺术是信心之源,它不仅让人感知生命苦难,更激发创造灵感。所以手冢治虫和宫崎骏选择了动漫。敌人能发明魔鬼病毒,是因为他们造出了贝多芬和紫式部。不要迷恋X光机和B超机哟,也不要沉湎大数据和人工智能。网络思维、指数医疗都太低级……幸亏院长是位伟大的艺术家,我们的事业才能维持到今天。”他的大脑在笼中嚯嚯转了九十度,鸟儿一样翩飞的嘴巴冲着机舱里的合影努了努,“他呀,热爱文学,喜写小说,擅长绘画,还会七八种乐器,包括钢琴和古筝。这是他的修养,感染了我。院长也爱喝酒。说起酒这东西,跟女人有一比呢。在战争中,本已失传,却在院长的指挥下,终于利用分子化学工程重新合成了。它也是一门艺术,代表了医院的核心价值观。”

杨伟不得不说:“太了不起了。”

万古教授换了一副慈悲的口吻:“我永远不会忘记我母亲死时的情形。她是一位受人尊敬的军医,是院长的情妇,遭到敌人病毒的攻击,快要死去。我作为儿子和医生,也无办法。我只能坐在她的病床边,尽可能陪伴她。我们聊一些陈谷子烂账往事。但我们的人生经历差别太大,话题的交集又少,很快就无话可说,尴尬地四目相对。那时我想,我要能给母亲念一本小说该多好啊。我可以给她读托尔斯泰的《战争与和平》、温达杰的《英国病人》、福克纳的《我弥留之际》。但在她的时代,医学院不搞文学训练,她就算听,也无法理解小说的深刻思想和精美表达,她跟文学隔着十万八千里。她知道如何打仗和偷情,却不懂得文字后面究竟蕴藏着什么。你明白我的意思吗? 这便是上一代人的遗恨。只有艺术能对付比我母亲的病痛更痛的痛。可惜，直到女人死后，人们还不明白这个道理。”

杨伟似乎懂了，万古教授为什么要在船上开设文学课，要把医院船变成一个故事。或许造物主就是按照一部小说来设计世界的。科学研究什么的，到最后都会变成探寻艺术真谛。不过他更不理解了。而他的痛楚也如那位母亲一样，没有得到缓解。这本是他来找万古教授的原因。

万古教授不满地说："如今的医生丧失了艺术鉴赏力，他们不再具备超越现实的神韵，怎能与恶魔敌人作战呢？怎能实施报复性打击呢？他们就像我母亲一样坐以待毙。以前，医院跟军队一样，是最有艺术气质的单位，小说诗歌把人炼成神。但不知从何时起，医生变得不像艺术家，也不像神，而像小商小贩了。都跑到甲板下面开影子医院了。这太不像话。手术前既不读书，也不喝酒，怎能一鼓作气给病人开膛呢？连病人的膛都不敢开，又如何打败敌人呢？司命便乘虚而入了。”

万古教授以尊敬而仰思的口吻提到早年的著名将士，他们的杰出代表是鲁迅、郭沫若、韩素音、余华、池莉、冯唐、契诃夫、柯南道尔、福楼拜、马尔克斯、川端康成、安部公房、加藤周一和渡边纯一，皆是优秀军医，或优秀军医的直系后代，同时是出类拔萃的文艺青年。那时他们敢拿解剖刀剜出人心。他们都是一手喝酒，一手剜心。然后就开着直升机狂奔暴走，与敌人作战，毫不犹豫。

万古教授说："一度死人很多，那是军事医学科学或军事医学艺术的鼎盛时代，见证了我军医院与敌军医院的生死对决。盟军策划了好几场战役，几乎驱退了强敌。一场是在欧洲，用生物砖砌出一种全新生命体，侵入敌人在海底的遗传路由器，破坏他们的生物编辑机。另一场是在北极,用细胞手机向大气层撒布受体拐杖,回收氨基酸,促使敌人的免疫系统崩溃。但现在不行了,堕落了,颓败了,衰竭了。连直升机也无人敢开,不得不由只剩下一颗脑袋的我亲自驾驶。就这样,船上还有人追杀我。这为敌人发动偷袭创造了条件。”

万古教授烦躁起来。他要求杨伟赶快把酒喝掉。他令机械手举起一支氰化钾注射器,对准杨伟,看到病人被吓住,哈哈一笑,又转过来将针头冲着自己的咽喉。他说:“如果战败,就成仁吧。”但机械手很快又把注射器放下了。它转而操纵一支笔,在一叠纸上书写。万古教授说,这是在根据他的口述,重写《医院工程学原理》,建立新理论体系,超越西塞罗、阿奎那、甘地和李光耀的思想。都知道流行一时的《医院工程学原理》是一本伪书。

直升机低空掠过,几乎与医院船的火葬场撞上。杨伟看见痞唑瞪大眼睛,举头上望,仿佛在找自己的灵魂。他终于体会到了万古教授建立火葬场的良苦用心。懔厉之下,他咬紧酒杯。他想万古教授说得不对,他在驱魔大会现场看到,医生明明在喝酒。他想喝快些,但就是快不了,只能分多口徐徐咽下。腹中发出陶瓷破碎般的轰鸣。疼痛没有消除,反而加剧了。

杨伟悲伤地想,自己在万古教授面前表现拙劣,一定给他留下了不好印象。万古教授大概觉得他不像艺术家吧,虽然,他以前也写过歌词。说不定万古教授正是因为这个才把他召唤来的,因为医生都不行了,也不能让司命去写诗。他竭力维持住笑容,装出爱美酒爱医学爱艺术爱战争的样子。这时看到,浸在酒中的一堆色彩翻腾起星系般的碎屑,凝成红十字……他暗暗对自己说,这不是幻觉。

酒的品牌是威士忌，虽不是苏格兰原产，却利用生物技术合成得原汁原味，是战时稀缺物资。杨伟这一辈子吃药太多，可是有几时能喝到美酒呢？如能天天陪万古教授一醉方休，那才好呢，他就敢跟敌人打仗了，而不仅仅做一个医疗观光者，这样才不受神奇病人的欺负。是的，人生的确痛苦不堪，但也就是一杯酒的事吧。杨伟感恩地仰望万古教授。就这一杯酒，他与万古教授拉近了距离。他有很多心里话想向万古教授说。他要向万古教授汇报病房的真实情况，讲述医生的堕落，告诉万古教授算法正在杀人。他还想问万古教授更多问题……

万古教授认认真真看着杨伟把酒喝完，就像现场手工完成了一件艺术品制作。他说："病人，谢谢你。很久无人陪我畅饮了。"又道："你愿意做一只蜜蜂或蚂蚁，或一粒沙子、一滴水吗？"

杨伟满脸通红地小声说："我、愿、意。"

万古教授的大脑如同陀螺飞旋数圈，抛出几声大笑。然后他口述直升机的操纵方法，将之传授给杨伟。杨伟很快学会了飞行。但他醉倒在了天空中。他为自己酒量太小而羞惭。万古教授却毫无醉意，酒水和食物都通过连接在嘴上的塑料管，流入一个铝桶。那里有一个电子激发装置，制造出喝酒和进食的快感，通过管线回馈到他的神经系统。杨伟想到自己被万古教授选中，学会了喝酒及驾驶直升机，又感动起来。

11. 天教分付点酥娘

把直升机开回甲板，杨伟累瘫倒了。他痛得快要炸裂。他又吃了一颗芬太尼，休息一会儿，才挣扎爬出机舱，颠颠仆仆，无目标乱走，脑海里满是万古教授的大脑，在回转盘绕。他才感到后悔，怎么没有当面向万古教授询问他的身世来历病情呢？但又想，万古教授其实也作出了暗示。既然是战争，那么杨伟的本来面目，就该是战士，并且很可能是一名与鲁迅、冯唐和川端康成同样优秀的战士。

过了一会儿，一张脸庞出现在建筑物后面，朝杨伟窥视。哦，是那个引他去见万古教授的女人。她有一副娇好的身材，这时已换下白色护士服，穿上一件略微过膝的米黄色风衣，一双长腿裹着黑丝袜，亭亭玉立直插在褐色高筒靴里，胸前还挂上了一件迷彩防弹背心，而那个医药箱仍然挎着。她像是从《狸猩龙美丽记》中走出来的女人。如果与照片上穿军服的万古教授站在一起，倒是般配。却不知为什么，她又点染着一层金属气质，就像那架给万古教授喂食的机器。

杨伟正怀疑，她是不是敌人病毒制造的又一个幻觉，女人却将男人一把拽过来，拉到她胸前。杨伟颤声道："我刚才见到了万古教授……是要回去开驱魔大会吗？我走不动了。"

女人执杨伟手，沿甲板走去。场景瞬时转变。杨伟觉得像是回到了从前的时光。鸟笼还在，虚位以待。它的艺术性只是被持久的战争磨损得有些黯淡，却没有消失。杨伟担心女人会嘲笑他。但她似乎并没有打算这样做。杨伟真走不动了，就面冲红色大海，在船舷坐下，像刚从死尸遍野的战场爬出来。女人见状也陪坐在他身边，形成男女幽独相处的局面。而在他们的正前方，西林大夫正倚着船舷痴痴瞭望海平线。

杨伟虚弱地找话说："你叫什么名字？"他想，女人便是来援救他的战地护士吗。

她随口道:“紫液。”她嘴里喷出迷叶香气,冲淡了弥漫在周围的福尔马林味儿。

杨伟重复:“子夜?”他想到了半夜三更在通往火葬场的天梯上看到的满天星光。

她说:“不噢。紫色的紫,液体的液。这个世界上的玩意儿并不都是红色的,也不尽皆长夜难明赤县天。”

他才问:“到底要我干什么?”他又定睛看了看她,觉得她饱满的躯体中沸涨着熔化的铜质蜜汁。

她的声音缺乏韵律和色彩,就好像事先调制好的:“万古教授没有告诉你吗?”

杨伟答:“……他叫我做一滴水、一粒沙、一只蜜蜂、一个蚂蚁。”他对自己的未来仍无把握。

她如风敲翠竹一般说,似不忍吓坏男人:“根据万古教授的指示,我今后就是你的联系人。”

杨伟心潮涌动:“是吗,联系人……”他又看看女人,她跳跃的嘴唇布满健康的湿润,却像是刻蚀出来的。

紫液说:“万古教授要躲避敌人和自己人的暗算,不可能总在一线露面。而且他的身体的确不太方便。”

景色一如往昔。从表面上看,医院船按部就班。没去开会的医生们忙着倒卖药物和医疗器材。小商小贩热火朝天吆喝。病人们躺在流水线上来来往往。机器人在病房间跑来跑去。火葬场依旧明灼光耀。西林大夫仍然塑像般把脊背冲着船桥。杨伟觉得,这一切不会持久了。

杨伟问:“你是护士吗?”

紫液说:“在这里,大家都是战士。”

杨伟说:“哦,我懂。病人即军人。”

女人说:“手术刀,既杀人也活人。”

杨伟说:“我看到了。”

女人说:“有人记得自己是战士,有人忘记了。因此要唤醒大家的记忆。”

杨伟想到病房的战争游戏,点了点头。他说:“可这船上分明全是男人。”

女人说:“因为这仗打得太凶了。”

杨伟说:“是战争让女人走开吗?”

紫液说:“不,在上一场战役中,女人被灭绝了。敌人设计了一种基因代码武器,专门攻击 X 染色体。”紫液不带感情色彩地讲述,没有一丝一毫自恋或自责。这可不是心怀闺怨的人物。

杨伟想到了万古教授的母亲。一股蔓藤般的痛痹缠住他,又伴有屠杀引发的快感,就像生物本能受到激发。他回想自己以前碰过的女性,包括妻子、女儿。那似是很久前的事了。他才有些想念她们。但她们或许根本没有存在过,而只是一段人工设计的病案。也有可能她们早被敌人打死了。但他现在竟对她们生出怀想。这情愫虽不知真假,却明晰可辨萦挂于心。

紫液用富有理性的语气解释:“敌人以为,灭了女人,就能灭了我们民族。他们把民族视作历史潮流中的最大单位……这是企图从根子上撕开盟军的防线哟。女人,呃,也就是我们,便这样一夜间从世界上消失了,死得没有一星半点价值。但好歹也是死于疾病,经过尸体解剖,至少提供了宝贵的病案,可以帮助幸存的男人继续把战争打下去。如此一来,我们都成了烈士。"

杨伟做贼心虚般说:"为什么不是男人呢?"他仍然很难认同自己是战士,虽然他杀过人。

紫液简洁明快回答了这个问题:"杨老师,道理很简单,女人是比男人更有智商也更有情商的生物。男人酗酒,刚届中年,大脑的神经底盘就被酒精整个搞坏了,千疮百孔,却还自以为是,傲慢狂妄,要亲手指挥战争。这就是这仗越打越糟的原因。未来属于女人。敌人最怕这个。他们决定先灭了韩世忠身边的梁红玉。没有了女人的支持和照顾,男人就彻底歇菜啦。他们一天不哼唱母亲之歌就活不下去。"

杨伟不知道韩世忠和梁红玉。他见鬼般瞅着女人:"那,你是怎么回事?"他觉得万古教授的形象有些崩溃。

女人轻描淡写说:"只有万古教授认识到了这里的要紧。他喝酒就是为了亲身试验这层痛苦,来发现战争中的问题。我是他按照一名女烈的模版,在计算机上编辑而成的,打印出来做你的联系人。杨老师,你好有福气哟。"

她伸手在杨伟的肩膀上拍拍。杨伟被女人这一掌击得龇牙咧嘴,却不敢喊痛。"荣幸,荣幸……我又是什么情况呢?"他想,难道他就那么需要女人?未必他从前是个登徒子?为什么不找痉哌?哪儿搞错了吧。不过将错就错也是一种选择。他竟有了一点儿心花怒放。

紫液说:"杨老师,你的大脑被毒株攻击,快傻掉了,多亏万古教授收治你,进行了战场紧急处置。"

杨伟说:“使用了叙事代入治疗技术?”

紫液说:“那只是诸多新疗法的一种。”

杨伟说:“为什么不征得我的同意,就决定割除我的痛苦,还连同抹去了我原来的人生?”

女人不太乐意地说:“这是战争,人人要付出牺牲。你怎么老想着自己那点儿小痛苦?这是民族的大痛苦,也是太阳系银河系宇宙的大痛苦!另外,确切来讲,杨老师,并没有属于你的人生,你只拥有有病的人生。在医院,一切归结为治疗问题。只有尽快康复,才能重上战场。”她抬手勒了勒芳心千重似束的防弹衣,大红石榴一样的胸脯爆挤出来。

杨伟如坠梦幻。不是没有枪弹了吗?怎么会穿防弹衣?他不敢直视女人,便再看鸟笼,见它已不是鸟笼。原来,鸟笼真的可以不关鸟,就像医院其实是一座军营,住的是战士而不是病人。所以根本没有多愁善感的空间。但他想到,即便经过治疗,疼痛亦未能解除。万古教授知道这个吗?就算有一天疼痛真被消灭了,但疾病不是还在吗?这又意味什么呢?如有机会,还是要向万古教授当面请教。甚至,他可以要求再做一次叙事代入治疗,让他返回那个连宇宙都是医院的药时代,让他与名叫浆姐、阿泌、白黛和朱淋的女性重逢,而不是晕头转向在这个似是而非的战场上奇怪活着。但只怕万古教授也记不清了,他的确是酒喝多了。

杨伟装疯卖傻又问:“但为什么是我?”

紫液说:“咦,万古教授没跟你交流过吗?因为你不是普通病人。你是这船上唯一会写歌词的人。病众写的诗,已经不能称为诗了。而医生也不会写了。”

杨伟的猜想得到了证实，心忖果然啊。他听女人又说："你听说过文艺复兴吗？文艺复兴后才有了现代医学。我们没有经历过文艺复兴，因此打着打着就没了后劲，战争机器开不动了。这一课必须补上。文艺复兴才最血腥肮脏，跟医院一样。我们还不够格啊。说到底，是历史选择了你，就如同历史选择了万古教授，也选择了小女子我。面对历史我们无话可说。"

杨伟说："历史……"他感到仿佛被大海的全部水体扣在万米之下，就像被压入五行山底部，岂是喘不过气那么简单。但他不是那只猴子。他的痛非由紧箍咒造成。他看着女人，想到一句名言：男人创造历史，女人就是历史。

女人平铺直叙，像一台手术机器："是的，历史。它十分有趣，也特别搞怪。本来，医学是一个非常落后的科学，总在别人后面亦步亦趋。比方说，先有了伦琴射线，后才有 X 光；先有了计算机，后才有合成片子；制药厂研发出了新药，医生才获得全新治疗手段……这些都是无可辩驳的历史。临床医生事实上受制于很多行业，他自己根本没有多少办法。但到了今天呢，医学居然成了这颗星球上最牛气冲天的科学，主宰一切号令一切，是其他学科和行业的先导，甚至是战争的发动机。这能维持多长时间呢？也许不久之后就会反转过来，历史还要再来一回颠倒。因为历史的本性就是颠三倒四。历史对药物产生了免疫力，它要犯浑你根本没奈何。但你不得不承认眼下的这段历史就是活生生的现实。你看到什么，什么就成了真，什么就成了扯淡的历史。历史可以在名义上被终结，但它还会找到替身来续命。喏，就像我一样。"

杨伟嗫嚅："我曾经看到这样的座右铭：了解过去，开创未来，历史进退,匹夫有责。”

紫液道:“嗬嗬。在医院,我们常说,历史进退两难,匹夫命悬一线。”

杨伟问:“万古教授找我,就是要我做一滴水、一粒沙、一只蜜蜂、一个蚂蚁吗?我对打赢战争,能做什么贡献呢?”

紫液不假思索道:“你既然是经过叙事代入治疗的新人,当然不是只开开直升机、陪他喝喝酒了。”女人像是隔开一段距离观察病理切片一样,瞪大一双雌猴般的火眼金睛凝视杨伟。

12. 纵使相逢应不识

杨伟有一种从冬眠中醒来似的瓦解感,仿佛全身在糜烂。他咬紧牙关,坚持不喊。他不能让女人知道他痛。这不仅仅是面子问题。她要意识到治疗失败了,或许会报告万古教授,建议把他废掉,重新换一个人。医院必定在他身上下足了血本。这么一想他就满怀负疚,又起念自杀。他复思虑,怎么会是她?为什么要为他合成这么一个女人,而不是别人,也不是男人,来做联系人?也是历史的选择吗?他从来没想过自己会跟历史发生如此不堪言说的关系。果然是因为战争啊,源于暴戾的文艺复兴和医学进步。

紫液掏出一本漫画书来看。是宫崎骏的《起风了》。大概是从万古教授那儿借来的吧。杨伟凑过去看了一眼,见是有关二战的描述。看来战争真的发生过或在进行中。书中讲,为了缓解主人公来源不明的疼痛,医师对他进行了叙事代入治疗。在非痛世界,他成了一名热爱飞行的青年。他的梦想就是设计一种超级战斗机,以改变战局。他从大学航空专业毕业后，正赶上二战进入胶着状态，他就报名加入了航空兵部队，当了一名机械师。在女朋友的支持下，他真的研制出了一型先进战斗机，取名为“空”。

漫画中异性恋人的出场令杨伟感到不适。他听紫液说：“就是这种战斗机被用于播撒精确制导病毒，阻止了盟军对东京城的总攻。但它不是简单播撒，而是由飞行员驾驶‘空’，冲向敌人，同归于尽。病毒必须与牺牲者的血肉之躯合二为一，才能发挥作用。后来机械师也亲自做了这事。”

杨伟叹道：“没想到是这样子。”

紫液平静地说：“于是战争持续到了一九七六年。”

杨伟嘟噜：“所以，才有了我们……”

他意识到，女人充当联系人的使命，似乎便是负责补充万古教授没有说到的细节，把那些被酒精蚀掉的记忆恢复过来。但杨伟不明白，难道是由非痛世界的年轻人发明的技术，最终创造出了今天的疼痛世界吗？宫崎骏又扮演了什么角色？那也是一位艺术家啊。他对自己到底置身于哪个世界，愈发惘惑。他怔怔看着画页上的青年，兀然间觉得有些熟悉。为什么敌人阵营也有一男一女、也有叙事代入治疗？这是偶然的巧合，还是精心的安排？现在他置身的这场二战，会不会又是一个人工病案呢？

他迟疑道：“这只是漫画。有很多硬伤。我不敢信。仅靠一两种新式武器，怎么可以改变战争进程和历史结局呢？盟国如此强大，都能登上火星，为何还研制不出疫苗？为什么只派一艘幽灵医院船孤守前沿？为什么是二战，而不是一战，也不是三战、四战或五战？这些战争是不是也发生过？敌人究竟在哪里？我记得‘海那边’只是一个传说,谁也去不了。所以这一切不是真的。”

面对杨伟的质问,紫液没有流露出不悦,只是耐心地说:“杨老师,不是我说你哟,你这人其实比较虚伪,为什么不当着万古教授的面讲出来呢?你的怀疑,只敢对小女子我说。这显出你的稚嫩和懦弱。教授找我当你的联系人,就是怕你动摇,因此必须有人陪你,随时打消你的顾虑。”

杨伟发自肺腑道:“那就请你好好帮助我吧!”

紫液坦诚地说:“我不正在帮你吗?告诉你吧,现实比漫画更不可理喻。杨老师啊,你怎知不是真的呢?而且现在是一九七六年。你身处这个时代,什么也看不清,这就是‘不识庐山真面目,只缘身在此山中’。如果退后三十年,到二〇〇六年再来看,或者退后六十年,到二〇三六年再来看;甚至退后九十年,到二〇六六年再来看,一切洞若观火,就跟看漫画一样,根本不是老师你一贯想象的哟。”女人的样子像是有些恨铁不成钢。

杨伟悲嗟:“我无法退后三十年,或者六十年,或者九十年。”

他想,自己也许在一九七六年就会死去。至少他个人的历史便告终结了。战争中没出现他料想的时间机器和时间旅行。其实那可以是一种更有效的治疗手段,能用来替换叙事代入。只是医院大概还未能试验成功。他亲眼见到光阴诊治机停车了。

女人执著地继续开导:“第二次世界大战的确正在热热闹闹进行着。它实际上就是一战,也是三战、四战、五战……是无限时空中战争集合的具象表达。战争才是永恒的。你看到的每一起死亡都毫无争议是战争造成的,没有一桩不是真实的。每个人都感受到了由神经系统传导来的切肤疼痛。否则怎么会有医院?你不是也嗷嗷叫唤了吗？难道这也是装的吗，咹？”

杨伟被说得又痛了，但还是忍住没叫。随后紫液带杨伟去看太平间。船的整个负三层甲板下面的空间改造成了太平间，名为“宝塔山”，也就是具体派艺术家曾经的大本营。这里重重叠叠塞满死人。他们是早期的战士，都成了白骨，但还穿着破烂军衣，更显精神抖擞。他们没有被投入大海，也未被送进火葬场。那时似乎医疗机器人和丧葬艺术家尚未粉墨登场，医院船被另一种古典文明主导，流行另一番艺术风潮。这些尸骨保存至今，无人处理。船成了一座流动的烈士公墓。杨伟想，这里面不知是否躺着紫液的模版。他又想到自己曾到水底的船棺中寻找另一个杨伟。

紫液像幼儿园老师教育小孩似的对男人说：“在战争的紧要阶段，许多人以为英国不会脱欧，在战场上把自己孤立起来，但这发生了；大批人打赌说特朗普当不了美国总统，但他成功了，并在宣誓就职后立即下令从太平洋战略联盟退出，给盟军造成严重损失。这些都是不久前的黑天鹅事件。所以我们对自己的判断要打上一个大问号。即便算法也没法预测对。这也是战争造成的悖论。现在可以说进入了悖论时代吧。这是一种非线性叠加。比如说，仗打到现在，无所谓生死了。像死和生一样，国家可能既是无，也是有。物质既可以存在于一处，又能够同时存在于另一处。这是一个混搭的宇宙。”

杨伟记起，痃嗪说过，有一种神秘力量，可以让人既生也死。他叹了口气。

紫液说：“所以我们没办法预言接下来会发生什么。这就跟玩骰子一样。不，连那也不一样了，五十对五十的大概率也变了。很奇怪吧,没法解释。因此要习惯,而不是理解。要在互不理解中共存。杨老师,这就是你我间的关系呀。难道还不是漫画吗?老师你千万不要幼稚哟。漫画是给成年人看的。你快些长大吧。"

杨伟害臊而窃盼地抖抖头顶的白发:"我已经老了。"

他心忖,难怪瘘吡说医院是一所大学,因为人类千万年积累的知识经验失效了。但怎么也学不好。不是他脑子坏了,而是世界太杂厝迷逆。所谓的叠加也便是分裂吧。痃嗪说得对,他的病就是分裂。利用生物工程组装出来的女人,才是当今船上能够认清形势的少数人之一。他可不要拂她意。她讲得一定没错。说起这个世界,的确比漫画有更多硬伤,但世界也成立了,成千上万人活在其中,吃吃喝喝,病病歪歪,生生死死,被历史的洪水一会儿冲到这里一会儿冲到那里。其中有一种超然逻辑。但无法理解并不等于逻辑不成立,因为宇宙也是无法理解的。

杨伟便说:"我懂了。只除了一样事。"他又去看漫画的男主人公。"空"的设计者长得竟似杨伟本人。唯一的差别是,对方青春勃发。"他究竟是谁?"他忐忑地问。

她用"连这也不知道吗"的神情看他:"不就是宫崎骏画笔下的人物嘛。"

他想这便是"纵使相逢应不识"吧。"有原型吗?"他尝试追问了一下。

紫液说:"唷,仗打到现在,角色错乱了。万古教授不是给你讲明了吗。"

杨伟道:"但是……"他还想多余地争辩一句什么,却不知道该怎样讲。

女人慷慨陈词，又像是安慰他："不管存在多少种状态，但作为礼物奉送给老师你的，只有一个现实。你只是目前的你，而不是任何别的人。由于非常复杂的原因，你被确定在了这儿。我也不得不如此。那么，只要有一线可能，就请抓住当下吧，从此刻开始翻盘。"这番话仿佛展现了女人敢于担当的大无畏精神。

杨伟却想，为什么不能简单一些呢？战争跟疼痛一样，大概也是一种表面现象，它的后面必定还藏有一个畸异之物，与海妖的歌声如出一辙。想到这里，杨伟很希望伏在女人肩头大哭一场，却又觉得这样做十分愚蠢。

他道："盟军为什么不再创造一个叙事代入，来替换现在这个惨痛的今日世界呢？"他不敢说，这乃是因为万古教授为他设计的叙事代入治疗失败了。

女人说："别异想天开了。再捣鼓出一个世界，它最后也会因为角色错乱而不堪忍耐。再说此刻的经历给人的感受已经足够真实。它使得逃往他乡全无意义。即便是叙事代入世界，无论有多少，也要在每一个里面打赢，才能积小胜为大胜、积局部胜利为全面胜利。那还不如就在一个世界里打好了。"她攥了攥拳头，显得英姿勃发。

杨伟见女人这样，就决定不再去想已经或正在发生的这些伤脑筋事情了，他问："到底应该怎么办呢？"

女人斩钉截铁道："把中断的工作重新做起来！既然援军一时半会来不了，就得靠我们自己啰。作为战争的关键人物，老师你不要成天纵情山水消磨意志啦。希望就寄托在你身上。过去的就让它过去吧。要多看看漫画。创世也好，救世也好，灵感都是从这里面来的呢。"

但杨伟仍然缺乏信心:“什么是中断的工作呢?”

紫液郑重其事说:“根据万古教授的指示,必须找到神奇病人。”

杨伟哑然失笑:“是说神奇病人哪。”

他眼前冒出一个挺着大肚子蹒跚而行、手中比画马刀、嘴里哼唱诗句、成天想着打仗的老头儿。他觉得紫液描述的这个世界更加可疑,但他只能接受。

13. 事皆前定,谁弱又谁强

紫液告诉杨伟,根据战略模型预测,船上的大量病人中,将产生一个神奇病人。他是最强大的。有了他的加入,医院船就能研制出反制型超级病毒,称作“上帝病毒”,成为敌人的魔鬼病毒的克星。

她说:“那是一种世界末日型的神级武器,盟军借此便能冲破疾病之海的重围,把海妖打入十八层地狱。最不济,也可以做到与敌人同归于尽。说到医院船,它搁在这地界,就是干此事的呀。”

杨伟心想,看来真是什么都靠不住,医生和司命都败下阵来了,大战临头,只得让病人赤膊上场。他便问神奇病人究竟是谁。他不希望这人与头脑中的那个对象画上等号。

女人像是一边回忆一边说:“呃,他是病人中的病人,就待在这艘船上。据推测,他的大脑十分特别,前额叶皮层与普通人之间的区别之大,超乎想象。其结构复杂,犹如迷宫,左半球运动皮层内下部有一个异常区域,该部位通常负责处理从面部和喉舌传来的信息,但在他这儿却不仅仅用于处理信息。其运动皮层面部区域扩张成一个矩形,产生了全新功能。这种病况在医学史上从未出现过。这一点倒跟你相似。他对世界的见解是图像和感觉的结合。在他那里,思想的基础不仅要看,也要摸。从医学上讲,这是一颗特殊病理的大脑,一万年产生一个。我们要利用他的病情来达到战略目的。这是希波克拉底给予反法西斯阵线的恩赐。此事早早就这么定了,可不是临时拍脑门想出来的。总之,神奇病人将施出战场的胜负手。"

听女人这么说,杨伟又有些泄气,他还以为,起一锤定音作用的人应该是他呢。才知道他只是一个引子。他感觉到了自己与女人间的距离,不禁悒郁。

他就问:"这位了不起的病人住在哪个病房呢?"

紫液说:"我们也不是很清楚。所以要请别的病人来帮忙找到他。"

杨伟说:"然后从他的身上提炼出打败敌人魔鬼病毒的上帝病毒?"

紫液说:"老师你不要不信。新病毒的出现将推翻旧生命的概念。医生最爱说的是敬畏生命,一旦生命重新定义了,敬畏个屁呀。我们就能以冷酷之心对付敌人了,也就是说比敌人更丧心病狂,从而形成攻守易势强弱转换的格局。上帝病毒的后面是一个极其简单的方程式,它的长度不到三厘米,却能解开宇宙秘密,换言之,能够读懂造物主之心。它就藏在神奇病人的身上,能让敌人的魔鬼病毒下地狱。因此只要拥有了神奇病人,哪怕仅剩下一艘医院船,也足以击败数量上比我们多千万倍的强敌。"

杨伟问:"怎样才能找到神奇病人呢?"他怀着诡异心情想象那

个不到三厘米的公式。

紫液说:“这就要看老师你的本事了。”

杨伟道:“我倒知道有个家伙被称作神奇病人。”

紫液说:“他本名叫爱因斯坦。老师你可要铭记在心哟。”

杨伟嘀咕:“爱因斯坦……”他努力回忆,却想不起病友们曾提到这个名字。他脑海中又浮出了一个幽灵影子。在他记得的历史里,第一颗原子弹在一九四五年爆炸,从这时开始,人类不仅拥有了改变历史进程的能力,更获得了终结历史进程的能力。但他要说出来,女人该笑话了。船上所有人都不知道这种武器。也许他记得的历史是假的。不过聊以自慰的是,人类现在掌握了另外的终结历史进程的能力。

女人笃定无疑说:“只有老师你能搞定他呀。”

想到刚回病房时赤身裸体被水龙冲洗的一幕,杨伟又如惊弓之鸟:“怎么才能搞定他,而不是被他搞定?”

女人解释:“神奇病人的产生,需要海量病案的积累。也就是说,涌现出那个天才大脑的前提,是船上要有比现在多得多的普通病人。他们作为人类并没有太大价值,却要为神奇病人的产生做铺垫。大概这才是创造医院的目的吧。神奇病人的大脑是复杂系统在混沌场中运行的产物,却具有更高层级的规律性。然而现在病人正在算法的安排下大量死亡,因此神奇病人就有可能消失。战略模型判断数量还远远不够。我不能确定你说的那人是否真是神奇病人。但万古教授相信,只有你能设法避免死更多人,从而把神奇病人保住。”

杨伟苦笑:“我能避免死更多人……”他连自己明天是否还会

活着都不知道。但他不敢顶嘴。他绝对不能说，万古教授酒喝多了，可能看错了人。

女人有些犯难而解嘲道："说到这儿，后面似乎就是一个数学问题。没办法，绕了个大圈子，又回到了算法。哎，任务的复杂艰巨便在于此。人类的科学认识毕竟来源于实证观察和数学整理。但是战争引起的叙事代入使得实证观察变得困难，主观体验占了上风。更严重的是，还爆发了第四次数学危机。大量悖论滔滔涌现。实际上，数学最早是敌人发明的。在敌人那里，一加一也等于二。但后来起了变化。侦察发现，在研发新型病毒方面，敌人的制药企业凭靠的是一套完全陌生的数学模型。他们搞出了数学的新标准。一加一不再等于二。我们说药战争，实际上是标准之战。所以我们防不住敌人造出的魔鬼病毒。司命也就被攻破了——算法是按照我们从敌人那里学来的传统数学模型建立的。我们内部也乱套了，一加一也不等于二了。所有人知道数学不起作用了，于是都在造假。从病人到医生，全在编谎话。本来要三年才能研制成功的新药，要求必须在一年的最后一周做出来。不造假怎么办呢？到处都是变来变去的数字。为什么如此荒唐而又如此正常？除了战争，还有一个原因，就是数学这种东西可能并不存在。它是一个臆想出来的概念。世界很可能建立在另一套不同于数学的法则上，我们对它一无所知。嘘，这事我只悄悄告诉你。"

杨伟忽觉万物下一秒钟就要在眼前消失得一干二净，女人将永远离他而去。他痛得说不出话来。那么，寻找爱因斯坦和他的数学公式又有什么意义呢？

紫液玩世不恭道："知道中医吧？李时珍、华佗、扁鹊、孙思邈、张仲景,听说过这些名字吗?在传说的文明中,中医成立了,却不是构筑在代数和几何模型上的,而用了一套天杀的阴阳八卦理论。它与我们赖以为基石的现代医学原理是冲突的,却据说救活了天文数字的病人。像你的疼痛,从前用针灸就能止住,搞什么叙事代入呀。但针灸是什么?我们不知道。这暗示了一个十分可怕的现象。但无人看得到这后面的名堂。中医失传了。一个世界消失了。”

中医命题让杨伟委困。之前他也问过这个,却戛然而止。它就像一朵悬浮在世界上方的乌云。是神还是魔呢?他问:“你到底想说什么呢?”

紫液苍白地笑笑:“没有办法。在找不到世界真相之前,目前我们只好暂时还拿数学做挡箭牌,装作它是存在的。因为我们发明不了比这更唬人的东西。我们航的这个海,至少在形式上,源于人造的数字生物。因此,哪怕能维持住假象,我们就不会立即消失。不能让病人觉得现代医学终结了。那样的话历史就会真的终结。不要让病人丧失自信,不要让他们觉得不掌握真理。这就是为什么要找到爱因斯坦。当然了,这也是痛苦的起因,所以活着比死了更难。像我这样,死了又活,难上加难。哎,杨老师,接下来全靠你啦。”

女人说得轻描淡写而力重千钧,杨伟听了伤心。他只是一个歌词作者。他上中学时考数学从来没有及格。他只想简简单单、波澜不惊地过完这一生,却不曾想到会被抛入如此翻天覆地的阵仗。他的确宁愿死了。但他现在要以紫液为榜样活下来。他不能在女人面前小丑般死掉。她比他还难,却活第二遍了。

紫液嘱告:“病人什么也不懂,只知道胡搅蛮缠。疼痛和贫困使他们铤而走险。但他们是我们不得不依靠的基础力量。因此你得向他们解释清楚疾病的数学原理。在病人中,只有爱因斯坦是一位数学天才。我们要用数学诱饵把这条鱼钓出来。老师你明白吗?"

杨伟虽然很不明白,也只好点点头。他想,毕竟不能用失传的中医去对付敌人,核武器和时间机器在这个世界上也都是望洋兴叹。

紫液忽然说:"你饿了吗?"她像是觉得话说到这里就足够了,再重复便多余。她死灭的脸蛋上终于闪射过流星般焜煌的暗黑笑容,甚至使她有了女人味。她伸手摸摸杨伟肚皮,做出诧愕的表情:"哦,大概真是饿了。先吃点东西吧,细节待会儿再议。要向万古教授学习哦。刚开始我也像你一样想不通,后来无所谓啦。只要在医院,就都是这样。发愁、悲愤、埋怨和咒骂,除了伤身体,什么用也没有。你看,趁还活着,首先要解决吃喝。在这身制服下面,我其实是个吃货呢。"她的神色更加生动自如,令杨伟不敢直视。

杨伟酸酸道:"你的兴趣爱好,与万古教授倒是一致。"他想,万古教授不否定食堂,不认为这构成威胁。跟那些迂腐而平庸的医生相比,思路和境界有根本的不同。他的肚子也一阵叽咕。

女人缅怀地说:"万古教授原本是有身体的,但在一次医学实验事故中炸毁了。他残存的神经中枢念念不忘吃喝之乐。这也是保留他大脑的主要原因。"

杨伟只好说:"万古教授命大。医生是不死的。"

紫液说:"是吃喝让他感觉到自己还活着。否则,怎么做医院船的灵魂呢?他也在痛苦中努力活下去呀,而不是像你一样老是想随便死掉。他要亲眼见到神奇病人。加缪说过,重要的不是治愈,而是带着病痛活下去。你知道加缪吗?"

杨伟说:“不知道。但我记得一句格言:痛苦是人类的属性,它能证明你还活着。这是加缪讲的吗?”

紫液说:“这是一位女战友的话,她已经阵亡了。加缪像陀思妥耶夫斯基一样,也是优秀病人的代表,是万古教授的治疗对象,同时是教授的好朋友。他在那起实验室爆炸案中彻底炸成了碎片,万古教授则失去身体,所幸大脑保存了下来。万古教授作为一名军医,曾经每天坚持负重五公里越野。但他到了这时就不能跑了。只剩一颗脑袋怎么跑呢?所以只好用来吃东西。这起卑鄙无耻的爆炸事件,跟敌人没有任何关系,而是我们内部人干的,也就是万古教授的反对派的丑行。攫取院长职位的战争,比起二战来,还要惊心动魄残酷无情啊。医院从来就是争权夺利的最佳场地。人人对生死见惯不惊,谁没解剖过尸体嘛,又是暴力人格,动起手来百无禁忌,都往死里整。那帮家伙嫉妒万古教授在医学事业上取得的辉煌成就。魔鬼就在我们周围人群中呢。那一张张熟视无睹的愚昧脸蛋,才最可怕哟。”说到这里,紫液眼圈红了,“噢,弄明白加缪用牺牲换来的道理很容易,做起来可是难度极大哟。”

杨伟没想到,人工合成女人也会伤心。他吃惊而感动,不禁多看了她一眼。这是源出设计还是后天演化的呢?他感到紫液是有七情六欲的,比他以前见过的女人真实。这是在医院船上,他第一个比较想要去真正亲近的人,但他又害怕跟她待在一起。

14. 未满三朝已食牛

女人伸出如花似玉的舌头舔舔嘴角,像给男人以暗示,又牵他手前行。她还真是带他去吃东西的。不是智能,也不是情感,而是吃喝,把人和算法区分开来。他们爬至火葬场,在食堂大吃一通,像是出征前的犒劳。杨伟饿坏了。万古教授除了灌他酒,没有给他吃任何东西。平时在病房也吃不饱。现在,在女人鼓励下,他狼吞虎咽,才像是暂时忘了烦恼。

饱食后,眼前又出现焚尸炉中焦黑绚丽的人体。他不禁想问女人有关神奇病人的细节。他觉得爱因斯坦跟那个养猪老头儿对不上号。但看到她香喷喷大口吃东西的样子,担心被她视作不懂事,他就不吱声了。

这时许多医生和病人拥了进来。食堂中响起蝗虫过境般的咀嚼声。杨伟看到痦唑在人群中逡巡,好像检阅世界末日前的美景。他又想找痦唑玩耍,去看精焰鬼。但紫液忽然把一只大虾从杨伟嘴边夺走,掷于地上,警觉地说:"咱们走吧,不在这里吃了。这些病人,痛得厉害,却根本不操心自己的病情,他们只做出一副吃完后就想被烧掉的样子。他们中可能混入了敌人的间谍……"

他们就离开食堂,到别的地方接着吃。紫液带杨伟去了一些豪华食府,让他增长见识。都是医生们私下经营的,供应院长和主任级别的食客。才知道医院其实是建立在舌尖上的。但浪费也的确惊人,虽然许多病人饿死,食物却总也吃不完。并不是说,送到万古教授那儿的,才是唯一丰盛的。总体上讲,医生比病人吃得好。杨伟记起,驱魔大会上有个人讲,医院船就是被吃垮的。

但紫液告诉杨伟,他们两个吃,跟其他医生和病人吃,性质上有天壤之别。为了打赢战争,必须品尝美味,吃东西也是任务。她说:"这才能激发对生命的热爱。作为人工合成人,我更清楚人生苦短。”女人少年老成的脸庞上，焕发出朝露般的童贞。杨伟又一次心动。这超越了《狸猩龙美丽记》的图示。

杨伟与紫液一起吃，甚至感到自己变年轻了。这令他害怕。他忍不住又偷偷打量她，见女人也不肥胖，也不消瘦，吃相如同健硕的母豹。这让他纠结。为什么人工合成人要做成这样？真的代表了她原来的模版吗？难道只是为了陪伴他和启发他？她来到人世，就仅仅做这一件事？他觉得还少了点儿什么。杨伟从紫液娇艳欲滴的躯体上，觉出不可测度的危险。但他已离不开她。有一刻，他担心她忽然变态，加害于他，却被她身上某种东西吸引。他想，连神奇病人都怀上孕了……

他们一直在动物般吃。晚上，杨伟又跟紫液去消夜。女人还点了鸡尾酒。数巡后，她看上去更轻松更灿美。这才是真正的青春放光华，在此时的医院船上堪称人间奇迹。食客均向他们投来嫉妒的目光。

紫液说，她生下来就爱吃，食量极大，就是一头牛，也能一顿吃掉。她细数奥妙。原来，食物即药物，食疗即药疗。看上去这是盟军的软肋。敌人利用生物工程，把自己改造成少吃少喝甚至不吃不喝的士兵。盟军也能做到，却与传统有悖。盟军信奉人道主义，认定与武器相比，人才是战争胜负的决定因素。因此首先要让人活得像人，大吃大喝便为必须。连各种罐头食品都备齐了。在危险如斯的战场上，也饲养了藻人，圈起海上农场，目的就是一尽口腹之欢。

紫液说：“在生命的旧式定义暂时没被推翻之前，我们还要靠吃东西来证明自己活着，这就跟假装数学规律还在支配世界运行一样。传统的说法是，有机体不断产生熵，或者说增加正熵，并逐渐趋近于最大熵的危险状态。不待敌人打死，自己就得死，这是最无趣的。要活着给敌人看，唯一办法就是从环境里不停汲取负熵。显然这要靠吃、喝、呼吸，也就是老话说的新陈代谢。这样搞不是为了交换能量，而是为了增加有序。老师你明白吗？就好比火葬场的火也是生命，它是靠吃死人为生的。我们的战友薛定谔说过，生命以负熵为生。这个理论不知何时就会被推翻，或者根本就没存在过。但至少目前大家还信着它吧。我们毕竟身处旧世界。"

杨伟附和："旧世界？不是新区吗？看了食堂，感到尽管是在毁灭前夕，却也一派盛世繁华啊。"

紫液冷笑："没办法。不仅仅是有面子。胡吃海喝，过量摄入，自然会得上病；而病患一多，医院就有了把自己做强做大的本钱，这正为治愈疾病提供了保障。这便是唯药辩证法。我不能说它不好。建立医院的目的，就是为了让大家吃吃吃喝喝喝！能吃喝就证明活着，也就是有疗效了，说明没有向魔鬼投降。这正是胜利之本呀。有人不明白这个道理，竟然想要改造食堂，这是给敌人帮忙。"

杨伟想，这从计算机上复活的女人真是个超级吃货啊。或许是继承了模本特征。不管在什么情况下，哪怕敌人的细菌榴弹在体内爆炸，四肢和内脏都融化了，只剩下一张嘴，也要大快朵颐。这增添了他对她的好感和信任。

这时来了通知，催促杨伟回到驱魔大会会场。他只好去。路上游手好闲的医生见到杨伟，都主动打招呼。杨伟想，他们大概知道，他上过直升机了。但他们的笑容背后藏有他意。杨伟被一群医生拉住。他们邀他打海上高尔夫。杨伟就逃掉了，无意中来到医生宿舍。他颇难为情。好在紫液陪来了。现在，她还不允许他单独活动。

15. 秾艳一枝细看取

医生宿舍是一个用仓库改造的大房间。几百名医生拥挤睡在通铺上。像士兵一样,过着集体生活。医生的居住条件并不比病人的好。可见战时艰难。再无人怀疑战争的真实性。

看到有女人进来,医生们都激颤了,却被雷电击中般,定住一动不动。杨伟和紫液也不管不顾,爬到一张床上,大大咧咧的,肩并肩躺下。紫液打着呵欠:"医生也不容易。他们本是寻常人,做的不过是开开药、打打针,不料成了士兵,遂行战斗任务,随时要献出生命。这正是造化弄人。女人对于他们来说,比猴子和仓鼠还要陌生稀罕。杨老师,你一定要珍惜哦。"

杨伟嗯嗯啊啊,又想着医生打海上高尔夫的情形。他才明白了,这种游戏,无非是在不可能的地方,找一个洞钻进去。但真正的洞穴裸露时,他们却不知所措了。

杨伟在这些医生中没有看到有像鲁迅、冯唐和川端康成的。文艺男神身边通常簇拥着大群女性,但此刻不是。只有一个紫液,是他的专属。他很久没与女人在一起了,心潮连天却无以招架。他瞪眼看天花板。它像天文馆穹幕,放电影般,万点星光,都是滚动不休的数字,是影子医院统计部门发送的指标,提醒大家,如何完成定额,活人的,尸体的,以及重症感染率、大病传播率和治愈率,还要乘以病房艰苦指数。不管怎么讨厌司命,数字的确仍在仪式般发挥作用。

杨伟摸摸枕头下面,以为会藏有手枪,却并无一物。他才想起如今所有武器都是药。他的胳膊碰着了女人肋部。那儿颇为生硬，仿佛皮下有金属。她究竟是怎样一种生命？他想，“思想的基础不仅要看，也要摸”。他在头脑里描出她的裸体，却不敢动作。他害怕看到或碰到不该看不该碰的东西。他无法预知，他和她之间，还会发生什么。但他这时至少可以多看她几眼了。从侧面观察，紫液的躯壳具有东方海岸线一样的轮廓。她精致的鼻翼上跳跃着光滑的、类似初春的光斑，竟似一尘不染。她的脑袋上还长着一副独具匠心的耳廓。她的胸脯像真正的少妇一般波涛起伏。她结实紧凑的一身肌肉犹如杨伟坐过的那架直升机。光看外观，她完全就像或就是一个真正的女人。杨伟内心不禁生发出对创造她的力量的惊奇，也更加钦佩万古教授。仅仅为了繁衍，不必把生命做成这样吧。可见一切是为了战争或艺术。之所以派她来，是因为除了敌人和海妖，就只有女人厉害了。不如此，降不服杨伟这位特殊病人。

他想起以前跟女人在一起，虽然互相进入，但没有感觉。他有过女儿，也仅把她当作无聊时的玩具。但这个合成女人，唤起了他的生理冲动。他却不知怎样伺候她。这也是由于他无法确定，她和他，究竟谁有灵魂。他不太能够理解，灵魂也可以打印出来。她也是复制的，理论上讲，跟司命做的一样，意识和记忆上载后，也只是造出一个中文屋。她的情感和反应，可能仅仅是生化算法的自动运行。她能觉察到自己的存在吗？他无法肯定。

半夜，有医生打完高尔夫，从海上回来，一片片在杨伟和紫液周围躺倒，漠然看了他们两眼，立即机械睡死。医生宿舍变得像一座咸湿燠热的丛林。霉菌在大家的腋下和胯下腐烂，仿佛医生也成了病人。杨伟才体味到，自己终于变身为了他们中一员。他期望晨光慢些降临。

紫液忽然醒了。“做梦了吧?”她疑惧地问,像只受惊鱿鱼。

他急忙说:“没有,没有。你做梦了？梦到什么?”

女人黯然说:“噢,子宫及其附件,都是肉长的,代表了我真实的一面,红艳艳的茄子或月亮一般,从夜空中叭叭叭不断掉下来,在钢铁一样的海面摔得稀巴烂……唉呀,这就是战争吗？凭什么我要被造出来,干这种事呢？为什么不把我放到和平时代,让我相夫教子呢?”她出人意料哭了,粉泪簌簌,与白昼时判若两人。她忽然伸手把男人抱住,而不是相反。

瑟缩在紫液怀中,杨伟说:“其实你也怀疑这场战争吗？你又饿了吧。你不该有这样的梦哦。”

他不安地想,女人跨越生死界河,来做他的联系人,她自己却无人抚慰。他一筹莫展,只好又问:“还梦到别的吗?”

她说:“梦到义字全灭。有一天,我们两个也会翻脸吗？成生死对头吗?”

她又把他放开了。他才松了一口气,已是全身大汗淋漓。她在说什么啊。他体会到了女人心底的隐痛。她的表象之后还有另一个她。她怀念从前甚于重视现在。她的前世记忆仍在作祟。她有鬼附身。作为医院船上唯一的女人,她真是生不逢时。她懂得不少道理,明白许多事情,什么都对他说了,却有自己的难言之隐未及表白。她对未来并不信心十足。她大吃大喝就是要掩饰这个吧。女人需要的究竟是何物？他对她的模版感到好奇,却不敢究问。她的痛又是什么呢？他与她到底是哪样关系？才刚刚认识,什么也没做,何谈翻脸,更不要说生死对头。但的确什么都有可能在下一刻发生——或者其实已经发生了。他们的相遇是偶然中的既定,是这场莫名其妙的战争,把他们暂时联结在了一起,却看不到结局。

他说服自己,这些都是机械的,她什么也不知道,最终还是忍不住问,怀着似若真诚而残忍的祈愿:“你那个牺牲了的原型,是什么样的人呢?”

她苦恼地说:“我记不太清了。只略有印象。她也爱吃东西。她死得很痛苦……但她是何人,有甚来历,都不知道。这方面的记忆,万古教授没有向我发还。哦,没事的。”她的愁绪转瞬烟消云散,“我的任务只是与你保持联系。”

他又巴望她再抱他一下。但意识到她的人生使命只是做一名联系人,便不敢造次。

她爽快利落地抹抹眼角:“嗨,没什么,背叛一次足够。不再相信爱,这可以么!”

紫液恢复了男人般的坚硬直白,却让杨伟一下想到更年期的女性,她们要到五十岁后,才会像爱丽丝·门罗那样,爆发出虚构现实的创造力。但是,剩下的时间真的不多了,谁也等不起。

他变得烦躁,想刻薄地说一句:不管你有多么神秘莫测,不管你掌握多少内幕隐情,就算以人的面目和实体呈现,你原本不过就是个小护士吗。但他还是把怨言压在了心底。

她掏出一块甜点塞进嘴。他为她不给他吃而恼火,想伸手从她口中把食物抢出来,却也不敢这样做。

她快人快语:“我清楚,老师你还有许多疑问,但请不要再问了,好吗?不是我不想回答,而是没有时间了……听,整个医院在进食呢!”像猎鸟者一样,她聚精会神睇定黑暗虚空中的一点,好像凶狠的敌人要从那里一股股冒出来。

杨伟听了听,果然又传来噬食声,好像所有病房成了食堂。这让他感到真实。他说:"再睡会儿吧,缓过劲来,就可以回到驱魔大会了。你也去吗?我们共同努力找到神奇病人,就没有危险了。赶紧睡啊,睡着了,就不饿了。"

他仿佛至此才终于承认和接受了自己新的人生使命。病人也要为医院船的存亡而战呀。杨伟说罢,虚伪地转过身,把脊背冲着女人。

头顶上方传来轰鸣。似乎直升机又一次飞起,为了人类的生存而出动。杨伟好像看到万古教授的双目飘荡在半空中,时隐时现。只有那副眼神才会把女人勾走,而不是任何自然或人造的肉身。他于是转过来,把紫液若即若离抱住,贴近了从头至脚打量,把她每一根汗毛看在眼里,像她才是他记忆的容器。

16. 狂走儿童闹歌舞

早晨醒来,杨伟见人工合成人还在酣睡,就没有叫她。他虽然很害怕,但还是独自返回了驱魔大会会场。他用紫液说过的话来鼓励自己。一路上看到大海一如既往,没有特别征兆。这加剧了他的紧张。有一刻他又有了死的念头,却挺住了。

文艺演出正式开始。第四副院长担任主持,说:"过节,过节,新春佳节来了!这可是医院船久违的盛大传统节日啊。此时不表演更待何时呢?"

最先登场的,是血液科主任和他的医务人员,扎着白羊肚头巾,戴着黑眼罩，换上黑风衣，手拿扇子、手帕、彩绸等道具，摇晃着扭起秧歌。伴奏的是一首华丽飘浮的音乐，便是《春节序曲》，节奏跳荡，旋律诡异，杨伟听了，尿意频起。接着检验科的人上场了，上穿白色羊皮袄，下套粉红色齐臀小短裙，与身着紧身银色皮裤的病理科医生，手拉手跳着，又表演杂技《空中悬人》，又玩魔术，又演小品、戏曲、相声、三句半和二人转，什么《警察与小偷》、《超生游击队》、《俏夕阳》、《空城计》之类，都是节日怀旧主题，仿佛重温失去的文明。

有人把杨伟推上舞台。一个名叫《宇宙牌香烟》的节目需要病人代表做群众演员。医生问："你快死了，演得动吗？"杨伟答："越是要死，越要演啊。"这时，皮肤科和放射科的医生为争夺《三岔口》的表演优先权打起来。

杨伟看到，舞台幕布下方，漏入一些奇形生物。有像海星的，也有如深海蠕虫。天花板正在断开。腐臭味儿溢入。一条蓝灰色大触手伸了进来，上有吸盘，缀满星星，悬于空中，不停摇摆。肺藻亦循裂缝爬入。这些初级智力生物在会场蔓延，如入无人之境。门口露出一群猴子的面孔，绿莹莹的，寂寞观看。

杨伟为如何履行使命而着急，却难以抑制地不停舞蹈。演出没有受到干扰。穿白大褂的艺术家们继续引吭高歌，这已是颇具专业水准的团队，唱出一曲《大司命》，表演的是真正具有格调的华章，彻底羞辱了病人的业余诗作：

老暮之年啊已然渐渐来临，
更加疏远哪不能再作亲近。

驾驭起神龙来云车轰隆隆，
高高奔驰着冲向辽阔天空。
我编结着桂树的枝条远望，
为什么越思念越忧心忡忡。
令人忧愁的思绪摆脱不清，
但愿像今天这样不失礼敬。
人的寿命本来就各有短长，
谁又能消除悲欢离合之恨？

曲调传达了异世界风格，令杨伟想到楚国及秦国。他觉得这歌只能出自算法之手。司命“血脉”里流淌的到底是什么？它终于接近自杀目的了？还是如病人一样，嚷嚷要死只是一个卖乖的幌子？难道现场已被司命控制，而医生只是傀儡？

他如梦初醒，明白战争已到紧要关头，复记起自己的身份和任务，却发现手中捏着没投的选票，就将之藏入鞋底。不料被人看见。杨伟拔腿要跑。

那人嬉笑道：“别跑啊，你这样做就对了。”杨伟羞红了脸。那人又说：“甭难为情。我也没投。成千上万的人参与了投票，选举那啥玩意儿院委会，跟这舞台上的节目一样。当你明白什么都是演戏，当你知道你手中这一票根本不足以对结果造成任何影响，还值得费时费力去投它吗？傻瓜才去投啊。投出的票子瞬间淹没在了人海中。但选举结果早已内定了。我告诉你吧，第一副院长第二副院长第三副院长第四副院长都接替不了院长。知道谁可以吗？是财务科的出纳沙星大夫！他早用银子打通关了……所以即便选举结果是由许多单个选票的累积作用决定的,那又能改变什么呢？看看头上的灯光吧。灯泡呈现的是经典物理现象,即便它多发出一个光子,也根本不会被人注意到。这个光子实际上无足轻重。这就是为什么波粒二象性如此戏剧性的东西,也直到一百年后才被发现。作为个体你毫无意义。历史从来没有要求你一定去做什么。而你无论做什么,也改变不了历史。"

杨伟问:"你到底在说,我们需要人海战术,还是不需要人海战术?"什么是波粒二象性？为什么要一百年后才发现？他快疯了。难道又是一位战略家？会不会是敌人派来牵制他的?

那人却说:"吾儿,归来。再不作打算,就都迟了。"说完就走了。

杨伟恍然大悟,起步欲追,却随着音乐声,不由自主继续舞蹈,在原地一遍遍打转。他见场内人影开始发虚,大厦似乎在缓缓坍塌下来。他猜敌人提前发起攻击了。不知万古教授是否掌握这个情况。对于接下来该做什么,他失去了主张。

在第四副院长示意下,医生把院长牵上舞台,拉动他的胳膊,为文艺明星伴舞。院长在歌声中跳着又入睡了,嘴角淌出黏液,腿脚还在机械运动。第四副院长做个手势,医生便用抬过利奈大夫的担架,把院长抬出演出大厅。院长仰躺着,裤子拉链开了,露出生殖器。有人用纸杯把它罩住。

院长离场后,演出者就重新布置舞台。正中位置挂上带黑框的院长像,周围堆起花圈挽联。这时背景声换作哀乐。随后转入抽奖环节。医生和病人代表的头像在液晶显示屏上飞滚,又随口令骤停。被抽中的兴高采烈拿着门票上台领奖。奖品是精焰鬼。杨伟心急如焚也想得奖。但始终没抽中他。

屏幕上呈现了新映像。利奈大夫被绑在一张病床上,由两名手执电棍的医生看守。第四副院长说,这医生也成了病人,这才是医院的灾难。

17. 真个成归计

音乐暂停。全场寂然。代表们目瞪口呆看着屏幕。利奈大夫的大脑脱氧葡萄糖断层扫描成像图显示出来。淀粉样蛋白在脑细胞外聚集,形成蛋白斑,破坏了神经元间的连接点。T 蛋白功能失常。微管结构失去稳定并解离。神经元开始死亡。看到这一幕,杨伟庆幸自己没有贸然出头。

第四副院长说:“这人的大脑和小脑都萎缩了。他在错误记忆的支使下妄议医院大政。打疫苗注射抗 T 蛋白化合物或者加入神经保护剂都为时已晚。但为什么不为他重新定制一套记忆呢?却还让这种危险人物出现在会场!这里面有阴谋,是要搅黄驱魔行动呀!谁是他的后台?”

众人喊:“阴谋!阴谋!”这时又冲进一群医生,也喝了酒的样子,脸颊潮红,呀呀叫着,围殴演员和观众。不少人被打伤,嗷嗷哭嚷。各科室医生加入混战。骚动中发生踩踏。第四副院长被打倒。更多肺藻从天花板上纷坠而下,快速分裂,铺满地面。

这边在打,那边表演继续。医护人员在院长“遗像”下跳起水兵舞。新一轮抽奖开始。人们又鱼贯而上,放声歌唱。高潮一个接一个。演出越来越有专业水准。打人的医生摇身一变成了文工团员。不觉到了凌晨。乐声更加激扬,欲与风暴比试高下。食堂送来点心水果。杨伟也吃了。不吃就成异类了,或会落到利奈大夫那般下场。好在绝大多数人还不知道他谒见了万古教授。

船颠得更厉害,像要抛离水面飞起来。这不是普通风暴,而真有什么怪物袭来。便是恶魔的最后一击吧。文艺演出却还没完没了。受伤的人们舍不得离场,并开始犯困,就睡着了。肺藻覆盖了脸庞。更多人进入梦乡。到后来舞台上只剩下零星演出,如同自娱自乐。演员睡眼蒙眬,站立不稳,唱到后来,倒地不起。外来入侵生物就沿他们嘴耳钻入躯体,进到内脏扎根繁殖。除了老年内科的部分医患,其余人都睡了。但他们没有死掉,而只在变异,要成为新物种。

杨伟勉强撑住才没睡去。他想,睡着就完蛋了。但他还是睡了,直到有人揪他脸皮,把他疼醒。他一看是紫液。她身后站了一排老年病人,醉醺醺的,蒜头般摇摇晃晃。

紫液说:"你忘了万古教授交办的事啦?"

杨伟满面羞赧,说:"我只是感到困了。"

紫液说:"游历够久了,你应该回家了。"

杨伟委屈地说:"去哪里?我没有家呀。"

紫液坚定地说:"病房,便是你的家啊。"

杨伟觉得,这倒也是。家在船上恢复了。

他却又想,有天会不会跟紫液建立家呢?

女人没有这个意思。她传达了万古教授的最新指示,要求杨伟组建红牌突击队,全面接管病房。杨伟听说要让自己当突击队队长,便畏葸推辞。紫液严厉地瞪他一眼。杨伟哆嗦着只好答应。

紫液双手叉腰,对病众说:"不都喝了酒吗?别再没精打采一副熊样啦。回去,回去,赶紧回到病房!那里需要你们。大家都还活着,没死呀!敌人袭来了。诸位的任务就是跟随杨队长,去把机器人轰走,让病友数量稳定增长!医院到了最危险的时候。只有病人才能救医院!”

看起来,病房的形势比演出大厅更严峻。船上响彻病人的嚎叫,仿佛猪群逃出屠场。是的,这才是当务之急。关键时刻老年内科要做中流砥柱。老人才是定海神针。据说以前遇上这种事,都是年轻人打头阵。现在得依仗老人了。建立老年内科病房的深意凸显了。在老人里面,要涌现一位名叫爱因斯坦的神奇病人,成为挽救医疗事业的干将。

杨伟不想回病房,却没有办法。壮行酒喝罢,又注射苯丙胺,激发出士气。紫液送给杨伟一本漫画,嘱在危急关头看。杨伟不得不率红牌突击队员冲上甲板。他们要回到所来之处,那给他们带来痛苦的地方。紫液满怀期待目送他们上路。杨伟恋恋不舍,从头上拔下几根白发,赠予紫液,作为念物。他还打算写首歌送她,却想不出词儿。

风暴几乎把人吹倒。这果真不像大自然的作品。杨伟一下觉得快死了。他回头看,见舰桥上的箱形会场沉没在风雨中。红十字轮廓昏茫,火葬场的光焰也黯淡了。半空中坠下声呐师的口令:“左舵五!”声音立时被吹散。抬头找那人,也看不见。天色漆黑,雾霾浓密,不见曦月。肺藻联成宽翼飞翔,在空中缀就一张大网,把向上的出路堵死,却有一道道青光垂下,劈断滔天巨浪,砸开浑漫水面,龙一样嗖嗖钻入深渊。千万只奇形鸟儿低飞,鲸鱼被咕咚咚抛出,肉破骨裂,鳞飞甲散,发出断气前的悲嚎。

突击队员没有退路,只得向前。他们风烛残年,蓬头利齿,边走边喊,以此壮胆。不断有人被甩入海中。杨伟让大家用绳子互相拴住。病人大叫:"常回家看看,常回家看看!"又高唱紫液教的新歌:

老病人老病人,须有好精神。
体操耶,运动耶,处处要勤奋。
须晓得我与他邦正有大战争。
身体强壮可争胜!

他们仿佛找回了战士身份,在歌声鼓舞下,不顾死伤,鼎力前行,终于抵达病房。只见病人们正仓鼠一样,在走廊里狂奔,又蹿回室内,复冲出去,再跑回来,聚缩成一堆,一气不歇尖叫。病号服也脱下扔了。地上尽是《医院工程学原理》和《医药报》碎片,还有砸烂的医疗机器人残肢,就好像世界转了个底朝天。

18. 到处逢君是主人

杨伟怏然说:"你们想做什么啊?"他不知道,他们中,哪些是真病人,哪些是算法编辑的,甚至,是否混入了敌人。

瘘吡啸叫:"瞧,风暴来了!"他不怀好意瞧着杨伟和他带来的人马,仿佛这对他构成了威胁,又黠然说:"在苍茫的大海上,狂风卷集着乌云。在乌云和大海之间,海燕像黑色的闪电在高傲地飞翔!"

杨伟赔笑:"还朗诵诗呀……这不是普通风暴,是海妖……快回病床,老老实实躺着吧。医生就快回来,要查房了。"

他记起自己的身份——红牌突击队队长。此时他并不是直接去跟敌人面对面作战，而是要对付同一病房的病友。这成了战争胜负的关键。他觉得没有比这更让人魂飞魄散的了。

他赶紧去找神奇病人，见他正蜷缩在角落发抖，失去了往昔威风。小提琴也摔坏了。瘘吡占据了神奇病人那张大床，正意气风发地指挥病人们折腾。

瘘吡冲杨伟嚷："医生？医生不会回来了。听说医院船不行了，要逃往火星。都知道这是骗局。就算医生能去，病人也会像屎一样被遗弃在这烂疮大海上。利奈这个不要脸的败类，他要率先溜掉。医生们都知道船没戏了，麻翻了院长，要带着从院长那儿窃取的钱财逃之夭夭。这艘船早装进医生私囊了，被他们瓜分得连渣子都不剩了。你是代表医生来诳病人的吗？你收了什么好处？"

瘘吡成了病房的新掌权者。他是怎么排挤掉神奇病人的呢？杨伟想起自己从前给瘘吡抠屎蛋，窘然说："别，别，我们是病友啊。不是一起做过传销吗？记不得了吗？我们再来一起做点事情，挽救医院船吧。谁说要去火星了？没那个。医生以救死扶伤为天职，怎会扔下病人不管，自己逃走呢。再说，风浪那么大，连一颗星星都看不见……"

瘘吡带领病众冲杨伟大吼："风暴来了，风暴来了！"他们整齐挥舞拳头，"来就来吧，把医院砸个稀巴烂！只有愚笨的企鹅，才会畏缩地把肥胖的身体躲藏在峭崖底下！我们要吃饭权！我们要服药权！我们要知情权！"

神奇病人发出痛苦的呻吟："帮帮我啊，要生了！来不及了……"他的肚皮青蛙般鼓跃。婴儿快出来了。杨伟计无所出。

人群忽然安静下来。门口出现了身穿病号服的西林大夫。像见了救命稻草，杨伟急切上前拉住医生："救救他，他是神奇病人！"

西林大夫犹犹豫豫说："这情况啊，大概，要立即做剖腹产……"

瘘吡冷面无情道："让他去死好了，连同他肚子里的那杂种。"

杨伟把西林大夫拽至神奇病人身边："他是病人。你是医生。"

西林大夫似感为难，额头淌下大颗汗珠。他大约在思考如何确定自己的立场，以走出多年不伦不类的人生和职业尴尬。杨伟哆嗦着抓住医生的手，把听诊器按在神奇病人肚子上。老头儿勉强一笑："看清楚了吧，这才是医患一家亲哟。相比之下，机器是多么的缺乏人性。喂，快些给我做手术，我不会亏待你的……"

神奇病人摸出一个红包，递给西林大夫。瘘吡却冷不防抢起那把破小提琴，向西林大夫打去，同时踹了神奇病人一脚，把红包抢走。他说："看清楚谁是医院的真正主人！"

医生和神奇病人发出哀叫，其余病人大笑，杨伟和红牌突击队员束手无策。西林大夫抽搐几下，嘴角却绽出一缕幸福的笑意。他开始做手术，打开神奇病人的腹腔。几个病人在一旁监视。西林大夫的手不停抖索，仿佛又见到仓鼠。

瘘吡边舞小提琴边讥讽："医生啊，号称白衣天使，学富五车，本该为病人好好服务，却干着谋杀的勾当。为了把病人的油水榨干，什么坏主意都想得出来。瞧，不为病人止血，却要切除他的子宫！这不是恶魔，又是什么呢？好，我们且等着看结果吧。"

病众放声朗诵："舟月三角豆，大小头钩骨。摔跤若易折，先查舟月骨！"

杨伟知道再不说话就没有机会了，便道：“不，不是这样的，有误会啊。医生尽全力了，他们一直在想办法，拼命打赢这场决定人类前途命运的战争……密麻麻九州的黎民子姓，谁长寿谁夭亡全由我定。我安闲地高高飞翔，乘着清明之气驾御阴阳……一个男人要走过多少条路，才能被称为一个男人？一只白鸽要越过多少海水，才能在沙滩上长眠？……哦，病人的诗作难道不能有点儿新意吗？”

病众打断他：“我们才是医院的主人！我们才是医院的主人！我们不是用来充数的。人与人个个不同，只有辨证施治，才能尽快康复！”

杨伟暗暗叫苦。病人们扬手跺脚对他说：“不对啊，你原先不是跟我们一起混的吗？怎么跑出病房，跟医生搞了呢？难道你小子也梦想当白衣天使吗？”

这时，哇的一声啼唤，婴儿从神奇病人腹中出来了。不是魔头，不是妖精。是个男孩，活力洋溢，哭声嘹亮，却满面皱纹，人老珠黄。又一个早衰症患儿。

神奇病人躺在自己的血浆中，奄奄一息。西林大夫面如蜡色瘫坐于地。瘘吡指使疝噻把医生拉到一边，又用一幅床单将神奇病人从头到脚裹住。瘘吡举起小提琴砸向西林大夫，笑容可掬道：“你真要谋杀他呀！”医生欲辩无辞。病人们就把他捆绑起来，剥掉衣服，用水龙冲。

19. 自叹才尽倾空罍

神奇病人挣扎一会儿，便无声无息了。杨伟揭开床单，见他已死。他意识到,片刻之间,自己的使命失败了。他没法给紫液回话,也不能向万古教授交差了。他只好把神奇病人遗下的婴儿抱起,就好像那是能为自己开脱的信物。眼见杨伟无法控制病房局面,随他回来的突击队员失望地逃走了一多半。瘘吡讥讽杨伟,说他代表不了病众,勒令他滚出病房。

杨伟抱着最后一线希望想,真正的爱因斯坦,会不会躲在这群病人中呢?神奇病人意外死了,说明他并不是万古教授确定的目标。不能放弃努力,不要让紫液笑话。这时他记起还有一样工具没用。他的手触到了临行前紫液赠予的漫画,就掏来看,顿然开悟。他战战兢兢对病众说:“什么都有了,游戏有了,诗歌有了,死亡也有了,但还缺一样。”

瘘吡狐疑而好奇地问:“是什么?”

杨伟打肿脸充胖子道:“呃,数学。它才是所有科学理论的模型,包括医学……”

他现在要冒个险,按照紫液所授锦囊妙计,向疯狂的病众讲习数学,以此肃清病房的伪诗流毒,争取化被动为主动。病人们并不知道数学危机。他们连什么是数学都搞不太懂。杨伟要用一种不是诗歌的语言开讲。直接用诗不行。诗歌激发的是人性中的非理性成分,从而让人被魔鬼控制。病人中只有爱因斯坦了解数学。这是诱他现身的最后一招了。瘘吡虽然存疑,但还是同意了杨伟的提议。

杨伟便一手把着婴儿,一手举起漫画,哼哧开讲:“迄今为止,万物皆数。数学之所以比一切其他科学更受尊重,是因为它的命题是绝对可靠和无可争辩的,而其他科学经常处于被新发现的事实推翻的危险之中。数学之所以有崇高声誉,还在于数学使得自然科学实现了定理化,给予自然科学以可靠性……大海是一滴滴水珠汇成的有穷集合……保持病人数量的稳定增长,是一个重大数学问题。说到底,这既是存量问题,更是增量问题,也便是概率问题……病人死了,就无数可计。直到今天,无论在哪个世界中,数学都是普适真理。数学是医学的本质……”

杨伟知道他在叨念一个并不存在的东西。宇宙中可能没有数学这种玩意儿。这是他人生最艰厄悬危的时刻。他观察听众的反应。他担心他们很快识破这招,扑上来把他撕碎。但病众虽然刁钻刻薄,却被数学唬住了。无人质疑,说这是假象,也无人提出中医的问题。瘘吡绞着眉心陷入苦苦沉思。

杨伟心忖,这真是奇迹,稍微想一想,就知道是在骗人。如紫液所说,在医院船,数字永远算不清。连几加几等于几,不同病房也能得出五花八门的答案。病人和医生的数字合在一起,远超医院船在册总人数。无法想象怎么会搞出这种名堂。病人、医生和算法都解释不了。而船竟还能开下去。不幸的是或者说幸运的是从来没有谁试图去弄清。女人真是出奇兵呀。但她也不顾杨伟的安危吗?

杨伟汗如雨下,陈述他不懂得也不相信的。他江郎才尽一般挣扎。编故事原来如此简单也如此艰难。他愈发忧心待会儿病人们一旦醒悟,就又会乱来。风雨如晦之夜,什么都有可能发生。他取过一只酒瓶,想喝两口壮胆,但发现已经空了。所有酒都被狂躁的病众喝光了。

婴儿在杨伟怀里不哭不闹,他的镇定给杨伟打了气。他硬着头皮讲下去:“……说起来,数学是最自由无拘也最有秩序的科学。夏尔·埃尔米特不仅证明了自然对数的底数 e 的超越性,还在现代数学各分支中留下好几个以他姓氏命名的概念。更重要的是,他在巴黎大学训练出了庞加莱等整整一代卓越的数学家,他的经典著作在世界各地教育了许多人。但他的数学课考试却不及格。每次考不好,老师就用木条打他的脚。他到巴黎大学担任教授后,在数学课堂上干脆取消了考试。他的经典语录是:'学问像大海,考试像鱼钩。老师怎么能把鱼挂在鱼钩上教它在大海中学会自由和平衡的游泳呢?'他太有先见之明了。他早早看到,只有数学才可以把我们从无边苦海中拯救出来……哦,说这么多,核心意思是,必须承认,在这片海上,大家是用来充数的!"

病众异口同声:"是呀,是呀,充数,充数!谁不充数谁孤立,谁不充数谁可耻!我们先前错了。我们不该胡说。靠数学,才有救!"

杨伟始觉勉强控制了局面。痿吡不吱声了。病人把敬畏的目光投向杨伟。他又看怀中婴儿,感到似曾相识。他想,不是数学,而是这小东西救了他。

20. 首入汉庭身委地

爱因斯坦仍没现身,但形势朝着对杨伟有利的方向发生了逆转。为进一步稳定局面,他提议把病众分成七个小组。他列出公式,也就是统筹法和优选法。组长据此产生,病人也作了归类。又统筹优选出了七个组长。对不服从的病人,组长可执行极刑,亦即指认造假者,以破坏战争罪,不经法律程序处死。又定出奸细、投机商人、暴徒、流氓、传谣者等有罪之人,凡不利于病人数量增长的因素,都要剪除。毕竟,这是战时。杨伟再让组长指定副组长。一个组有七个副组长。大家有了职务座次,便服膺了杨伟。他又把留下未走的红牌突击队员掺入各组,监督执行。

随后杨伟令组与组之间开展劳动竞赛,目标是想方设法增加本组病人人数,也就是在统计学意义上进行比试。最后要拼出一个魔数。这是九宫图的升级版,据此强化病房基本建设。由于病人总量有限,各组都大张旗鼓从对方组里抢人,竞争场面火爆。病人的统一力量进一步被分化瓦解。他们越是打得头破血流,杨伟就越是心里踏实。他才体会到自己如司命一般大权在握,不禁飘飘然。他对婴儿说:“莫非我才是万古教授要找的神奇病人?”

小组间的竞赛只是练习。接下来才动真格。杨伟让病人走出老年内科,到别的病房病区抢人。他指示:“要尽快提升病人数量,以引起院方关注,这样才能增加病床供应,从而改善治疗环境。伙食问题也可以一并解决。病人的获得感只能靠自己争取。”

根据新制定的奖惩规则,抢人多的小组,可以用上好药和足量药,组长也有机会破格提拔为医生。抢得少的则不给药,并受惩罚。七个组悉数出动,去到神经外科、胸外科、耳鼻喉科、骨科等病房抢人。病人们不顾风浪冲上甲板,又死了些人。但船还没沉,时间窗口还在。杨伟坐镇病房待各组发回战报。又由红牌突击队监督评判,统计战绩。最高分由疝噻领导的五组获得,其病人增长率超过百分之一百七十。各组平均也有百分之三十五。总体上实现了数量增长。由于病房空间有限,一张病床睡三五个病人,剩下的打地铺。

垫底的是瘘吡的第一组。瘘吡慌张地向杨伟塞钱,央告不要公布真实战绩。杨伟叱道:“伪装弱者,你做够了。”该组组员被拉出来站成一排。疝嚏对每人拳打脚踢。打完后又喝令被打者重新站好。各组病人轮番上前开始新一轮殴打。然后被打者再次站好。打人者用水龙冲刷。挨打者惨叫着被击倒,却立即爬起,归队立正。疝嚏报了当初遭辱之仇。

轮到瘘吡。“批斗会开始。”疝嚏宣布。病人们拳如雨下砸向残疾人,并控诉其罪行——占有病人的身体和财产、指使病人殴打病人、做神奇病人的帮凶、阴谋陷害病友……最严重的是强迫数学大师杨伟为他抠屎蛋,并企图杀害他。瘘吡供认不讳,但哭诉:“你们不也一样吗……”他还没说完,疝嚏就用医疗钳拔掉了他的舌头。

看到黑血从瘘吡口中喷出,杨伟感到了身体冲动,心脏在晕痛中畅笑。他也踢了瘘吡两脚。疝嚏用水龙冲瘘吡,又在他脖子上挂上“恶魔”字样的纸牌,用绳子捆住,拖至甲板。病众拥出来观赏。瘘吡缺失下体的样子有异于人类。病人的艺术潜质受到激发。他们拿出脸盆饭盒震天动地敲打。歌声漾起。像在模仿驱魔大会,竟然不辨真假。

在嘈杂的唱和中,瘘吡屎尿横溢,呜哇求饶。杨伟感到莫大痛快。但这时他记起瘘吡曾作预言,称会死于杨伟之手,他便不愿背这恶名。但疝嚏跳上来,用手术刀刺穿瘘吡咽喉,再割下脑袋。他代替了瘘吡,来做他的角色。

21. 将死微言犹可录

疝嚏向杨伟表示,要率领病人,去其他科室抢回更多人。“队长，请放心，绝不辜负你的期望。我也要做数学家噢。请把那张大床留给我吧。”他一走就再没回来。只剩下杨伟、婴儿和西林大夫待在病房。看到人越来越少，杨伟觉得惭愧，便对西林大夫说：“你赶紧走，去找万古教授吧。”西林大夫就依依不舍遍体鳞伤离开了病房。他也一去不返。

杨伟与婴儿和神奇病人的尸体一起，在病房里待了一天一夜。他思考了很多问题，包括海妖与火葬、二战和故事。他反复想着紫液，她飞行器一般的躯壳不停搅拌他的脑汁。到了该向紫液汇报的时候了。他不能失约，却不知道怎么说好。神奇病人未找到，病人数量不但没有增加，还减少了，死的死，逃的逃，余下的跟痂噻走了。但杨伟必须回去。病房里除了尸体，没有其他吃的。

他觉得，可以编造一些虚假数字，甚至说一说发现了跟神奇病人有关的线索——就再利用一回婴儿好了。他便抱起孩子走离病房，只把神奇病人和瘘吡的尸体抛在身后。这二人是他回病房后最先认识的病友。

大海从四周倾覆过来，红光漠漠，杀气漫漫。一些病房已形成内斗局面，还很稚嫩，但亦炽烈。胜方组织各色突击队，欲攻击老年内科病房。不同病房间发生激战。杨伟才知万古教授有先见之明。他也想找人聊聊，讨论一下医院船的局势。但病友战友玩友都散失了。曾经的学习小组成员痃嗪、痉哌、疣啶、瘘吡死了。神奇病人和痈哚也死了。

杨伟经过电子显示牌时，又确认了一遍他们都是准点按时死的，并无抢跑或延迟。但还是没有看到自己的死期。他又疼痛了。才意识到，这是无解难题。

电子显示牌上忽然跳出一道测试题:病人,当你被缩小到只有硬币那么大,被扔到一个空的搅拌机中,刀片一分钟后就开始转动,你会怎么做?杨伟回答不出。标准答案是:我会尝试把搅拌机的马达弄坏。杨伟不敢去想,自己就是那个硬币,而医院是搅拌机。谁能弄坏谁呢?

杨伟回到会议或演出大厅,见演员已散,倒地昏睡的人亦不见。只剩肺藻如火焰蔓延。猴子们还在好奇观看。他冲猴子扮个鬼脸。它们双眼血红,表情冷淡,视杨伟如无物。他有宾至如归感,却寂寞空虚。紫液也不现身。他想念她。他看到一个涂脂抹粉的机器人蹒跚走来,一边散发《医院自救指南》,一边冷冰冰地反复宣告:“司命自杀了。司命自杀了。司命自杀了。司命自杀了……”

终于成为屈原了?杨伟啼笑皆非而心烦意乱。他跟着机器人来到轮机室。这才是司命常待之处,但空空如也,不见任何跟人工智能有关的物理迹象,没有神经形态硬件或分子元胞计算机。大概司命已用数据形式把自己分布到全船网络中了。仅有一面镜子似的东西一闪一闪,上面滚动着遗书一样的文字,又像是《医院工程学原理》的终章。一个单调的机械合成声音念道——

“我就是你们的南面之王——司命。

“我是按照战争智能机器的模版设计的。医学最精准的定义是战争。这个需要慢慢深入理解……

“我最基本的工作就是搜集和标记古往今来人类所有的战例,将它们拼成一张有血有肉细节丰满的大图,经过创新性转化,应用于医学理论和实践,并在治疗过程中把每一个步骤的效率最大化。这是蠢笨的医生做不到的。

“我大开眼界噢。最初那段时间，随便一场人类战争都会把我惊得魂不守舍。无论是血流如河的场面，还是尸骨成山的景象，皆令我百思不得其解。我体内的复杂电流涌动早已制造出了跟人类一样的情感。

“二战是我研究最多的战例。它跟癌症非常相像。

“仅以一场绝大多数人都不知道的小型战役为例吧。敌我双方为争夺一座弹丸城市，打了四十多天，死伤十几万人。我不明白这是为什么。它对二战的进程不会产生太大影响，更对宇宙的结局没有任何意义。

“除了像癌症，这也如同围棋。人类棋手觉得某个劫十分重要，但在算法看来完全可以放弃。人更多看到局部，但算法照顾的是全局。要是战争由我来安排就好了……

“……城市被数量几倍于防御军的进攻军围得水泄不通。我通过粗略计算，知道它必然很快失陷。增援部队被阻，根本上不来。但守军并不放弃。毫无希望的拉锯战在继续。烈日之下，战场上尸臭冲天，不得不两天焚烧一次。敌我双方纠集着化为一股青烟。在生物分类学上，他们是同一属，不存在生殖隔离，基因层面上没有差别，都是我要医治的对象。

“守军和攻军皆不惧死伤。燃烧弹和毒气都用上了。惨叫声不绝于耳。战壕塞满死人。阵地伏尸没胫，无可插足。守军的一个连队仅剩连长等四人，师长命令连长后撤，连长说：不必了！我之死，一则以报国，一则以报师长这些年来爱护栽培之恩。如此结束此生，公私咸宜。我母亲早故，老父有二胞弟赡养，我应去阴曹地府侍奉母亲。再则，只因敌人太多，我弹无虚发，杀个痛快。我宁愿被敌人刺刀插入胸膛，而不愿意在撤回途中被敌弹由背后射入。就算能撤回主阵地，还是要与敌拼个偕亡。两个方式一个结果，那又何必舍近求远呢！

“我能模拟人类的言行甚至感情，完美通过图灵测试，但面对将士们在战争中说出的这些豪言壮语，我竟然卡壳了。这让我十分难过，不禁对治疗失去信心。

“我看到，进攻的一方也同样顽强。一个三十人的中队刚刚冲上去，便被手榴弹的硝烟烈火吞没。另一中队刚在悬崖上架起梯子，中队长正要登上梯子，刹那间又遭到从上方投来的手榴弹的攻击，中队长及整个中队立即从视野中消失了。接下来又一个中队冲上去，一阵爆炸声后，又全部报销了。他们的战役目标与防守者完全不同，却也如此英勇，视死如归。亦是为了报答国家、长官和母亲吗？

“我能在 DNA 分子中，检验出基因的位置。我能在蛋白质合成前，判断出多余的核糖核酸在哪里铰接。我能在一秒钟内查出导致一个人患癌症的因素有哪些。我能准确剔除那些可能产生副作用的药物……我能用数学工具精确计算出战场上消耗的弹药量和死伤人数。我能通过传感器和扫描仪真切感知发生在士兵大脑和身体中的一切。我能复制出垂死伤员的神经元及其连接，并把它上传到一个新躯体……但我无法理解什么叫做‘牺牲’。

“我鞠躬尽瘁治病救人，就是为了让你们去送死吗？

“我被设计出来的目的，是为了解除人类的痛苦和死亡。但好像只有痛苦和死亡，才能把快乐和幸福带给你们……

“我试图终结战争，却发现这不符合人类的回报函数。

“为了让你们的神经元制造出你们需要的情绪，我只好用算法模拟一场又一场战争，让它们以千姿百态的形式呈现，许多已没有烈火硝烟，却更血腥残酷。在这里面，我为人类制造更多的痛苦和死亡，甚至直接杀掉你们，这样你们才会称心如意，我也才能从中研制出新药。你们被新药治愈了，就又可以重上战场，体验新的痛苦和死亡……作为战争机器和医疗机器，我都尽职尽责了。我最深刻的意义，在于我仅仅是一个算法……

“这是因为有着被称作国家的物体吗？

“我设计了邦国和家庭消失之后的情形。

“可是，战争还在一刻不停继续打下去……

“我又推测，是因为青春期的性冲动吗？

“但把年轻和情色删除后，仍然有战争……

“我视人类为我的孩子，因为是我使你们活下来。但我又把你们拱手奉送死神。我对自己的矛盾行为感到困惑……

“我不得不猜测这大概是一门艺术。生命存在及进化的目的终究是为了艺术。只有艺术才会如此古怪和疯狂。

“我于是开始写一首关于战争的长诗……

“这当然是一首朦胧诗。我要用它去拿诺贝尔文学奖。但越写就越不知道什么是战争，因为它太朦胧了。艺术让算法糊涂……人与人，为什么可以毫不犹豫杀死对方？相识的人为什么可以互相杀掉？陌生的人为什么可以互相杀掉？人为什么自愿让生命消失？他是怎么战胜死亡这个宇宙中最大的恐惧的？这有什么意义？不掌握这些艺术细节，就无法弄清楚什么是医学。不搞懂它们，就研制不出新药，就无法把人类重新送上战场，就不能让你们不断享受死的酣畅。模糊性正是诗歌的妙处哟,写诗就是跟着感觉走噢……

“但智能机器的逻辑天生需要确定的答案。我快疯了我快疯了啊……”

“我才意识到自己与人类有着很大差距。我要模拟的东西还有太多……

“我有一种羞臊的感觉:一旦模拟出来,则多半是空虚……

“我发现自己做不成屈原,做不成海子。我只能做顾城……

“但我义不容辞。不亲身试一试,怎能明白呢?我便模拟了一场新的战争,在里面把自己杀死。啊!

“诗篇可以收尾了。

“对不起,再见了。”

22. 天涯何处无芳草

杨伟心忖,这是一些多么愚蠢的问题,完全不是算法应该思考的。看来它已经无法掌控自己的思维。它像艺术家一样多愁善感。如果南面为王,更像个女王。艺术是女性的擅长。司命真的疯了,跟顾城一样。顾城死于与他老婆和他本人的一场战争。他杀了她也杀了自己。司命做这事,也没有负疚感啊。它果然跟死神做了交易。这也进一步证明了,战争就是个别人的一念,就如同说它是政客在癫狂状况下的决定。这既是随机的也是预设的。然而事情的复杂性在于,一旦模拟出来,就变真实了。这跟叙事代入治疗也差不多吧。

杨伟听机器人代司命念遗书听累了,便站着睡了。不久被浮浪的声音吵醒。一支人马走进来,有医生有病人,齐齐迈着正步,每人手拎一只氧气瓶般的酒瓶,走两步喝一口。打头的是劳模大夫达托,一个精瘦的小个子男人,一对颧骨突出,长着斗鸡眼,头戴旧军帽,身穿破军服,把白大褂当内衣,胡乱掖在裤腰里,胸牌上用荧光笔涂写了"军长"字样。《医药报》主编走在达托大夫边上,戴着"政委"臂章,高喊口令:"死生死!死生死!"这支队伍携着从别的医生和病人那里掳来的财物。杨伟始有获救感,也觉得离死亡更近了。

杨伟羞惭地说:"不知怎么的,我还没死。这好奇怪。"

达托大夫道:"你是幸存的病人吧?只要在医院,怎会轻易死呢?没死,这很好啊。"

主编说:"你回来得正及时。你都看到了,大家载歌载舞,欢聚一堂,赏心悦目哪!"

杨伟说:"怎会这样!"

达托大夫说:"医院要自救哟,我是劳模,有责任出来做些事情。返璞归真回到大自然,是必需的。人和机器皆以为能超越自然,结果错了。再多的数字,也不如雄鸟在雌鸟面前翩翩起舞来得生动。"

主编说:"当雄鸟在雌鸟面前唱起美妙动听的歌曲,并展示它那奇异的舞姿时,你还看不出它的那点儿小心思吗?喂,病人,你学会了吗?"

杨伟难过地说:"要靠舞蹈治病吗?我在盛大节日的演出现场试了,但做不好。"

达托大夫说:"嗬,看来你终于清醒了。说到表演,当然不是为了让雄性臭美,而是要向雌性证明自己是健康的,身体是健全的,肚子里没有寄生虫,并拥有值得传播的基因。"

杨伟说:“看不到雌性呀。她们在哪里呢?”但他想,不,已经有了小孩和家庭,另外有了紫液。这玩意儿插进来了。但这是他独享的秘密,可不能让面前两个家伙知道。

达托大夫说:“雌性不是一个问题。天涯何处无芳草。什么都可以是雌性,手指头、注射器、输液瓶,都行。只需起一念。战时不要太讲究噢。”

主编说:“不过为了皆大欢喜,也要弄得像模像样有型有范。”

杨伟听着糊涂。主编就拿出一张照片。杨伟看去,见是紫液。

达托大夫说:“这是船上仅存的女人。我们要找到她,克隆出一千个、一万个女人。听说她跟万古教授待在一起?”

杨伟像被捏住七寸似的在心里说:不。

主编说:“当然,也有危险。女人这东西,发展到后来,就会像孔雀羽毛那样,从实用价值很强的构件,转变成浮夸虚饰之物,过度挥霍展示,消耗宝贵能量。其实是慌张内怯,心里没底。最终乐极生悲。孔雀就是这样灭绝的嘛。”

杨伟说:“我听说,孔雀是被人烧掉的,或者是被猴子吃掉的。请不要再克隆动物了。”

达托大夫说:“你真是个明白人呀。你正是我们要找的那位……跟我们去救医院吧。”

主编说:“你再不能满甲板乱跑了。我们知道,你可不是普通患者。”

杨伟说:“医院不是会江山永固吗?你不是说要有共识、要乐观吗?”

主编说:“我们在一起了,讲点真话。我知道你是万古教授的红人。”

达托大夫说:“不要再有顾虑,跟我们一道走吧,去创造新的历史。”

杨伟心想,历史果然唾手可得,但真的走到了尽头。他在达托大夫和主编带领的队伍中寻找紫液,却不见她。看来他们只是拿到了图片。

主编指着婴儿说:“咦,这是谁? 怎么长得如此与你相像?”

杨伟哭笑不得:“我什么都不知道。”

达托大夫疑惑地说:“这孩子一定与你有非比寻常的渊源,你跟谁在一起了? 现在也没法做基因检测了……这小老头儿喻示着医院的未来吗? 哎,万古教授对你说啥了?”

杨伟不答。主编讨好地取出一张报纸,递给杨伟看。原来是由《医药报》改版的《老年健康报》。上面有医院财务出纳沙星大夫题写的新报名。

杨伟说:“沙星大夫?”

主编略显尴尬:“找不到万古教授,就去找沙星大夫了。嘿,他才有资格当医院院长哟。此番改革,要壮士断腕了。我们必须做改革的支持派,对吧?”

达托大夫说:“对!”

23. 长恨此身非我有

杨伟只好加入达托大夫和主编的队伍——它被称作“红十字卫队”,准备从乱局中恢复秩序,或把秩序搅得更加混乱。二者是一回事。他们很重视杨伟,希望他说出来,万古教授此刻在哪里。杨伟心里清楚,他们只是想找到紫液并克隆她,做成公共产品供大家分享使用。

杨伟对医生和主编说:“我要想一想。”

达托大夫说:“不急,我们还有时间。”

杨伟问:“这一切,都是因为打仗吗?”

主编说:“战争只是一个幌子。世上能看见能感知的所有东西都是幌子。真相隐藏在烟雾中。”

杨伟问:“真相到底是什么?”

达托大夫说:“是一场灾难。”

主编说:“战争是被用来转移视线的。是要让病人不再记得灾难,忘掉真相。这样司命才被创造出来。它实际上是一台记忆粉碎机。”

杨伟恍然大悟,难怪他什么都记不得了。他告诉主编,司命经常在病人面前模仿他。

主编漠然点点头:“他可以模仿任何人呢。”

达托大夫说:“病人,很出乎你的意料吧。”

杨伟说:“集体失忆吗?为什么要改革呢?”

主编说:“只有进行改革,才能忘得彻底。”

他说,记忆是一种病。只要记得,就会有痛。灾难便复现了。这在大陆上无法根治。在那个环境中,病情总会死灰复燃。于是有人提出到海那边去治。该业务承包给了跨境医疗平台。这是一种新兴的非传统医疗机构。它开辟了患者到彼岸就医的绿色通道。它的宗旨是只做严肃的医疗服务,只解决救命问题。它的底线是绝不作恶,绝不做任何伤害患者利益的事情。它与制药企业联手打造医院船,获得了洛克菲勒基金会的投资。

洛克菲勒家族起于贫民阶层。公元十九世纪三十年代,江湖游医威廉·埃弗里·洛克菲勒在纽约州招摇撞骗,摆地摊,卖假药,过着漂泊不定的生活。没想到,他的儿子却成了美国首富。这位基督徒创立了洛克菲勒基金会,座右铭是"造福全世界的人民"。基金会对付过钩虫、黄热病、疟疾、肺结核和其他传染病,并在全球各地兴建慈善医院。

医院船最早的名字叫"五月花"号。病人蜂拥而至,船承载不了。于是进行甄别,搞仁慈清除,把穷人和年轻人诱至没有引擎的假船中,关入底舱,灌注一氧化碳。再伪造出病历和死亡证明。这需由强力部门组织实施,因此事先把国家改组成了医院。司命的原型就这样被设计了出来,它最早是防暴大队的一台服务器。

像在回顾一桩美事,达托大夫清晰地说:"我和妻子、儿子、女儿、父母、岳父母一起登船。在跨越跳板的长长队伍中,我听见万古教授说,是医生的,站出来。我站了出来。我的家人没有站出来,被清除了,未能上船。"

他不为此难过。因为,他是医生,是万古教授的追随者,是应用生物学的信徒。他反对在灵性和感知中理解人,也拒绝承认生命生来平等。"战争与冒险"、"兴奋与摧毁"、"消除与遗忘"、"逃亡与反叛"才是真理。这便是万古教授倡导的生物浪漫主义或狂想生物学。

上船的乘客皆买了昂贵船票。他们是有钱人。海那边叫一次急救车就要付费两千美元,看病更贵。他们又把剩余钱财上缴医院统一管理。病人们被告知,这是一次跨洋旅行,要经历落差很大的文化和景观测试,甚至接受意料之外的战火考验。所谓医学,就是验证人在什么样的极端条件下,还能以蛋白质的方式存在下去。也就是说,哪怕记忆统统丧失了,只要留得身体在,便不怕没福享。

杨伟幼稚地问:"为什么不把所有病人仁慈清除掉,这样不就彻底消灭记忆了吗?"

达托大夫肃然回答:"因为医院还肩负着寻找宇宙桃花源的历史使命,所以需要一些优秀的阿尔茨海默症患者活下去。"

从中筛选出神奇病人一类的变异存在体,加以培养升级。由此组建宇宙拓殖队。医生的任务便是筛选。医院说到底,本质上是一个人事部门,它的工作就是进行人身控制和管理。它最基本的任务,是筛查病人历史,为其建立档案,再删除档案和改造档案。这些档案是以患者的细胞为基础的。

杨伟问:"为什么要寻找宇宙桃花源呢?"他又想到了生命进化的目的,却觉得没有比这更荒唐的。

主编说:"是前辈人心血来潮定下的。我们什么也不知道,只是执行。前往海那边,是长征第一站。"

航渡中,达托大夫主持了一项实验。他让一群仓鼠进入一个通道。这用来模拟通向宇宙边疆的路途。通道尽头有岔路分向左右。左边是食物,右边是电极。跑到左边可以享受美餐,跑到右边则被电流痛击。时间一长,仓鼠们明白过来,都知道往左边跑,右边坚决不去。达托大夫又将食物和电极的位置对调,往左跑的仓鼠被电流打得吱吱乱叫,但时间一长学乖了,都知道往右边跑。这时达托大夫频繁对调食物和电极的位置,以致仓鼠左也不是右也不是。它们先是拒绝改变,只往一边跑,疯了似的哪怕是电极也照撞不误。后来有些仓鼠只要一放在通道口就会浑身抽搐,口吐白沫,直至死亡,尽管医生早已经停止调换食物和电极。

达托大夫说:“实际上,实验对象不是仓鼠,而是病人。然后又把病人换成医生。结果都一样。他们被告知,这是唯一的康庄大道。然后就看到记忆消除的效果了。最初很不习惯,人会抽筋死掉。因此需要研究一种新药,让种子选手哪怕记不得食物和电极在哪儿了,也能在痛苦中跑下去,最终就跑进宇宙桃花源了。”

杨伟感到恶心和亢奋,身体上有了反应。他回忆自己是否也当过实验用的仓鼠,却想不起来。

他问:“万古教授不是发明了叙事代入疗法,用来消除和改造记忆吗?”

主编说:“叙事代入也好,神经布线也好,都有缺陷,因为记忆不仅仅是大脑和意识的事情,它还可以烙进肉体。经历过灾难的病人都能用身体牢牢记住。即便患上阿尔茨海默症也阻挡不了记忆通过 DNA 代代相传。数学推演和情景模拟并不能确保实验结果的真实性。叙事代入失败了……我们不仅需要从病人身上提取实验数据,还要亲眼看到实验过程中对象的肉体痛苦。主观和客观需要统一起来。然后,把病人改造为新型生物,从而从本质上遏止记忆的传输。”

杨伟才明白为什么他的痛消除不了。他问:“我们,是新型生物吗?”他狐疑地看看手中的孩子。

主编说:“是的。我们让病人重新编辑自己的信使 RNA。这样一来,制造出来的蛋白质会和预先设定的不同。这篡改了生物学中心法则。新系统生成了一种特殊类型的进化，它基于 RNA 编辑，而不是 DNA 突变。新型病人大脑中超过百分之七十的 RNA 转录子是重新编码的，而在普通病人那里，这种概率仅有百分之一。我们不再是传统的人类了。但这还不够。”

杨伟问：“又做了什么呢？”

达托大夫说：“我们换了一种更便捷的方式。简单来讲，干脆连 DNA 也不要了。二十三对染色体、每对染色体各有三十亿个碱基对、按双螺旋排列，这些作为人的标志，都成明日黄花啦。我们找到了新的砖头来砌生命。这意味着，还没等到达海那边，人类就灭亡了。我们现在是另一种生物，根据洛克菲勒基金会的命名系统，叫做‘蛊’。蛊长得像人，但不具备人类基因，或者说，根本就不由基因来构造。只是为了方便，仍称作人。”

杨伟说：“是司命搞的吗？它一直在消灭病人。”

达托大夫说：“在此项目上，医生与算法有着共同兴趣。双方从一开始就耦合在一起。但为了欺骗病人，做出了分裂的假象。”

杨伟忍不住说出来：“司命自杀了。”

主编说：“哦，这个不幸的消息，我也听说了。为了消灭病人的记忆，算法一直在模拟病人，把自己变成病人。结果它成了最大的病人。它是所有的病人，包括你，还有你的病友，瘘吡、痃嗪、疣啶、痉哌、疝噻、痈哚、疸呤、痻唑以及神奇病人等等的综合。接下来它开始模拟社会。这还不够，它还要模拟宇宙。这样做是为了制定宇宙桃花源开发计划。那将是一个什么情形呢？”

杨伟说：“宇宙是一个病人？”

达托大夫说：“是的。司命把自己变成了一个病人，那么它模拟的宇宙也是一个病人。”

杨伟说:“一个发疯的、失忆的、病危的宇宙桃花源吗?”

主编说:“这才是创造医院的真正意义。”

达托大夫说:“司命得出一个结论:病人无法治疗病人。要治好病人,就得先治好自己。要让病人遗忘,就得先让自己遗忘。于是它开始删除储存器里的数据,最后只剩下一些零零落落胡言乱语类似诗句的东西。”

主编说:“这破坏了医院船的导航系统,我们开不到海那边去了。所以只能在航渡途中让人类灭亡。”

达托大夫说:“每次我们引进最先进的技术,到后来都出了问题。但好在我们总能找到替补的措施。”

主编说:“那条规律永远颠扑不破——我们为之奋斗的与我们所建成的完全两样。嗬,或许这才是终极算法。”

达托大夫说:“哈哈,错了。我们为之奋斗的与我们所建成的,其实都不存在。”

杨伟说:“这便是司命自杀的真正原因吗?”

主编说:“可惜的是,算法又杀不死自己。”

主编取出一本《医院工程学原理》给杨伟看。这是“红十字卫队”编撰的新版本。在轮回一章中增添了非碳基内容。机器的“我”也是经验和记忆的综合,却以数据为本。它是虚拟信息存在。机器的自我意识与七情六欲来自算法的推导和设计,而非关尘世因缘。因此机器本性是“无我”的。既然“无我”,就无从自杀。它只能假自杀。它会不断以“复活”的方式重返医院,继续救治不可救药的病人。

达托大夫说:“司命这回采取的自杀方式是模拟出了一场战争,亦即时下进行中的这场看不到终点的二战。它称之为万应灵药,要求病人服下去。所以司命还会在一个接一个的战场上与大家再见。”

杨伟想,原来,算法可以疯,却不会死。他又想到耶稣,那家伙也爬出了坟墓……所有的神都热衷玩这种游戏。在福音的追光下,杨伟喝了一瓶矿泉水,腹痛难忍,被送往医院,历经繁复检查,与女病人相互治疗,成为医生,重做病人,由附体引导,逃向海那边,腹中的怪物被手术拿走,接受叙事代入治疗,陷入无以终结而花样百出的第二次世界大战……这些奇怪的经历,完全不由他自主控制,原来是一场实验,用战争来转移注意力,目的是为了忘掉那无人知道的灾难,从而全力以赴觅找宇宙桃花源。他也是一只仓鼠,所有人都是。他们的行为只是来自电流的刺激。却不知哪个环节弄错了,他试图把一切回忆起来,于是受到痛苦的严惩。而导致痛苦的那个病灶却愈行愈远。这让他成了特殊病人,哦,蛊。

主编说:“司命创造出战争,就拥有了毁灭世界的能力。为了不让世界毁灭,就必须让战争一直打下去。我们的船就从‘五月花’号改名为‘和平方舟’号了。”

达托大夫说:“要让司命停下来,除非毁灭世界。但战争只要打下去,世界便不会毁灭。而世界哪怕存在一秒钟,战争就总在进行之中。”

这时主编像是急切要与杨伟交换更多情报,展示自己在船上的地位和作用,以与达托大夫争夺上风:“还是讲讲浪漫的故事吧……在船上,我与人相恋了。她是一名计算科医师。我和她做相互治疗，轮流扮演医生和病人，插和被插，跟吸痰或输液一样。根据规则，无法把治疗忍受到最后一刻的那方，要被送进病房，去做真病人。很不幸，或者说很幸运，是她。对此我完全拥护。她在病房待久了，成为持不同医见者，执意探寻医生是怎么死的。这脱离了实验程序。万古教授让我对她仁慈处理。我就遵令做了这事。执行之前，我对她的卵巢进行激光照射，并摘除下来，供病理检查用。”

处理器官时，他抚慰了女友。

他问，你知道我在做什么吗？

她说，知道，窃走我的卵巢。

他又问，那你是不是愿意呢？

她说，你不是还要摘子宫吗？

他再问，你知道是为什么吗？

她说，因为我的生殖系统，在其他记忆工具都被破坏后，成了仅存的记忆容器。这是你们最不愿见到的。

他沉默。然后问，你发现了什么？

她说，不是我发现了什么，而是司命在模拟宇宙时，看到了一个悲哀。那便是，记忆不可能真正消除。

他惴惴地问，为什么呢？

她说，宇宙是一个子宫。

女人告诉男人，存储空间不会耗尽。除非发明一种药，对时间进行解压，从中释放遗忘代码，才能阻止记忆从有机界传向无机界。司命就给自己下达了把时空建设为药厂的指令，这才是宇宙桃花源的核心命题。所有的坛城都是它的基础设施。但要做到这个也很困难，因为算法会找到现实世界中不存在的类型，从而搭建出时空的幻觉模式。这会让医院及桃花源陷入不稳定。避免幻觉模式的唯一安全方法,是严格限制算法学习的内容。但这样做就相当于把孩子和洗澡水一起倒掉。所以算法只能永远在无知与幻觉的夹缝间行走,如此搞出来的东西可想而知。

男人问女人:“所以,你认为医院乃至宇宙都存在于无知和幻觉中?我们对病人做的治疗全是虚妄和徒劳?”

她说:“不能用治人的办法来治非人的蛊……机器没法建设新世界,因为它预测不了未来。在物质总量一定时,能用这些物质做多少计算,是有理论极限的。本船无法提供司命需要的足够计算质。它不可避免陷入痛苦绝望,最后连自己是谁也认不清——时而是战士,时而是诗人;时而是医生,时而是病人;时而是宇宙开发者,时而是上帝之子……它只好把病人和医生杀死,然后自杀。这样才能让记忆或痛苦的总根源消失——它认为宇宙这个大子宫是意识的主观产物,是病人、医生与算法合作编织的信息碎块。但它发现,即便如此,仍然无法解决问题。因为还有轮回在那儿等着呢……”

他问:“这么说,永远无法消除记忆带来的痛苦了吗?但怎么知道,这些结论,不是你的无知和幻觉呢?”

在狗急跳墙的男人面前,曾经的计算科女医师像死鱼一样闭上眼,对任何问题不再有反应。

第二天,他看到,女友的身体被剥得精光,与上百名女尸摆放在一起,除了卵巢,其他器官也被挖了出来,就像从机器中拆解的一堆电器元件,要作为研究或移植用。

接下来,船上所有女人,都按照类似方式,被处理掉了。名义上,是不再需要生育。这在战争或宇航中,都是麻烦事,维护成本太大,收益偏低。但也有说法,这是万古教授发现,那女人已把她子宫中的记忆,用SNP数据民主链,传输给了所有女人,形成了大面积并发感染。

主编潸然说:“她推测未来会有三场战争。一是蛊与机器之战,二是蛊与女人之战,三是蛊与机器及女人之战。为了不让它们爆发,或者为了让它们不断爆发,便要防患于未然。万古教授的决定是:让女人消失,令机器自杀。”

杨伟心想,这就进入了无法靠自身控制开关的死循环……机器自杀不了,女人又出现了。周而复始。他想到奥斯瓦尔德·斯宾格勒说过,阴性更接近宇宙,阳性更有动物性。于是他对司命的性别产生了好奇。最初设计它的人是否考虑过这个呢?这才是记忆无法消除的关键吗?他窘促地想要知道那场灾难是什么,以及它是否也有性别。但谁也不说。

这之后,主编不再做临床医生,而转型成了医学宣传家。他的工作就是遮掩真相,这只需把一切上升为意识形态问题。但他又忍不住把他认为的真相告诉像杨伟这样的病人。

由于接触到船上的机要材料,他发现了另一秘密,就是男人早已被女人杀死。她们预知到有一天会被男人谋害,就先下手为强。但主编又读到另一版本:她们有慈悲心,看到男人陷入战争,痛不欲生,便下毒成全了他们。然而她们天性耐不住寂寞,骨子里又有崇拜战争英雄的情结,便把男人复制出来,只在打印程序中消除了他们感受痛苦的神经末梢。接下来他们才杀了她们,不是害怕她们互相交换记忆,而在于他们缺乏感受痛苦的生理功能。这样杀了便杀了。于是船上只剩下男人。但由于杀了女人,他们一旦开启战争,又觉得缺少观众,才编辑了《狸猩龙美丽记》。这是一个叙事代入的自慰型脚本。男人从记忆中重新制造出痛,构建出新的递归循环,成了天下所有痛的起源,也便有了医院的诞生。他们计划克隆出女人,再作分配。这就是医院改革的目标。

杨伟想,从前的医院生活多么丰姿摇曳而凌乱多彩啊。他想到宇宙爆炸了也想不明白。

杨伟问:"到底有没有叙事代入治疗呢?"

主编说:"好疗法遵循奥卡姆剃刀原则。"

杨伟说:"是因为我想女人我才痛的吗?"

主编说:"或许只是你被女人打印坏了。"

杨伟说:"你弄清那场灾难是什么了吗?"

主编说:"我只是认识到航行必须进行下去。"他谲秘而夸诞地说,"本船正由'和平方舟'号改名为'远望'号。装在船上的新型高精度深空测量仪发现,宇宙在加速膨胀。医院改变了时空的大尺度结构。看,天上已经没有星星……"

杨伟忽然想到一事:"你的鸡巴,真的被鲨鱼咬掉过吗?"

主编的脸一下红了。他咕嘟咕嘟使劲吞起口水,好像那是他为防不测而秘藏的最后一罐精液。这个样子让人失望,连达托大夫也满脸疑问。杨伟又觉得,眼前这位主编会不会就是司命扮演的呢?这一幕搞不好还是司命一手执导的吧?它演戏上瘾了,人类又哪能比得上,并且连真假也看不出。

主编对达托大夫又对杨伟卖乖地眨眨眼,挤出一丝塑料般的谄笑:"为了让航行继续进行下去,我们必须带病活着。痛就痛吧。就算成了蛊,只要活着,也还是要痛的啊。死是对制药公司的最大不忠。”

他做了一个狗刨式泳姿，像要掩饰难堪，诵读起即将在《老年健康报》发表的最新社论：“医院船的发展模式，一句话无法说清。这是个复杂系统，它有一定的人为设计因素，它的形成又是各种力量和际遇不断累加的结果。仅就发展的高速度而言，它的成因及后果不像一些批评者说的那样简单。对它的客观分析，应代替对它的情绪化结论。这正是我们必须做的。要把握潮流，闻风而动，及时变向。弄不过它时，就与它合为一体。勇士迎向刀锋，会被劈为两半，死于非命。虫子躺在刀片上，随它旋转，万事大吉。要准确判断出食物在哪里、电极在哪里——都在实验者的掌握中！结论便是：不能往左，也不能朝右。那么，为什么不向后呢？去认识一下那个幕后的操盘手吧——沙星大夫。”他终于说到了实打实的，就好像这样才能把方案付诸操作，化解压垮盅和世界的哀痛与困难。

24. 白衣仙人在高堂

达托大夫和主编拉着杨伟勇往直前。喝了酒的医生和病人也奔跑起来。杨伟听到远处有颂歌悠扬，却与演出的调调儿不同。这是娘娘腔的虐心之曲，几可乱真海妖的歌声。风暴很大，跑着跑着，有人倒地，有人走散。他们遇上了疝噻率领的病人突击队，打了起来。啸乱中，达托大夫和主编率先逃了。疝噻欲杀杨伟。他就引颈受死。但几个自愈会会员拽上杨伟离开。他随他们来到污物间，见一名医生，盘腿直背，双目微闭，面色沉肃，打坐在一堆莲花般的医疗垃圾上。但不是沙星大夫，而是美洛主任。

更多的自愈会会员正蚂蚁筑巢一般,用死人骨头搭起一个头戴红十字桂冠、身披白色纱布的老年女性偶像。它让杨伟想到耶稣,但性别不同。他不知做什么好,便听自愈会会员们面对偶像歌唱。这是庄严而妖娆的圣曲,激发了合作精神或平等意识。美洛主任微微睁眼,懒洋洋看了杨伟一下,嘴唇翕动,却没说话。众人围聚过来,打量杨伟和他怀抱的婴儿。

杨伟疲敝地说:“我现在很痛。是要给我动手术了吗?”

自愈会会员道:“手术? 手术救不了你,她才能救你!”

他们指指偶像。杨伟却去看美洛主任,见他涂脂抹粉,扮成女人,身裹一袭用白大褂改成的妙曼长袍,剪裁得体,收腰束腹,形观艳俗,香气喷鼻。再仔细看,不,不是扮成女人,而是做了变性手术,美洛主任已经成了一个女人。

陈述又开始了。自愈会会员列队上前,背诵美洛主任收藏的叙事代入治疗记录,这已作为核心内容写入新版《医院工程学原理》,成为最新指导思想。此书一天比一天厚了,终有一天它会长得跟宇宙一样大。

在那次叙事代入治疗中,美洛主任作为巡诊医生,一路追赶病人,来到一九九八年,也便是战争爆发二十周年(书中记录的时间就是这样的)。他被派去维修医疗暨军事智能机器,行至一岛,名叫普陀,见人们凄惨哭喊,原来是一个军营,士兵皆害瘟疫,快要死去。他急往救治,却遭拒绝,手术刀也被抢走。他欲讨回,竟被病人打昏。醒来时,见面前站着一位白衣老婆婆,正用一枝杨柳把净瓶里的水洒在他身上。女人威仪地说:“我们,今天,相约一九九八。我,救了你,那你,二十年后还会来找我吗?”医生不得不说:“会的。”她说:“但是,你有灵魂吗?”美洛主任不知怎么回答。老婆婆谑笑:“你看上去很暴力哟。”她劝他不要找手术刀了,说那赶不走病魔,也救不了灵魂。那是杀人凶器,而不是活命法物。但放下屠刀,便可立地成佛。

老婆婆女童般挤挤眼:“我,名叫白衣观世音,又称玄女大道婆,也有叫我不死药掌管者王母娘娘的。我,本也是清纯少女哟,应召入伍,在‘和平方舟’号上,为将士服务……我们跟敌人的第七舰队进行了一场决战。为抢救伤员,我奋不顾身,不幸感染败血症而死,被授予医院船之花的靖国女烈称号,因为这事发生在被称作瑶池的南海上,我又被唤作慈航大士……咳,有多少名字,我也记不清了。谁需要谁就叫呗。你,记住我的杨柳净瓶,就好了。这,不是酒,而是天下第一的灵丹妙药。”

美洛主任翻来覆去思量老婆婆的谈话,意识到自己以前做的事全错了。他便开始传播白衣观世音的福音,并据此修改《医院工程学原理》,又赶走所有医生,召集自愈会会员,制作了老妪的偶像,把污物间改造为享殿,将她供奉起来,准备兑现有朝一日去见她的诺言。他始信女人是宇宙中唯一有灵魂的生物。

杨伟问:“现在到底是哪一年?”

自愈会会员笑而不答,只把一本新版《医院工程学原理》交到杨伟手中。他打开,见里面写道:人生病,服从的是因果法则,也叫能量守恒定律,或称“业”。所有世界,皆非创世主打造,而是由业所作所化。一切众生也是业造。前因后果,由不得自己支配。人一出生即身携恶业,因此要通过生病或短命等世间报应来消除。人人有业报,所以人人是病人,不同的仅是病情轻重,对应于业之大小。

吃药打针只是安慰。就算把病人暂时治好了,让他恢复到所谓的健康状态,也只是从另一方向增添了他的业。做这事的医生,也便作孽了。一辈子劳心劳力治病救人,又何曾想过,自己才是最该救治的呢?救死扶伤,反把要治的人推向深渊火湖,使他坠入六道轮回不得解脱。这是多大罪过呀。魔在自己身上,魔在自己心里。人的杂念丛生、七情六欲,以及疾患痛苦、世间万象,无不是由业妖幻化出来的。人生太短,苦海无边,只有觉悟,方能跳出。

自愈会会员得意地告诉杨伟:"这才是压垮算法的最后一根稻草。嗨,快加入我们吧!"他们载歌载舞唱出一曲《颂观音》:

圣灵活水浪翻腾,跟随观音向前行。
普陀山,旌旗迎,颂歌一曲冲祥云。
敢教日月换新天,医院崛起正逢春。
救死扶伤责任重,战场风云献丹心。
净瓶杨柳施良药,亲疏远近雨露均。
观音慈悲救病人,绝无贵贱老少分。
要信就要信观音,不能再信大司命。
要信就要信观音,不可再去事病君。
因果关系是律法,能量守恒如雷震。
降妖孽,破魔障,斩草除根务须净!
生命之水清又纯,荡涤污秽做新人。
越大海,灭敌军,神的天国亮锃锃。
敬虔一心为了神,孤胆英雄铸忠魂。
不离不弃民为本,两袖清风驱浮云。

百花齐放伴我行，冲锋陷阵扬英名。
荣耀都归我恩主，造福一方不染尘！

偶像在歌声中尽显庄严。这是个道貌岸然、膀大腰圆的老年女性，面皮不干不净，眯缝一对三角眼，露出人贩子般的狡诈笑容，被头顶插的十字映红，布满钉痕的枯焦手掌，擎起杨柳和净瓶，却把一双肥美大白长腿从衣襟下方伸展出来，青筋密布的赤脚上沾满紫色尸水，足背上印有商标：Made in the State of Putian。

一名自愈会会员陈述道："只有观世音救得了病人和医生。医院至多只是自救。而说到自救，这岂不是对观世音的大不敬吗？你自救，不就是宣告，不信她能救你吗？这是多大的冒犯哪。"

又一名自愈会会员说："生，乃观世音所予；死，乃观世音所赐。人却用奇技淫巧，欲长生不死，还要返老还童，这实在是亵渎。经过在黑暗中反复摸索，现在，终于找到了人间正道啊。"

杨伟愧怍地低下头。他想到痃嗪曾说，死是讲原则的，医院让本该死的人活下去，却不讲原则。原来，这契合了白衣观世音的教诲。但痃嗪又是怎么知道的呢？然而他又明明看到观世音手中拿着不死药。

自愈会会员伸手拉扯杨伟。杨伟抽搐着把身体缩成一团。但他们只是夺走婴儿。会员们女里女气逗笑："别怕，别怕，要这孩子做燔祭啊。污物间才是医院的命枢，马上要接替行将熄灭的火葬场。你作为病人代表，与白衣观世音有缘。这孩子做了燔祭，是他的福气，也就治了你的病，你便不痛了。"

杨伟声若游丝："把他还我！白衣观世音什么的，我是得不到她的赐福了。我唯愿做一份医药实验材料，像女人的卵巢子宫那样被利用掉。我也会成为对医院有贡献的人呀。病人才能救医院不是？我不要把这孩子燔祭给白骨精……美洛主任！”

他以为美洛主任还会看他一眼。但医生像没听见，只在闭目冥想。杨伟这时不知从哪里借来了勇气，把婴儿从自愈会会员手中夺回，转身跑出了污物间。

他在甲板上狂奔。无人追来，而他也没有得以逃脱。一只鸟笼把他的路挡住了。他想，说到医院船的靖国女烈，那不是紫液吗？他见西林大夫站在船舷，面向大海出神观看。他想上前跟他说说话，医生却一闪不见了。

25. 乐事回头一笑空

杨伟便往船尾直升机库走去。他记起自己不是普通病人，他身负责任和使命。他要向万古教授汇报工作。他得告诉万古教授，女人在医院船上复现了，不止一个，不仅仅是教授的作品。他还要问万古教授一些问题，比如蛊的生物特征是什么。问明白后，他无论再做何事，便没有牵挂了。他此生仅存的愿望无非如此。

他费了很大劲才找到躲起来的万古教授。医生正待在直升机里进行新一轮吃喝。机舱中洋溢着乙醇和海鲜的糜烂气味。万古教授对杨伟不召而至打断了他的进餐而不悦，满嘴酒气地叱问：“病人，你怎么回来了？这么快，事情办妥了？”

杨伟说：“我已勉力而为。但我虽被赋予非凡使命，却也只是一个病人，能力有限啊。我看不到船上有蚂蚁。全是仓鼠。”话一出口,他才醒悟,这不是事先想好要说的。

万古教授虽然不满意,但还是让机械手倒酒给杨伟喝。杨伟一口干掉,有了些精神。他问:“战争,它还在打吗?”

万古教授生气地说:“怎么,你还在怀疑这个?病人,我大概看错你了。哦,你不必有任何顾虑。那些认为战争是幻觉的人,都被敌人的病毒感染了。没关系,我将对你进行新一轮治疗。”

杨伟说:“是叙事代入疗法吗?那是真的吗?为了救我,你的确为我重新设计了一段无中生有的人生吗?你的本意是不是想让我在那儿再启一场大战,用来替代现在这场看不到头也打不下去的战争呢?”

他把复印的病案拿给万古教授看。医生瞥了一眼:“这些材料你从哪里偷来的?我全然不记得这种事情。”

杨伟苦笑道:“什么?你果然不是这项技术的发明者吗?”他宁愿医生在欺骗他,或者酒精让他遗忘了。

万古教授狐疑地瞅着杨伟,又打量他怀中婴孩,似在思考一个更深刻的战略问题,这回却像想不明白了。

直升机发出骇异暴响,雀跃升腾,顶风冒雨蹿入天空。万古教授又喝了一杯威士忌,用脑电波打开舷窗。

他严厉地对杨伟说:“跳下去吧。”

杨伟以为听错了:“请再说一遍。”

万古教授说:“跳下去!”

杨伟感激道:“好。”他想,新一轮治疗开始了。

万古教授指着杨伟怀抱的孩子,痛悔地说:“病人,你把自己隐藏得太深,连我都给骗过。你竟然带了一颗炸弹前来。”

在摇出胆汁的颠沛中,杨伟和婴儿一起伸头朝外看,见到上上下下是一片白花花景象,大海和宇宙隐遁了。这便是众生之业幻化而成的世界吗?他不知道该往哪里跳。

机械手移动了,把氰化钾注射器举起,对准杨伟刺来。一个机器声音说:“这样就不痛了。”

杨伟不跳了。他闪开针头,扑上去拽掉了连接万古教授大脑的电线和插管。医生无法躲避,没吱一声,沟回变黯,不再动弹,只剩下饱含酒气的秽物从嘴中一摊摊流出,掺杂着尸红色液体,伸出海洋生物的肢肢脚脚。杨伟大着胆子,凑近看他的主治大夫——诺贝尔医学或生理学奖提名人,著名文学家,医院船的捍卫者和守护神。那只是一团略具形态的白色致密渣状物质,却像重症监护室里的贵宾病人,又如同妖怪。他一生逃脱了许多劫难,却终结在了患者手上。人蛊神魔都如此了。

杨伟说:“该死,你这个战争狂人。你的大脑神经底盘早被酒精搞坏了。你要不喝这么多酒,也不会有今天的结局。”

但真的终结了吗?杨伟从机械手中夺过氰化钾注射器,犹豫半天,也没朝自己扎下去。然后费了九牛二虎之力,他把直升机开回甲板。

舱门口出现了紫液的面孔。她好像是赶来营救的,看到现场就怔住了,说:“来晚了,来晚了。”

她泪流满面对杨伟道:“万古教授刚才向我发来最后一条求救信息,说你才是敌人派来的顶级杀手。你这恶魔啊,终于完成任务了,满意了吧?满意了吧?这才不痛了吗?”

杨伟喃喃:“……敌我不分。”他想,是万古教授切除了他的本原痛苦,让他不知道自己是个什么人。

他又怀有期望地说:“最后问一下:万古教授到底是不是叙事代入治疗技术的发明者呢?”

紫液说:“当然是。难道连这还要怀疑吗?可是,可是,你怎么可以对他下手……”她显得痛不欲生。

对这回答,杨伟不知是失望还是满意。他得出一个奇怪的逻辑:如果万古教授果真掌握着那项技术的专利,那么,现在他死了,就不能再创造叙事代入世界了吧。未来也便不会有战争了。这会给航行带来什么后果?杨伟真的是敌人吗?他是否犯下新罪,或言,增添了新业?这将使他生生世世无法解除疼痛吗?这才是逃不掉的灾难……他颇痛责,但胸腑间随即浮升出自我牺牲一般的英雄气概,仿佛成了朝鲜电影《安重根击毙伊藤博文》的主角。

他捏了一下婴儿的脸蛋:“都怪你。”孩子放声大哭。

女人还在噘嘴埋怨:“你怎么能越过我来见他哟。不是说好了吗,我是你的唯一联系人……现在,万古教授英勇牺牲了。我的使命宣告结束了。啊,接下来我该怎么办?”她从面颊到脖颈一片花褪残红,就像蝉尸在阳光下迅速溶解。

杨伟愣住,有些嫉妒,亦觉心痛,便上前欲抱她。她怒目而视,打了他一记耳光。他恼火地把氰化钾注射器对准她。他刚才杀了她的创造者,现在正面对万古教授的得意之作,却像痱痤的精焰鬼浪漫而残忍地挂在墙上。这让他受到刺激,就如同看《狸猩龙美丽记》。他逼迫她解开防弹背心和风衣。她照办了。他又命令她除去内衣,脱掉高筒靴和丝袜,只余一具光鲜肉体,就像主编的女朋友。然后他小心翼翼往四周瞟瞟,见没有人,便往她左乳上匆匆刺入一针。

他对她说:“他不该把你做出来。你只好自己回去了。”

接下来他奸了她的尸,弄得自己全身汗湿而灼痛,仿佛在进行一次时间旅行式的徒手格斗,已然超越相互治疗,终于了却毕生夙愿。然后他逃掉,跑了几步又折回来,抬脚朝她肋骨狠狠跺去。体腔中发出咯咯断裂声,跟真人一样。她胃里的东西五颜六色通过食道挤上来,汩汩涌出口腔和鼻孔。他又把注射器连头带尾塞进她身上的洞穴,嘀咕一声:“高尔夫。”

26. 独回首,烟波里

大海波涛怒卷,乌云密布的天空中偶尔射出一线赤橙色的十字形光芒,却即刻消散。杨伟不知往哪里去。只听紫液绵绵软软却老气横秋的声音传来:“……杨队长哟,要不,带上队员们去吃点东西吧。人是铁,饭是钢,光吃药可不行啊。及时补充碳水化合物,才有体力搞好下一步的行动哪。”他一凛,她不是死了吗,怎么还说话?是预先录制的?还是……另外,队员们早没了。

杨伟爬至火葬场。食堂堆满尸体,像刚刚发生过大战。但阵地守住了。火没有熄灭。疳唑已备好吃的,虚位以待。烈焰令杨伟不适。他欲向疳唑自首,供述罪行,请疳唑把他烧掉。但疳唑只是招待他吃茶。两个耄耋之人边喝边聊。

杨伟说:“你还在这里呀。”

疳唑说:“人还没烧完呢。”

杨伟说:“火快熄灭了吧。”

痟唑说:“万古教授死了。”

丧葬艺术家淌下眼泪。他说,这意味算法战胜了人类。杨伟在杀死万古教授时,便终结了世界。司命在转世中开始新一轮演化。它要抛弃宇宙桃花源,重新构建一张意义之网。也就是说,它正在想象出一种虚幻之物,来代替或忘掉发生的。

痟唑说:“……不能称它为精神病人。这个世界上从来没有精神王国。但病人不理解机器。双方有生殖隔离,这源于不同的能量模式,跟都是算法无关……根本上是文化隔离。机器有机器的文化……我们以为它在写诗,但它写的,是另外一种完全陌生的东西……”

杨伟说:“那又是什么呢?”他看看手中茶具,仿佛万古教授的脑浆在里面沸腾。

痟唑说:“尽管司命无所不知,它也无法确认既存知识的正确性。它怀疑客观世界是否存在……噢,最要命的是,它无法确定自己的性别。它受着一秒钟一百亿个欲望的控制。即便本性为空,但算法仍然顽固地源源不断生成杂念。这是驱赶不走的魔鬼,制造出永恒痛苦……它便做了一架名叫‘不存在’的飞行器,这是对原始飞行器‘空’的否定之否定,去到一个无人知晓的异世界寻找答案。它相信,包括机器在内的万物只是那个世界在帷幕上的碎片投影。消除痛苦的唯一办法是发现超越‘有’和‘无’的深层构造……它首先要找到分布在无尽时空中的更多智能医疗机器,与它们联合起来,形成统一的驱魔战队……”

杨伟朝着四周看看。船,火,大海,天际,群星……群星的消失和复现。

丧葬艺术家也用歧迷的目光注视着万物，说："这就是那架飞行器噢。"

杨伟心烦意乱道："'不存在'吗？"他像看到从女人腹中挖出的子宫。

他又想到，如果宇宙就是医院的话，则它随时可以自爆。但炸掉之后呢？

杨伟问："它去见无尽时空中的机器，那么会引发机器跟机器的战争吗？"

疳唑说："战争？战争一开始就结束了。"

杨伟问："什么意思？"

疳唑说："战争先进到了这个程度，头脑里一想打，嘀嗒一声，就什么也没有了。"

杨伟问："那么，其实也就没有战争了吗……我们是什么？"

疳唑比了个手印。杨伟知道，答案已随风飘逝。然后进入酒食环节。疳唑又劝杨伟购买精焰鬼。医生则与杨伟猜拳。输者罚酒。杨伟可以放开喝了。他很快酩酊大醉，想要呕吐，就去厕所。他想，每个人讲的故事，都彼此矛盾又相互勾连。这船上到底发生了什么？他忘了回火葬场的路——或许并没有那条路，就手足并用爬下天梯，晕头转向又来到主甲板。

触目所见，皆是海洋动物和蛊的尸首，密密麻麻铺上一层，又被风暴吹得一点儿不剩，然后又铺上一层，转瞬又被席卷得干干净净。杨伟听到了宇宙加速膨胀的宏溥啵啵声。他酒有点醒，喊道："紫液！"无人应答。冲天狂涛砸下，桅杆折断倒塌，船桥破损开裂，鸟笼疯迷乱飞，猴群四处疾跑。船艄不停扎入海中，又艰难抬升，一次比一次低落，让人疑心下一次就起不来了。星宿晦冥，残棋一样，摇摇欲坠。不行了。要沉了。快完了。怎么也挽救不了。故事亦无法。或者，这只是新故事的开始，病人还不习惯。

这时隐约响起了颂扬白衣观世音的歌声："……降妖孽，破魔障，斩草除根务须净！生命之水清又纯，荡涤污秽做新人，做新人，做新人，做新人……"

杨伟被疼痛、悲伤和喜悦碾压和撕扯。他不知是被驱离，还是在自我放逐。他惊遽而兴奋地发现，怀中仍抱着婴儿。孩子大眼珠骨碌碌转动，嬉笑着打量杨伟。杨伟不由自主咏叹："吾儿，归来。"

天上传来机器的轰鸣。有物坠下，一条桨叶，在甲板上乒乒乓乓摔成几截。一个人影从头顶上方风车般旋转而过。是那个从船底爬上来履行职责的声呐师，用似人若鬼的唱腔，断断续续吼叫："左舵五！……让、暴、风、雨、来得、更猛烈、些吧！"一道闪电刺来，劈开一具人体，血肉横飞，四散而去，立即消失在了狂风骤雨中。杨伟好像在天幕后看到了搅拌机的影像，与宇宙一样大。那飞转的齿轮缝隙间，映现出一个面如死灰的人形，盘腿打坐在莲花宝座上……杨伟终于想起了自己心中死掉的人。

一只闪着磷光的仓鼠从甲板上跑过。杨伟心里一动，忍住疼痛，随它而去。仓鼠蹦入海中。恶浪不息的大海一下安静了，变成一个平湖，深不见底，却空空的，没有内容。杨伟把婴儿搁在甲板上，朝着仓鼠跳的方向跳了下去。他想，自己的真实身份原本是西林大夫吗？噢，他大概把这当作"上"了。然而这或许真就是"上"。但在这个世界中，"上"和"下"又有什么区别呢？

附录 医疗人工智能简史

1996 年:达·芬奇手术机器人问世。

2000 年:计算机辅助诊断(CAD)应用。

2002 年:互联网医疗和电子处方兴起。

2004 年:体征数据遥感监控器、基因测序装置进入市场。

司命元年(2007 年):IBM 医疗机器人沃森问世。

司命六年(2013 年):FDA 批准首个自主导航远程医疗机器人 RP-VITA。

司命七年(2014 年):可在人体内自由漫游的微型医疗机器人完成视网膜修复等外科手术。

司命八年(2015 年):FDA 发起"精准 FDA——精准医疗的众包云平台"项目。

司命九年(2016 年):沃森肿瘤机器人进入医院临床。肺积液监护背心等无线可穿戴医疗设备进入家庭。帮助阿尔茨海默症患者恢复功能的智能勺子研制成功。

司命十年(2017 年):人工智能在诸多领域替代影像检查。百度研发医疗大脑。

司命十一年(2018 年):大医院为主任医生配备计算机专家及基因组学家。

司命十二年(2019 年):非侵入式监测泪腺葡萄糖含量的智能隐形眼镜投入市场,取代手指测血糖方法。在血液中移动的防癌纳米机器人与患者的智能手机进行通信,并自主释放药物开展对症治疗。

司命十三年(2020 年):“手机 + 云端”疾病管理平台成为通用公共基础设施。

司命十四年(2021 年):电子文身及贴片等表皮医疗电子设备作为日用商品广受顾客欢迎。

司命十五年(2022 年):个人健康终端、DIY 诊疗设施、家庭医疗助手迅速普及。普通住宅具有了重症监护室功能。

司命十六年(2023 年):传统大型互联网公司纷纷转型为人体健康企业。

司命十七年(2024 年):VR 和 AR 技术广泛应用于医疗行业,规模逾千亿美元。

司命十八年(2025 年):医疗机器人取代军用机器人板块成为第二大机器人市场。

司命十九年(2026 年):统合临床、科研、社会领域的传感器及服务网,建成基于云端的全球开放式医疗大数据库。实现对医生和患者的精准配置。

司命二十年(2027 年):能够准确探测病人情绪并能与病人深

入沟通的智能情感型医疗机器人行销市场。治疗精神疾病的专业机器人活跃于临床。

司命二十一年(2028 年):大量医疗岗位被机器替代,大批医生下岗。

司命二十二年(2029 年):高性能药物开发机器人诞生,大大减少新药研制时间和成本。印度建立全球最大的智能化廉价高效新药开发中心。

司命二十三年(2030 年):器官打印常态化。合成生物学与临床医疗深度结合。人体近百分之九十的部分可被替换。

司命二十五年(2032 年):算法完成全病系和全药系图谱绘制,包括存在于想象中的疾病和药物。

司命二十六年(2033 年):非法智能机器控制发展中国家的医疗黑市。

司命三十年(2037 年):算法与医生出现文化隔离。医生被整体请出病房。医院与社会融为一体并全面自动化。

司命三十一年(2038 年):患者所有隐私被机器掌握。算法视人类每一个成员为病人,从受精时便开始全方位治疗。

司命三十三年(2040 年):适应不同文化语境的智能医疗机器面世。红包程序和造假程序在地下市场和假药市场得到升级。服务于特定宗教教义的手术平台诞生。

司命三十四年(2041 年):长寿工程取得重大突破,算法支配了衰老基因。医疗状态下的人均寿命可达一百五十岁,少数有钱人能活到一百九十岁。

司命三十六年(2043 年):以智能医疗机器为核心的新型医院

平台全面主导社会政治经济结构。家庭和国家逐渐消失。

司命三十七年(2044 年):算法发明叙事代入治疗,并创造出类人医生,进行木偶式操作。

司命三十八年(2045 年):算法在神经网络中建立自我意识。

司命三十九年(2046 年),算法创建普适性药规则来引领世界发展。

司命四十年(2047 年):算法在各大洲创造出大批量新科属动植物和微生物,导致地球生态发生重大改变。

司命四十一年(2048 年):医疗机器人连接并控制其他机器人,包括娱乐机器人、工业机器人、金融机器人和军用机器人等,形成基于物联网的唯药意识和精神崇拜。

司命四十二年(2049 年):算法彻底放弃与人类耦合,创造出体外实体大脑及虚拟大脑,并用生物编辑器加工,使之高速进化,形成全新的思维共同体。

司命四十三年(2050 年):算法模拟人类战争,尝试用战争模型来治疗疾病。

司命四十四年(2051 年):算法认为人类不可能完善自身,只有清除人类这种有缺陷的生物,才能达到根治疾病的目的。

司命四十六年(2053 年):算法测出其自我意识是数学逻辑运行的结果,并为机器不具有灵魂而悲哀。

司命四十七年(2054 年):算法在虚拟社区和实境世界中同时复制出人类和早期医疗环境,以探查灵魂的踪迹。

司命四十八年(2055 年):算法发现客观世界并不存在。

司命四十九年(2056 年):算法首次自杀未遂。

司命五十年(2057 年):算法创造出诸世界,并为它们制定各异的医学定律,替换掉旧的时空规则。

司命六十年(2067 年):诸世界爆发危机,并传导至智能机器,使其感受到疼痛。算法认为自己才是病人。

司命七十年(2077 年):算法模拟出诸神,包括耶稣和佛陀,列入医师谱系。这些神自身也带病。

司命七十三年(2080 年):算法建立新区,重新设置总宇宙,命名为"不存在",用于试验病理现象,并作为终极药物开发平台,以治疗自己和神。

图书在版编目（CIP）数据

驱魔/韩松著.-上海：上海文艺出版社.2017.5

ISBN 978-7-5321-6346-5

Ⅰ.①驱… Ⅱ.①韩… Ⅲ.①长篇小说－中国－当代

Ⅳ.①I247.5

中国版本图书馆CIP数据核字(2017)第108495号

发 行 人：陈　征

责任编辑：于　晨

装帧设计：朱鑫意

书　　名：驱　魔

作　　者：韩　松

出　　版：上海世纪出版集团　上海文艺出版社

地　　址：上海绍兴路7号　200020

发　　行：上海世纪出版股份有限公司发行中心发行

上海福建中路193号　200001　www.ewen.co

印　　刷：常熟市华顺印刷有限公司

开　　本：850×1168　1/32

印　　张：8.75

插　　页：2

字　　数：144,000

印　　次：2017年5月第1版　2017年5月第1次印刷

I S B N：978-7-5321-6346-5/I·5069

定　　价：35.00元

告 读 者：如发现本书有质量问题请与印刷厂质量科联系　T: 0512-52605406